石河子大学哲学社会科学优秀学术著作出版基金资助

光明社科文库
GUANGMING DAILY PRESS:
A SOCIAL SCIENCE SERIES

·文学与艺术书系·

小亨利·路易斯·盖茨的
美国非裔文学批评思想研究

段丽丽 ｜ 著

光明日报出版社

图书在版编目（CIP）数据

小亨利·路易斯·盖茨的美国非裔文学批评思想研究 /
段丽丽著 . —— 北京：光明日报出版社，2024. 10

ISBN 978-7-5194-7903-9

Ⅰ . ①小… Ⅱ . ①段… Ⅲ . ①美国黑人—文学研究—
美国 Ⅳ . ① I712.06

中国国家版本馆 CIP 数据核字（2024）第 073666 号

小亨利·路易斯·盖茨的美国非裔文学批评思想研究
XIAOHENGLI · LUYISI · GAICI DE MEIGUO FEIYI WENXUE PIPING SIXIANG YANJIU

著　　者：段丽丽	
责任编辑：李　倩	责任校对：李壬杰　温美静
封面设计：中联华文	责任印制：曹　净

出版发行：光明日报出版社

地　　址：北京市西城区永安路 106 号，100050

电　　话：010-63169890（咨询），010-63131930（邮购）

传　　真：010-63131930

网　　址：http://book.gmw.cn

E - mail：gmrbcbs@gmw.cn

法律顾问：北京市兰台律师事务所龚柳方律师

印　　刷：三河市华东印刷有限公司

装　　订：三河市华东印刷有限公司

本书如有破损、缺页、装订错误，请与本社联系调换，电话：010-63131930

开　　本：170mm×240mm

字　　数：230 千字　　　　　　印　　张：13.5

版　　次：2025 年 1 月第 1 版　　印　　次：2025 年 1 月第 1 次印刷

书　　号：ISBN 978-7-5194-7903-9

定　　价：85.00 元

前　言

　　小亨利·路易斯·盖茨是美国著名的非裔文学理论家，同时，他还是文化批评家、教育家、作家、编辑和公共知识分子。本书以小亨利·路易斯·盖茨的美国非裔文学批评思想为研究对象，在对文献进行细致梳理的基础上，综合历史分析、比较研究、文本细读等方法，以问题为中心由点及面地展开论述。

　　盖茨美国非裔文学批评思想的形成和发展不仅同时代背景密切相关，而且与美国非裔文学批评自身的演进有着更为直接的联系。他追溯美国非裔文学的土语传统并探寻其丰富的文化内涵，借鉴当代西方理论，围绕非裔文本的内部形式特征展开研究，其最终旨趣是要建构既能揭示美国非裔文学审美特征又能被主流认可的喻指理论，并在此基础上推动美国非裔文学的经典化进程。

　　本书将盖茨的批评思想置于美国非裔文学研究的坐标系中进行定位、比较和分析，纵向梳理美国非裔文学批评的发展历程，并以此为背景来理解盖茨的非裔文学内部研究路径。本书系统地讨论喻指理论在黑人传统和西方传统的影响下顺势孕育而生，横向解读喻指理论对当代西方理论既依赖又对抗的复杂关系，并通过《诺顿美国非裔文学选集》探讨该文选对美国非裔文学经典化的影响。同时，结合盖茨在其主持的纪录片《非洲世界奇迹》中的立场，把他的喻指理论放在他对非洲和美国非裔研究的整体框架中进行分析。最后，围绕盖茨的黑人知识分子身份审视他的批评思想。

　　鉴于盖茨在美国非裔文学研究领域发挥的积极作用、其文学和文化思想的复杂性以及个人成就的多面性，对其批评思想的体系化研究具有重要意义。本书既从美国非裔文学批评整体发展的宏观背景下突出盖茨批评思想的独特之处，又在细节上讨论他在建构美国非裔文学批评理论以及促进非裔文学经典化等方面所做出的贡献，以期在"泛"与"精"的层面清晰呈现盖茨的批评思想。

目　录
CONTENTS

绪　论 ··· 1

第一节　盖茨的学术生平概述 ······························· 1

第二节　本书的研究对象、价值和意义 ··················· 6

第三节　国外研究状况 ··· 8

第四节　国内研究状况 ·· 15

第五节　研究方法与本书结构 ······························ 22

第一章　盖茨美国非裔文学批评思想的形成背景 ········· 26

第一节　"先生，告诉我……什么是黑人文学？" ········ 28

第二节　《美国非裔文学：教学重建》——美国非裔文学研究
　　　　"由外转内"的序曲 ································ 45

本章小结 ·· 54

第二章　传统与文本喻指：盖茨批评思想的根基 ········· 56

第一节　美国非裔文学的土语传统 ························· 57

第二节　美国非裔文学文本的喻指特征 ··················· 66

第三节　从比较走向对话：保护传统的完整性 ··········· 70

本章小结 ·· 75

第三章　"影响的焦虑"：喻指理论的"重命名—命名"策略 ··· 77

第一节　当代西方理论对盖茨的启示 ····················· 78

第二节　"重命名就是修正，而修正就是喻指" ········· 84

第三节 "重命名—命名"在盖茨文学批评中的运用 ··············92
本章小结 ···98

第四章 《诺顿美国非裔文学选集》与经典建构 ··············101
第一节 "通过编辑文选重新定义经典":从文选到经典 ··········103
第二节 《诺顿美国非裔文学选集》与经典认知:对话以往的
黑人文选 ···109
第三节 多元文化主义背景下的美国非裔文学经典建构 ··········127
本章小结 ···135

第五章 《非洲世界奇迹》中的非洲文化认同与黑人东方主义 ······139
第一节 《非洲世界奇迹》中的非洲文化认同 ··············142
第二节 《非洲世界奇迹》中的黑人东方主义 ··············145
第三节 争议:非洲人在跨大西洋奴隶贸易中的作用 ··········150
本章小结 ···155

第六章 黑与白的博弈:从盖茨的黑人知识分子身份审视其文学批评思想······156
第一节 异议／冲突与共识 ·································158
第二节 盖茨批评思想对"双重意识"的继承与修正 ··········162
第三节 黑人知识分子的两难选择 ·······················168
本章小结 ···183

结 论 ···185

参考文献 ···190

致 谢 ···206

绪　论

第一节　盖茨的学术生平概述

小亨利·路易斯·盖茨（Henry Louis Gates，Jr.，1950—）是美国著名的非裔文学理论家，同时，他还是文化批评家、教育家、作家、编辑和公共知识分子。作为当代最具影响力的美国黑人①学者，"他不仅在黑人文学及其研究领域中是代言人，他还是整个黑人文化以及黑人社会的杰出代表，致力于为非裔美国人争取在社会上以及教育上的平等权利做贡献。"②张中载认为，"20世纪有两位名垂青史的非裔美国人：小马丁·路德·金和 W. E. B. 杜波伊斯。未来也必将载入史册的是当今美国杰出的黑人学者小亨利·路易斯·盖茨"③。

盖茨出生于美国西弗吉尼亚州的凯泽（Keyser，W V）。因为童年时运动受伤被误诊，他的右腿比左腿短两英寸，所以他有一个绰号"斯基普"（Skip）。

---

① 随着美国黑人种族意识的觉醒以及反种族歧视呼声的高涨，人们对黑人的称呼也发生着变化。自二战后，特别是黑人艺术运动以来，"美国黑人"（Black American）或"黑人"（Black）曾是学界广泛使用的表达。80年代以来，"美国非裔"（African American /African-American/ Afro-American）的说法逐渐为人们所接受。在本书中，"美国黑人"和"美国非裔"表达同一个概念。关于美国黑人称呼的演变，参见施咸荣. 美国对黑人民族称呼的变化 [J]. 美国研究，1992（7）：23-25；黄卫峰. 美国黑人称谓的种族情结 [J]. 世界民族，2002（5）：65-69；明皓，谭惠娟. 美国黑人称谓的演变及其相关思考 [J]. 社科纵横，2011，26（10）：176-178；黄卫峰."美国非裔""非裔美国人"还是"非裔美国黑人"？[J]. 中国科技术语，2019，21（2）：72-78；张琴，罗良功. 世界非裔文学的整体研究：罗良功教授访谈录 [J]. 外国语文研究，2020，6（3）：1-8.

② 郭英剑. 盖茨：当代美国最有影响力的黑人知识分子 [J]. 博览群书，2013（5）：76.

③ 张中载. 两位杰出的美国黑人学者的中国之行 [N]. 中华读书报，2011-03-02（18）.

1973年，盖茨以优异的成绩从耶鲁大学毕业，获得历史学学士学位；1979年，他获得剑桥大学英语文学博士学位，成为第一位在该校获得博士学位的美国黑人。在剑桥研究生院的学习中，盖茨着手分析18世纪至20世纪非洲和美国非裔作家的作品。在约翰·霍洛威（John Holoway）等教授的指导下，盖茨开始尝试"将当代文学批评理论运用于黑人文学"[①]。这种求学经历为他之后的美国非裔文学批评及理论建构奠定了基础。盖茨曾在耶鲁大学（1976—1985）、康奈尔大学（1985—1990）和杜克大学（1989—1991）任教，1991年加入哈佛大学，是哈佛的"大学教授"（University Professor）。他曾主持哈佛大学非洲和美国非裔研究系（Department of African and African American Studies，1991—2006）的工作，一直领导着哈佛大学杜波依斯非洲和美国非裔研究所（W. E. B. Du Bois Institute for African and African American Research），即现在的"哈钦斯中心"（the Hutchins Center）[②]。

盖茨曾获若干荣誉和众多奖项。他是第一位获得安德鲁·梅隆基金会奖学金（the Andrew W. Mellon Foundation Fellowship，1973）的非裔美国人，被授予麦克阿瑟基金会"天才奖"（MacArthur Foundation "Genius Grant"，1981）、乔治·波尔克社会评论奖（the George Polk Award for Social Commentary，1993）、金盘子成就奖（the Golden Plate Achievement Award，1995）等。盖茨是第一位获得美国国家人文奖章（the National Humanities Medal，1998）的美国非裔学者。1997年，他被《时代周刊》（Time）杂志评选为"25位最具影响力的美国人"之一，1999年当选为美国艺术文学院（American Academy of Arts and Letters）院士，2005年，被《乌木》（Ebony）杂志评选为"100位最杰出的非裔美国人"之一。他是剑桥大学图书馆举办的"黑人坎塔普斯：历史创造者"（Black Cantabs：History Makers，2018）展览中的15位非裔校友之一。盖茨因其在艺术与批评、人文与历史研究、基因科学、纪录片和公共服务等领域的杰出贡献获得了由本杰明·富兰克林创新合作组织（the Benjamin Franklin Creativity Collaboration）颁发的"2018年创新奖"。

盖茨的著作主要包括《黑色的象征：文字、符号和"种族"自我》（*Figures*

---

① KJELLE M M. Henry Louis Gates, Jr.［M］. Philadelphia：Chelsea House Publishers，2004：56.

② 关于"哈钦斯中心"以及盖茨的介绍，参见 https：//hutchinscenter.fas.harvard.edu/henry-louis-gates-jr.

in Black: Words, Signs, and the "Racial" Self, 1987, 以下简称《黑色的象征》)、《喻指的猴子：美国非裔文学批评理论》(*The Signifying Monkey: A Theory of Afro-American Literary Criticism*, 1988, 以下简称《喻指的猴子》)、《松散的经典：文化战争札记》(*Loose Canons: Notes on the Culture Wars*, 1992, 以下简称《松散的经典》)、《有色人种——回忆录》(*Colored People: A Memoir*, 1994)、《种族的未来》(*The Future of the Race*, 1996)、《看黑人男性的十三种方式》(*Thirteen Ways of Looking at a Black Man*, 1997) 以及《石子路：重建、白人至上和吉姆·克劳的出现》(*Stony the Road: Reconstruction, White Supremacy, and the Rise of Jim Crow*, 2019) 等；他还参与编辑了许多书籍，如《阅读黑人，阅读女性主义：批评选集》(*Reading Black, Reading Feminist: A Critical Anthology*, 1990)、《诺顿美国非裔文学选集》(*The Norton Anthology of African American Literature*, 1996) 和《非洲人和非裔美国人经历的百科全书》(*Africana: The Encyclopedia of the African and African American Experience*, 1999) 等；他的文集《小亨利·路易斯·盖茨读本》(*The Henry Louis Gates, Jr. Reader*) 于 2012 年出版。

　　在《黑色的象征》一书中，盖茨建议批评家关注美国非裔文学批评中最受压抑的元素——文本语言，并提倡用严密、系统的语言分析方法阅读黑人文本。1989年，《喻指的猴子》获得"国家图书奖"(American Book Award)。在该书中，盖茨试图摆脱欧洲中心的等级观念，探讨美国黑人土语传统与黑人文学的关系，阐述了一种基于黑人土语传统的新的批评方法并提出了喻指理论。在《松散的经典》中，盖茨主张将非裔文学纳入美国文学经典。《有色人民——回忆录》讲述了20世纪五六十年代盖茨在西弗吉尼亚一个小镇的童年生活经历。盖茨与科内尔·韦斯特(Cornel West)合著的《种族的未来》评估了美国非裔精英对种族未来的影响。在该书中，盖茨等人把回忆录与传记、社会分析与文化调查结合在一起，研究种族内部鸿沟的根源并尝试提出解决方案。盖茨的最新著作是《石子路：重建、白人至上和吉姆·克劳的出现》，该书从多个方面展现了吉姆·克劳如何强化美国白人和黑人之间的肤色界线。

　　盖茨一直积极参与发掘、整理并编辑出版那些被遗忘的美国黑人创作的文学作品。1983年，他发现了由黑人哈里特·威尔逊(Harriet E. Wilson)创作的小说《我们黑鬼》(*Our Nig*, 1859)。盖茨指出，"肯定有很多'遗失的书'，可能有几百本，甚至还有一些手稿，它们被放在阁楼和地下室，或者被搁置于档案室和图书馆……我鼓励那些攻读博士学位的年轻人回到档案室，做那些脏兮兮、满是灰尘的工作，看看还有什么东西可以被重新发现和传播"①。2002年，盖茨整理出版了汉娜·克拉夫茨（Hannah Crafts）的手稿《女奴叙事》（*The Bondwomen's Narrative*）。他通过多方证实该手稿的作者是黑人，并将之确定为第一本黑人女奴的小说，并可能是黑人女性的第一部小说，从而打破了由他发现的《我们黑鬼》是第一部黑人女性小说的记录。

随着托妮·莫里森（Toni Morrison）和艾丽丝·沃克（Alice Walker）等作家在美国文坛占据重要地位，人们对黑人女性作家的兴趣日益高涨。然而，读者却往往读不到那些创立并培育黑人女性文学传统的19世纪美国黑人女性作家的作品。1988年，牛津大学出版社与纽约公共图书馆的研究机构朔姆伯格黑人文化研究中心（Schomburg Center for Research in Black Culture）合作，出版了由盖茨担任总编的30卷《朔姆伯格19世纪黑人女作家图书馆》（*The Schomburg Library of Nineteenth-Century Black Women Writers*）②。《朔姆伯格19世纪黑人女作家图书馆》收录了一些先前很少能够见到的由黑人女性创作的作品，如小说、诗歌、传记和散文等，这对于研究19世纪的黑人女性作家及其作品具有重要价值。

作为黑人历史和文化的代言人，盖茨充分利用现代媒体宣传黑人。他参与制作并主持了二十余部有关黑人经历、种族和身份的纪录片，包括《非洲世界奇迹》（*Wonders of the African World*，1999）、《非裔美国人的生活》（*African American Lives*，2006、2008）、《美国的面孔》（*Faces of America with Henry Louis Gates, Jr.*，2010）、《拉丁美洲的黑人》（*Black in Latin America*，2011）、《寻根》（*Finding Your Roots with Henry Louis Gates, Jr.*，2012）、《非裔美国人：跨越多条河流》（*The African Americans: Many Rivers to Cross*，2013）、《自马丁·路德·金以来的美国黑人：我依然崛起》（*Black America since MLK: And Still I Rise*，2016）和《非洲伟大的文明》（*Africa's Great Civilizations*，2017）等。其中《非

---

① DODSON A P. Rooting Through the Past [J]. Diverse: Issues in Higher Education, 2012, 29（20）: 14–15.

② 这套丛书以历史学家兼收藏馆长亚瑟·阿方索·朔姆伯格（Arthur Alfonso Schomburg）命名，现在已经增加至50卷。

裔美国人的生活》使用谱系学、口述历史、家庭故事和DNA技术分析美国非裔的生命之源，是第一部使用科学和谱系追溯非裔美国人祖先的纪录片。盖茨利用谱系学、DNA检测技术以及档案调查对非裔美国人血统来源所做的研究也是追溯种族历史的一种方式。就此，他表示："我从20多岁就开始写关于种族的文章，这是另一种书写种族的方式。"①

非裔美国人有权利了解有关他们历史的知识。然而，在盖茨看来，"这种知识被系统性地否定了，它留下一个空洞——一种挥之不去的痛苦。想要解决这种痛苦的唯一方法就是找出答案"②。"盖茨希望'种族中的每一个人'都能做他或她的家谱（family tree）。因为他相信，了解一个人的祖先可以为治愈美国种族主义的创伤提供强大的力量。"③以《非裔美国人：跨越多条河流》为例，该纪录片展现了从第一批随西班牙人来到北美大陆的奴隶，一直到2008年巴拉克·奥巴马（Barack Hussein Obama）当选美国第44任总统以来美国黑人的历史，让人们对非裔美国人的经历有了新的认识。《非裔美国人：跨越多条河流》获得艾美奖（Emmy Award）、皮博迪奖（Peabody Award）、阿尔弗雷德·杜邦·哥伦比亚大学电视新闻奖（Alfred I. duPont–Columbia University Award）以及全国有色人种协进会形象奖（NAACP Image Award）等诸多奖项。盖茨最新的历史系列片是《重建：内战后的美国》（*Reconstruction: America after the Civil War*，2019）。

盖茨是一位很有影响力的文化批评家。他在美国多地做过有关黑人身份和多元文化的演讲，在许多学术期刊、杂志和报纸上发表文章，并且一直为《纽约客》（*The New Yorker*）、《纽约时报》（*The New York Times*）和《时代周刊》（*Time*）等美国知名刊物撰稿。此外，他还是《批评探索》（*Critical Inquiry*）等众多学术出版物的编辑或顾问委员会成员。盖茨是许多著名文化、艺术和研究机构的董事会成员。2011年，他的画像被悬挂在华盛顿特区的国家肖像画廊；2017年，美洲国家组织（The Organization of American States）任命盖茨为美国非裔权利亲善大使。

---

① DODSON A P. Rooting Through the Past［J］. Diverse: Issues in Higher Education，2012，29（20）：14.

② DODSON A P. Rooting Through the Past［J］. Diverse: Issues in Higher Education，2012，29（20）：15.

③ DODSON A P. Rooting Through the Past［J］. Diverse: Issues in Higher Education，2012，29（20）：15.

第二节　本书的研究对象、价值和意义

本书将盖茨的美国非裔文学批评思想作为研究对象。本书的学术价值和现实意义主要体现在以下五个方面：

第一，关注美国非裔文学批评理论有助于丰富国内有关文学理论的研究。在中国知网文学理论文章中分别以美国黑人或美国非裔为关键词进行搜索，数据表明在此类研究中美国非裔文学理论明显匮乏（数据获取时间为2020年9月30日）。因此，聚焦盖茨的美国非裔文学批评及理论建构对于促进美国非裔文学乃至世界文学研究范式的拓展具有一定的理论价值和学术意义。

一方面，从对西方主流理论与少数族裔文学理论研究的总体现状来看，当前的学术研究多集中于前者。相比之下，针对少数族裔文学理论的研究比较薄弱。作为美国非裔文学批评的集大成者，盖茨既立足本族文化又与当代西方理论交流对话的研究视角为其他少数族裔的文学批评及理论建构提供了较多启示。

另一方面，研究盖茨的美国非裔文学批评思想尤其是他的喻指理论[①]，有助于促进非裔文学研究的多元化。相对而言，国内学界侧重于对美国黑人女性主义文学批评的研究。[②]这既与黑人女性文学的繁荣直接相关，也与女权主义的蓬勃发展以及女性主义文学批评的体系化密切相关。比如，"对于黑人文学批评家，国内研究者比较关注胡克斯的黑人女性主义"[③]。国内已有与胡克斯相关的博士论文和研究专著[④]，但从目前来看，还没有研究盖茨的专著出版。可见，喻指理论

---

① 就盖茨的美国非裔文学批评理论而言，国内学术界有"意指理论""喻指理论"等不同译法。本书采用"喻指理论"这一译法，引文中的翻译与原文保持一致。

② 国内已有与黑人女性主义文学批评相关的博士论文或研究专著，例如，王淑芹.美国黑人女性主义文学批评研究［D］.济南：山东大学，2006；周春.美国黑人女性主义批评研究［M］.成都：四川大学出版社，2007.

③ 王玉括.非裔美国文学研究在中国：1994—2011［J］.外语研究，2011（5）：110.

④ 国内已有与胡克斯的黑人女性主义文学批评相关的博士论文或研究专著，例如，肖腊梅.抵抗的诗学：贝尔·胡克斯激进黑人女性主义批评研究［D］.南京：南京大学，2013；赵思奇.贝尔·胡克斯黑人女性主义文学批评研究［M］.北京：中国社会科学出版社，2014.

的文本分析方法对扩宽美国非裔文学研究视野无疑是一种有益的尝试。

第二，对盖茨批评思想的研究有利于转变国内在对美国非裔作家与批评家研究方面的不平衡现状。随着时代的发展，美国非裔作家赢得了广泛关注。特别是1993年托尼·莫里森获得诺贝尔文学奖之后，美国非裔作家、作品加速进入读者视线。国内学界对赖特（Richard Wright）、埃利森（Ralph Ellison）、莫里森、沃克等作家的研究远远超过了对美国非裔文学批评家的研究。作为非裔文学批评家的卓越代表，盖茨的批评思想促进了美国非裔文学的经典化，对于把握美国非裔文学作品的审美特征和独特魅力有着不容忽视的价值。

第三，深入、系统地探究盖茨的批评思想，尤其是他的喻指理论有助于推动美国非裔文学研究的科学化。批评需要理论引航，"不依赖一种特定的文学理论，要使文学研究达到科学化的程度是难以想象的"[①]。盖茨的美国非裔文学批评较之其前辈学者多了一份理论意识。他着眼于黑人土语并建构喻指理论，扭转以往关于美国非裔文学无理论的偏见。美国非裔文学从最初"艺术还是宣传"的争议开始一直都是"外部研究"占主导地位，这一点尤其在黑人美学时期为盛。但如果美国非裔文学批评仅仅局限于非裔文学的政治宣传功能，就容易流于浅表。盖茨侧重非裔文学的"内部研究"模式，分析文本自身的审美特征以及文本之间的形式修正关系，体现出美国非裔文学批评的重要转型。

第四，就盖茨在美国非裔文学批评以及传播黑人历史文化等方面的贡献而言，他所做的研究对于促进黑人种族进步发挥着不可替代的作用。

一方面，文学是文化传承的重要载体。在历史上，饱受奴隶制和种族歧视之苦的美国黑人近乎无根浮萍，他们既难以完全认同非洲文化，又不易被主流社会彻底接受。黑人一度对白人在文学中对自己的妖魔化和程式化描述处于失语状态。此外，以往的一些种族主义者用白人的批评标准衡量黑人文学，难免就会得出黑人文学"无文学性"、黑人文化低劣的结论。盖茨立足黑人土语研究美国黑人文学的视角具有厚重的历史感。黑人土语既凝结着美国黑人的民族智慧和民族情感，又承载着他们的思想精华。盖茨的批评思想对于增强种族凝聚力、提升黑人自尊和自信有着重要意义。

---

① 佛克马，易布思. 二十世纪文学理论 [M]. 林书武，等译. 北京：生活·读书·新知三联书店，1988：1.

另一方面，作为美国当代最著名的黑人知识分子，盖茨把非洲和美国非裔研究提升到一个新的高度。他在《纽约客》《纽约时报》等刊物上发表的文章和在 PBS、BBC 等西方主流媒体播出的纪录片呈现了该领域的最新动态。从这个意义上看，盖茨后期的研究重点也是我们反观和回溯其批评思想的重要组成部分。

第五，盖茨的美国非裔文学研究对中国文论话语建构以及中国文化外宣具有一定的启发性。盖茨的文学批评不但强调美国非裔文学强大的内聚力，而且突出其广泛的包容性。他致力于发掘黑人土语传统，追溯文本中的黑人声音，从而发展黑人自己的文学理论，动摇了以往美国非裔研究中白人话语的霸权地位。与此同时，他所建构的喻指理论与当代西方理论并不是矛盾对立的，而是处于一种对话关系。在当今世界，多元文化并存，这种研究思路对中国文学理论和文化建设具有一定的借鉴意义。一方面，虽然中国文学批评与美国非裔文学批评有着不同的历史文化背景，但都面临文化认同问题。在多元文化语境下，如何做到既立足本民族文学文本，又能与西方话语对话，从而在互动中发展具有民族特色的批评理论这类问题值得研究者深入思考。另一方面，我国高度重视中国文化的对外传播工作。讲好中国故事，传递中国声音，展示我们的文化魅力并促进中国与世界相互了解是中国学者义不容辞的责任。我们也要努力做好"用恰当的话语方式将民族文化介绍到世界文化市场上去，使之参与多元文化之间的交流和碰撞，在此过程中，使之逐渐为不同文化中的人们所接受"[1]。在深入探究盖茨批评思想的基础上，本书也将有助于国内的美国非裔文学爱好者和非裔文学研究者更全面地了解美国非裔文学及文学批评。

第三节　国外研究状况

盖茨的美国非裔文学批评思想最初体现在他所发表的论文之中。因为盖茨

---

[1]　张德明. 多元文化杂交时代的民族文化记忆问题 [J]. 外国文学评论，2001（3）：16.

尝试突破先前美国非裔文学的外部研究模式，所以这些论文一经问世便引起学者们的"警觉"。在其观点逐渐被接受的过程中，对他的质疑之声也不绝于耳，甚至还引发了美国非裔文学批评家之间的一场论争。关于这次论争的文章也发表在《新文学史》（*New Literary History*）等著名期刊上。1988年，盖茨的理论专著《喻指的猴子》出版，标志着喻指理论的正式确立以及盖茨批评思想的成熟。该书曾获得强烈反响，赞扬者和贬损者纷纷借此发表他（她）们对美国非裔文学及文学理论的看法，相关书评和研究论文也集中出现。此后，盖茨的研究范围扩大到编纂美国非裔文学选集、制作有关非洲和美国非裔历史文化的纪录片、探究美国非裔的血统来源等方面。相应地，他的受众群体不再局限于专业学者，而是更加趋向大众化。基于盖茨美国非裔研究的发展脉络以及本书的研究重点，以下主要从喻指理论研究、盖茨编辑黑人文学作品及文选研究、盖茨对待黑人历史文化立场研究、盖茨黑人知识分子身份研究等方面论述国外研究状况。

一、喻指理论研究

《喻指的猴子》确立了盖茨在美国非裔文学研究领域的坚固地位。学者们对这部专著表现出泾渭分明的两种态度。承认其价值的批评家认为，喻指理论抓住了文本的修辞特点，让曾经被忽视的具有黑人特色的文学特质浮出水面。雅克·德里达（Jacques Derrida）这样说道："这本书的独特之处以及它给人的愉悦得益于它所达到的卓有成效的结合……同时为语言学、修辞学以及文学理论作出了贡献，殊为难得。"[①]在克雷格·沃纳（Craig Werner）看来，盖茨"为'比较黑人文学'提供了一个潜在可及的、政治上有用和学术上复杂的学科基础"[②]。不少学者注意到《喻指的猴子》的文化蕴涵。卢比阿诺（Wahneema Lubiano）表示，"喻指将种族差异还原为文化差异。"[③]迈克尔·贝鲁比（Michael Berube）进一步指出，盖茨巧妙地跨越了欧裔美国人和非裔美国人的文化鸿沟，从而形成一种"既非普

---

① 张中载.两位杰出的美国黑人学者的中国之行［N］.中华读书报，2011–03–02（18）.

② WERNER C. The Signifying Monkey: A Theory of Afro-American Literary Criticism by Henry Louis Gates, Jr. (Book Review)［J］. The Journal of English and Germanic Philology, 1991, 90（2）: 269.

③ LUBIANO W. Henry Louis Gates, Jr., and African-American Literary Discourse［J］. The New England Quarterly, 1989, 62（4）: 570.

遍也非狭义排他的连贯而反本质主义的文化传统"①。

在得到赞誉的同时，盖茨遭受了严厉批判。一些批评家认为他不但忽视政治斗争和文化身份，而且过于依赖当代西方理论。比如，肯尼思·沃伦（Kenneth Warren）指出，"无论是盖茨对修辞手法的阐释，还是他认为赫斯顿（Zora Neale Hurston）的'自由间接话语'介于标准叙事声音和土语言语之间的论点，似乎都没有背离标准的批评实践"②。在评论《喻指的猴子》时，芭芭拉·哈洛（Barbara Harlow）侧重于"盖茨'细读文本的方法论'与结构主义、后结构主义、解构主义以及后现代主义理论的联系与微妙的差别"③。安德鲁·迪尔班科批评盖茨使用了不少文学术语，却忽视了文学评论的历史主义，"他的所谓作品与作品的关系显得古怪和轻飘。似乎对他来说，作品是一种全无时间概念的连续，其中只有相互的吸引和排斥"④。同时，安德鲁·迪尔班科还认为，盖茨忽视了美国黑人文学作品与白人作家所创作的作品之间的喻指关系。他表示，"黑人民间故事与黑人小说交会，可是黑人的作品（口头的、书面的）也同白人的作品交流"⑤。

另外，盖茨的批评思想也赢得了白人学者的关注，不少与美国文学批评相关的专著和文集都介绍了喻指理论。比如，克拉吉斯（Mary Klages）在《文学理论》（*Literary Theory: A Guide for the Perplexed*，2009）中从种族与后殖民角度分析喻指的特征。她尤其强调《喻指的猴子》中猴子使用的语言具有颠覆性："盖茨在解释喻指的猴子这一形象时，将其视为一个随心所欲地驾驭语言以破坏僵化的种族统治制度的主体。盖茨赞扬这种语言的颠覆力量，这种颠覆性破坏了制造统治与从属二元关系的等级制度。"⑥在《20世纪30年代至80年代的美国文学批评》一

① BERUBE M. Beneath the Return to the Valley of the Culture Wars［J］. Contemporary Literature，1994，35（1）：223.

② WARREN K. The Signifying Monkey：A Theory of Afro-American Literary Criticism by Henry Louis Gates，Jr.（Book Review）［J］. Modern Philology，1990，88（2）：226.

③ HARLOW B. The Signifying Monkey：A Theory of Afro-American Literary Criticism by Henry Louis Gates，Jr.（Book Review）［J］. Research in African Literatures，1989，20（3）：576.

④ 尔龄，迪尔班科. 论美国的黑人文学：兼评路易斯·盖茨的《象征的猴子》［J］. 当代文坛，1995（6）：46.

⑤ 尔龄，迪尔班科. 论美国的黑人文学：兼评路易斯·盖茨的《象征的猴子》［J］. 当代文坛，1995（6）：48.

⑥ KLAGES M. Literary Theory：A Guide for the Perplexed［M］. Shanghai：Shanghai Foreign Language Education Press，2009：152.

书中，里奇（Vincent B. Leitch）将盖茨作为80年代黑人后结构主义的首要人物进行了介绍，并认为盖茨比较偏爱由他的母校耶鲁大学的解构主义者所形成的那种修辞阅读方法。在他看来，盖茨"摒弃了早先政治化或者简单化的模仿、表达、说教和传情理论，代之以一种文本理论，一种强调黑人语言修辞性的文本理论"①。但是，里奇的这本著作主要集中于盖茨70年代末到80年代中期的论著和一些有影响力的论文，因此并没有完全涵盖盖茨的批评思想。

在《喻指的猴子》25周年新版本的发行之际，一些学者结合时代发展回顾了盖茨的批评思想。桑德拉·古斯塔夫森（Sandra M. Gustafson）称赞盖茨宽阔的学术视野。在她眼中，"《喻指的猴子》之所以能在批评的万神殿中占有一席之地，部分原因在于他有能力将学术追求与更广泛的关注结合起来"②。艾维·威尔逊（Ivy Wilson）从比较文学和文化的角度评价了盖茨的这部专著。他表示，"《喻指的猴子》可以为民族文学和文化以及比较文学和文化批评开辟新的道路"③。西奥马拉·桑塔玛莉娜（Xiomara Santamarina）认为："通过把独特的黑人土语与当时著名的解构主义理论联系起来，盖茨似乎弥合了黑人文学理论不为学界所知的裂痕。"④然而，对盖茨的批评之声依旧层出不穷。比如，桑塔玛琳娜同时指出，"如果'喻指'的价值在于它的即兴性、不确定性和差异性，那么这种跨历史的、本质化的转义表明盖茨突出的是非洲大陆永恒、原始、非现代的特征"⑤。马里恩·鲁斯特（Marion Rust）也表示，"对早期和现代作家之间对等形式的颂扬可能对作家的独特性造成不公"⑥。与1988年版《喻指的猴子》问世后的情况类似，新版本发行后也随即出现不少书评和相关研究论文。但是，由于书评和论文的篇幅有限，一些问题多是点到为止，并没有详细展开论述。

---

① 里奇. 20世纪30年代至80年代的美国文学批评［M］. 王顺珠，译. 北京：北京大学出版社，2013：345.

② GUSTAFSON S M. Symposium on the Twenty–Fifth–Anniversary Edition of The Signifying Monkey［J］. Early American Literature，2015，50（3）：827–829.

③ WILSON I. In Other Words［J］. Early American Literature，2015，50（3）：861–871.

④ SANTAMARINA X. The Literary Theory of American Afro–centrism［J］. Early American Literature，2015，50（3）：855–860.

⑤ SANTAMARINA X. The Literary Theory of American Afro–centrism［J］. Early American Literature，2015，50（3）：858.

⑥ RUST M. Afterword［J］. Early American Literature，2015，50（3）：921–922.

二、盖茨编辑黑人文学作品及文选研究

国外学者对盖茨编辑的美国黑人文学作品予以较多关注。由盖茨确认其黑人女性作者身份并编辑出版的克拉夫茨的《女奴叙事》曾引起轰动。虽然有观点认为，它的吸引力完全取决于它的作者是一位黑人女性，它的读者被期望根据作者的种族以及她受压迫的生活状况来解读作品，但是，《女奴叙事》"揭示了奴隶制的'残酷性'，同时描绘出白人优越的'普遍伪造的存在'"[1]。盖茨担任总编辑的《朔姆伯格19世纪黑人女作家图书馆》的出版"不仅让学术界能够获得这一时期的黑人女性作品，而且也能让黑人女性广泛阅读公共文本。而这些内容在很大程度上要么是不可能获得的，要么是极难获得的"[2]。伊丽莎白·埃蒙斯（Elizabeth Ammons）指出，这套丛书"将对美国非裔文学、美国文学、黑人女作家和美国女作家的研究产生重大影响"[3]。

盖茨和麦凯主编的《诺顿美国非裔文学选集》的出版具有深远意义。马拉布尔（Manning Marable）盛赞《诺顿美国非裔文学选集》为"黑人文学的新版圣经"[4]。但是，菲利普·理查兹（Phillip M. Richards）表达了对这部文选的不同看法。他对《诺顿美国非裔文学选集》所作的书评比较有代表性。在他看来，因为该文选是按照美国文学史上传统的年代划分进行编排的，这也就意味着，相对于先前的美国非裔文选，《诺顿美国非裔文学选集》的编辑们"偏离标准选集形式的地方要少得多"[5]。凯文·米汉（Kevin Meehan）尤其关注《诺顿美国非裔文学选集》的保守态度。他认为《诺顿美国非裔文学选集》虽然延续了土语文化遗产，但是它也回归到一种"更加保守的文本立场"[6]。

---

[1] HASLAM J. "The Strange Ideas of Right and Justice": Prison, Slavery and Other Horrors in The Bondwoman's Narrative[J]. Gothic Studies, 2005, 7（1）: 29–40.

[2] AMMONS E. The Schomburg Library of Nineteenth–Century Black Women Writers（Book Review）[J]. Black American Literature Forum, 1988, 22（4）: 811–827.

[3] AMMONS E. The Schomburg Library of Nineteenth–Century Black Women Writers（Book Review）[J]. Black American Literature Forum, 1988, 22（4）: 824.

[4] MARABLE M. The New Bible of Black Literature[J]. The Journal of Blacks in Higher Education, 1998（19）: 132–133.

[5] RICHARDS P M. The Norton Anthology of African American Literature by Henry Louis Gates, Jr. and Nellie Y. Mckay（Book Review）[J]. Commentary, 1998, 105（6）: 68–72.

[6] MEEHAN K. Spiking Canons[J]. Nation, 1997, 264（18）: 42–46.

三、盖茨对待黑人历史文化立场研究

盖茨对黑人历史文化的研究也引起了批评家们的兴趣。以他主持的《非洲世界奇迹》为例，这部六集系列片播出后立即引起轩然大波，不少知名的黑人学者都从不同角度对其发表了自己的意见。

支持者称赞盖茨在《非洲世界奇迹》中积极回应历史问题，真实地展现非洲面貌。扎因·马古贝恩（Zine Magubane）评价说："盖茨把这个视频作为修正主义历史中的一次实践，旨在改写殖民主义者和白人至上主义者对非洲的叙述。"①阿梅奇·奥科洛（Amechi A. Okolo）坦言："《非洲世界奇迹》吸引了专业人士和普通大众的注意力。考虑到欧洲中心主义学术研究和大众文化对非洲造成的暴力，真正的非洲史学需要尽可能地广泛传播。"②

相反，否定者认为它名义上是《非洲世界奇迹》，但实际上却带有欧洲中心主义色彩。也就是说，"该系列片以'欧洲为中心'展现非洲人和非裔美国人。盖茨不是代表他们，而是代表美国白人"③。抗议者对该纪录片中有关奴隶贸易的部分尤为不满，针对其中隐含的种族政治提出异议。阿里·马兹瑞（Ali A. Mazrui）就曾尖锐地指出《非洲世界奇迹》每一集中存在的问题。他直言不讳地表示，"《非洲世界奇迹》是旅行者的见闻，而不是一个种族的严肃写照，很难相信这是一个聪明头脑的产物！"④

四、盖茨黑人知识分子身份研究

盖茨批评思想的形成与发展与其黑人知识分子身份密切相关。法拉赫·格里芬（Farah Jasmine Griffin）在梳理美国黑人文学与文学研究时这样说道："这一代批评家，因为编辑了《诺顿美国非裔文学选集》，现在常被称为诺顿一代。他们

---

① MAGUBANE Z. "Call Me America"：The Construction of Race, Identity, and History in Henry Louis Gates Jr.'s Wonders of the African World［J］. Cultural Studies↔Critical Methodologies, 2003, 3（3）：247-270.

② OKOLO A A. My Preliminary Response to "A Preliminary Response to Ali Mazrui's Preliminary Critique"［J］. The Black Scholar, 2000, 30（1）：35-38.

③ MAGUBANE Z. "Call Me America"：The Construction of Race, Identity, and History in Henry Louis Gates Jr.'s Wonders of the African World［J］. Cultural Studies↔Critical Methodologies, 2003, 3（3）：247-270.

④ MAZRUI A A. A Preliminary Critique of the TV Series by Henry Louis Gates, Jr.［J］. The Black Scholar, 2000, 30（1）：5-6.

站在范式转变的前沿，这种范式转变与过去30年黑人文学研究的体制化同时发生。这些进入精英的、以白人为主的高等教育机构的一代产生了一批黑人知识分子和学者，他们是第一批在这些机构任教并获得终身教职的群体之一。"①一些批评盖茨的学者将他的名望更多地归因于他的保守政治，而不是其渊博的学识。马古贝恩指出，"虽然作为英语教授和文学批评家，盖茨有着漫长而杰出的职业生涯，但是他为非学术读者创作的作品，以及他与强大基金会之间的亲密关系，都是他最初进入所谓黑人公共知识分子精英阶层、并在其中崭露头角的催化剂。"②

杰瑞·沃茨（Jerry G. Watts）认为，"精英的受教育环境以及在精英的白人学院工作的经历"③影响着盖茨的美国非裔研究。马里鲁·莫拉诺·凯尔（Marylou Morano Kjelle）更是颇有深意地指出，"因为盖茨的知名度和新闻价值，所以在学术同行看来，他更像一位名人，而不是一位学者。他的批评者们经常抱怨说：'很难分辨盖茨是学术环境中的公共知识分子，还是在公共聚光灯下的学术知识分子。'"④还有一些学者对盖茨进行了更为尖刻的批判。比如，在《权力协商：白人批评家，黑人文本以及自我参照的冲动》（Negotiations of Power: White Critics, Black Texts, and the Self-Referential Impulse）一文中，米歇尔·奥克德（Michel Awkward）借用弗洛姆（Fromm）的观点对盖茨作出评价："弗洛姆把盖茨等人描述为背负着理论负担的装腔作势的骗子，他们的动机不是关心黑人种族，而是'追求名利……和市场'。……弗洛姆把这位黑人批评家看作是学术上的'超级明星'，他能够熟练地在种族的两极——黑人性（blackness）和白人性（whiteness）之间游走。"⑤

总体来看，国外学者研究盖茨美国非裔文学批评思想的视角比较广泛，剖析较为深入，对盖茨的研究也正在从单维解读转向综合阐释。国外已有的研究成果

---

① GRIFFIN F J. Thirty Years of Black American Literature and Literary Studies: A Review [J]. Journal of Black Studies, 2004, 35 (2): 165–174.

② MAGUBANE Z. "Call Me America": The Construction of Race, Identity, and History in Henry Louis Gates Jr.'s Wonders of the African World [J]. Cultural Studies↔Critical Methodologies, 2003, 3 (3): 247–270.

③ WATTS J G. Response to Henry Louis Gates, Jr.'s "Good-Bye Columbus?" [J]. American Literary History, 1991, 3 (4): 733–742.

④ KJELLE M M. Henry Louis Gates, Jr. [M]. Philadelphia: Chelsea House Publishers, 2004: 92.

⑤ AWKWARD M. Negotiations of Power: White Critics, Black Texts, and the Self-Referential Impulse [J]. American Literary History, 1990, 2 (4): 581–606.

为我们系统地探究盖茨的批评思想奠定了基础，也为本书的论证提供了强有力的参照。但是，有两点需要我们特别注意：其一，因为美国种族问题的复杂性和敏感性，对盖茨的评价经常会出现一些极端现象。这就不容易全面把握他在诸如文化、传统等重大问题上所表现出来的矛盾性。其二，对盖茨学术成果的整体性研究有待加强。盖茨的研究兴趣并没有止步于美国非裔文学，近年来，他将目光转向美国黑人的历史文化寻根等方面，这就造成对他的研究出现明显的分层现象。学者们要么聚焦于他早期建构的喻指理论，要么更多地讨论其后期所致力于的黑人身份谱系研究，因此缺乏一个整体视野。为了对盖茨的批评思想进行细致深入的探究，本书也在大量阅读国外文献的基础上，纵向梳理盖茨的研究成果，特别是参考他后期的研究动态和他的黑人知识分子身份回顾并反思喻指理论，这也有利于拓展和丰富对盖茨美国非裔文学批评思想的研究。

第四节　国内研究状况

目前，国内学界尚未有盖茨的研究专著出版。就与盖茨相关的译介而言，共有1篇访谈、2篇论文、1本自传和1本专著。王家湘翻译的《访小亨利·路易斯·盖茨》首次向国内介绍了盖茨；两年后，程锡麟的译文《权威、（白人）权利与（黑人）批评家》[①]正式涉及盖茨的文学批评思想。凡提、张晓全翻译的《黑色世系：关于符号与巧言示意猴的批评》一文初步介绍了喻指的定义。2011年，北京大学出版社出版了王家湘翻译的盖茨的自传《有色人民——回忆录》和王元陆翻译的盖茨的专著《意指的猴子：一个非裔美国文学批评理论》。[②]在译介的同时，学者们不断借鉴国外的研究成果，开始探析盖茨的美国非裔文学批评思想

---

① 科恩 . 文学理论的未来 [M]. 程锡麟，王晓路，林必果，等译 . 北京：中国社会科学出版社，1993：210–241.

② 2010年12月11—12日，盖茨出席北京外国语大学举办的"美国非裔文学研讨会暨盖茨著作中译本发布会"（The China National Conference on African American Literary Studies and the Releasing of H. L. Gates Jr.'s Works in Chinese Translation），这两本译著的集中出版也与盖茨此次中国之行相关。有关哈佛大学网站对盖茨中国之行的新闻报道，参见 Chinese Scholars Celebrate Gates [EB/OL]. The Harvard Dazette，2010–12–22.

以及他对非裔历史文化的研究。

　　盖茨的批评思想经常作为一个重要部分出现在国内有关美国非裔文学或文学理论的学术著作和论文集中。比如，程锡麟和王晓路在《当代美国小说理论》[①]一书中强调盖茨后结构主义方法论的解构意图。周春将"盖茨的意指理论"作为其专著《美国黑人文学批评研究》[②]中的一节进行介绍。在该书中，她尤其强调喻指理论的理论渊源、美学特质和喻指行为的模式，并概括了喻指理论的贡献和存在的问题。李有成的《逾越：非裔美国文学与文化批评》[③]收录了他所写的与盖茨相关的三篇论文。它们分别是：《楷模：盖茨的＜十三种观看黑人男性的方法＞》《盖茨与非裔美国批评》和《"一个新的故事"：盖茨与文化论战》。还有一些学术著作将喻指理论作为分析美国非裔文学作品的一种视角加以简要论述。比如，嵇敏在《美国黑人女权主义视域下的女性书写》中表示，"盖茨的贡献在于他从黑人文化传统中为黑人方言英语找到了理论根源，解决了长期以来悬而未决的关于黑人方言合法性这一重大问题"[④]。在《当代非裔美国新现实主义小说论》[⑤]中，罗虹等人借鉴喻指理论分析了美国非裔新现实主义小说的特征。

　　目前，国内对盖茨的研究多以论文的形式出现。从研究向度来看，以下三点最值得我们关注。

一、盖茨批评思想的综述类介绍及研究

　　截至2020年9月30日，中国知网有关盖茨的美国非裔文学批评思想，特别是探讨喻指理论的论文共有18篇，均为期刊论文。1993年，《外国文学》第6期刊登了程锡麟的论文《一种新崛起的批评理论：美国黑人美学》。该文从"黑人文学的双重传统""黑人文学的比喻性特征"和"盖茨美学观的'表意'"三个方面归纳了盖茨的主要观点。这是国内最早与盖茨相关的研究性文章。

　　随后，不少学者介绍了盖茨的批评思想，并结合喻指理论作出评析。其中，

① 程锡麟，王晓路.当代美国小说理论［M］.北京：外语教学与研究出版社，2001.

② 周春.美国黑人文学批评研究［M］.上海：上海人民出版社，2016.

③ 李有成.逾越：非裔美国文学与文化批评［M］.杭州：浙江大学出版社，2015.

④ 嵇敏.美国黑人女权主义视域下的女性书写［M］.北京：科学出版社，2011：181.

⑤ 罗虹，等.当代非裔美国新现实主义小说论［M］.北京：中国社会科学出版社，2014.

朱小琳认为，"盖茨给美国非裔文学批评带来了系统性的分析框架，使其摆脱了欧洲白人中心论的影响"①。习传进指出，"盖茨的批评理论阐述了非裔文学艺术的文化渊源，为多元文学和文学理论的合法性地位的确立作出了巨大的贡献"②。李权文在文章《小亨利·路易斯·盖茨研究述评》中表示，"盖茨富有创见地提出了把非裔美国文学理论引入美国文学经典的'表意'理论和'黑人性'理论"③，并对盖茨的研究进行了梳理。《外国文学评论》于2013年第3期刊发了王玉括的《非裔美国文学批评中的后结构主义之争》，该文从乔伊斯、盖茨和贝克等人的论争层面深入讨论了当代美国非裔文学研究的走向，对我们把握盖茨的批评思想具有很大的启发性。

学者们也注意到盖茨批评思想的不足之处。林元富从"'表意'的语言""'表意'的文本""文本间的'表意'与互文关系"三个方面讨论了盖茨的喻指理论。他表示，"盖茨理论构建的偏颇之处，不在于其批评范式或政治性，而在于其对文本不确定性的过分强调"④。水彩琴认为，盖茨"将黑人经历、黑人性等关乎非裔美国人社会文化现实的外部存在等同于只有通过细读才能理解的语言符号，从根本上抹杀了黑人性的社会历史内涵，带有粉饰美国种族歧视的嫌疑"⑤。罗良功结合21世纪前十五年美国非裔文学的发展概况，以琼斯的短篇小说集《迷失在城市》与乔伊斯《都柏林人》的对话性关系为例，指出"新世纪美国非裔文学的表现已超出盖茨从非裔本土文化中提取出来、用于描述美国非裔文学内部对话关系的'喻指'理论，体现出更开放的姿态"⑥。这一观点对于我们反思盖茨的批评思想具有重要的指导作用。

何燕李是国内发表与喻指理论相关的论文数量最多的学者。她主要侧重以下六个问题：第一，立足喻指理论与"白人文论"既抵抗又依赖的关系，分析盖茨

---

① 朱小琳. 视角的重构：论盖茨的喻指理论［J］. 外国文学研究，2004（5）：141.

② 习传进. "表意的猴子"：论盖茨的修辞性批评理论［J］. 湖北师范学院学报（哲学社会科学版），2005（5）：5.

③ 李权文. 小亨利·路易斯·盖茨研究述评［J］. 国外理论动态，2009（8）：89.

④ 林元富. 非裔文学的戏仿与互文：小亨利·路易斯《表意的猴子》理论述评［J］. 福建师范大学学报（哲学社会科学版），2008（6）：98.

⑤ 水彩琴. 非裔美国文学的修辞策略：小亨利·路易斯·盖茨的喻指理论［J］. 兰州大学学报（社会科学版），2016，44（1）：47.

⑥ 罗良功. 美国非裔文学：2000—2016［J］. 社会科学研究，2017（6）：174.

批评思想中的"奈保尔谬误";第二,从知识考古、文化寻根和文化定位等方面分析喻指理论的"后殖民性";第三,追溯喻指理论从美国族裔书面文学文本到口头民俗,再经由美国非裔口头文化传统到非洲口头文化传统的归根性;第四,从盖茨对待美国族裔女性文学、文论以及传统的策略入手,突出喻指理论开启了美国族裔两性之间的良性文化对话;第五,讨论盖茨文学批评中的反本质主义和本质主义群像;第六,结合盖茨的批评思想,梳理并概括美国黑人文学形式论的历史生成语境。

二、运用喻指理论进行作品分析研究

国内对盖茨的研究成果相对集中于运用喻指理论分析美国非裔文学作品方面。聚焦喻指理论分析美国非裔文学作品的专著1本:朱小琳的《回归与超越:托尼·莫里森小说的喻指性研究》[①]。学位论文一共12篇。其中,博士论文1篇。朱小琳在其博士论文中指出,喻指理论"兼有文化文论和语言分析文论的性质"[②];硕士论文11篇,比较有代表性的有:邬帅的《〈所罗门之歌〉的喻指分析》[③]、任晓兰的《〈秀拉〉:一个喻指的文本》[④]、贺冬梅的《兰斯顿·休斯诗歌的喻指分析》[⑤]、姜博的《论〈所罗门之歌〉中的喻指》[⑥]、刘花平《对丽塔·达夫〈母亲的爱〉中西方传统的喻指研究》[⑦]等。

以喻指理论为切入点进行作品分析的期刊论文共20篇。滕红艳指出,"莫里森在小说《宠儿》中对黑色命运的艺术表现手法与盖茨的文学理论建构不谋而合地颠覆了主流中心话语的权威性,弥补了西方文学理论和评判模式构建中的空白"[⑧]。其他将喻指理论和作品分析相结合的论文还有:任晓兰和曾竹青(2007)

---

① 朱小琳.回归与超越:托妮·莫里森小说的喻指性研究[M].北京:中国社会科学出版社,2010.

② 朱小琳.回归与超越:托妮·莫里森小说的喻指性[D].北京:中国社会科学院研究生院,2003:10.

③ 邬帅.《所罗门之歌》的喻指分析[D].长沙:中南大学,2007.

④ 任晓兰.《秀拉》:一个喻指的文本[D].长沙:中南大学,2007.

⑤ 贺冬梅.兰斯顿·休斯诗歌的喻指分析[D].长沙:中南大学,2008.

⑥ 姜博.论《所罗门之歌》中的喻指[D].厦门:厦门大学,2009.

⑦ 刘花平.对丽塔·达夫《母亲的爱》中西方传统的喻指研究[D].长沙:中南大学,2009.

⑧ 滕红艳.在中心与边缘之间挣扎的黑色命运:以盖茨的理论构建解读莫里森的小说《宠儿》[J].学术界,2011(2):232.

的《解读〈秀拉〉的喻指意象》、郭秀娟（2011）的《隐喻的故事与象征的意味——论喻指理论在莫里森小说〈宠儿〉中的作用》、罗虹和王明月（2013）的《从盖茨意指理论看〈抹除〉的黑人意指性修正》以及江春兰（2017）的《赫斯顿自传〈路上的尘迹〉的意指修辞策略》等。在此类论文中，董伊的《兰斯顿·休斯的解构策略：论小亨利·路易·盖茨对〈问你妈妈〉的误读》另辟蹊径。该文聚焦喻指与解构策略，以批判的视角分析盖茨对《问你妈妈》的误读，并得出结论："盖茨为了树立一种黑人的文学传统，宁愿在语言的藩篱内延续着耶鲁学派的'精耕细作'。"①

三、与盖茨相关的其他介绍及研究

盖茨等人主编的《诺顿美国非裔文学选集》促进了美国非裔文学的经典化，是一部里程碑式的非裔文选。方红认为："《诺顿美国非裔文学选集》的经典化得益于喻指理论确立的非裔文学史观；反过来，它又以其自身经典化使这一文学史观成为非裔文学的权威史观。"②这一论点对于理解喻指理论、《诺顿美国非裔文学选集》和非裔文学经典化三者的关系具有重要价值。何燕李结合《诺顿美国非裔文学选集》讨论了盖茨的黑人文学正典论。在何燕李看来，"它初次真正有力地建构了黑人正典，不仅合法化了黑人文学，为美国高校的黑人文学课程、教学大纲等提供了应用文本和参考文本，还正典化了其他黑人研究，为黑人文论、黑人艺术等的正典建构提供了有效范式"③。

段俊晖从文学理论的建构和视觉呈现的谱系研究等层面讨论了盖茨的"族裔史书写"。他指出，"从早期倾心建构黑人文学批评理论到近些年致力于探究（非裔）美籍人士的家庭谱系，盖茨始终不移地通过谱系研究帮助非裔美籍人民及其他族裔的美国人了解他们的历史文化和他们自己"④。在美国黑人争取权利的斗争中，作为"十分之一杰出人士"的黑人知识分子被寄予厚望。在当今美国社会，

---

① 董伊.兰斯顿·休斯的解构策略：论小亨利·路易·盖茨对《问你妈妈》的误读［J］.英语文学研究，2019（2）：107.

② 方红.喻指理论：《诺顿非裔美国文学选集》的文学史观［J］.外国文学研究，2017，39（4）：123.

③ 何燕李.盖茨的黑人文学正典论研究［J］.兰州大学学报（社会科学版），2018，46（1）：110.

④ 段俊晖.小亨利·路易斯·盖茨的族裔史书写：从文学理论建构到谱系研究的视觉呈现［J］.外国语文，2013，29（2）：14.

他（她）们有了更多的发展机遇。哈旭娴在《盖茨与非裔美国公共知识分子的伦理困境》一文中表示，"在学术上，盖茨致力于使非裔美国文学研究成为一种自觉的言说方式，而不是服务于政治运动的从属；与学术上追求非裔美国文学研究的'自足'和'自觉'不同，盖茨赞成非裔美国学者追求声望，认为道德迫切感赋予了他们投身世俗政治和社会事务的合法性"[①]。哈旭娴的这篇文章是国内唯一讨论盖茨与美国非裔公共知识分子伦理困境的力作。与该文聚焦盖茨在学术上和政治上的矛盾不同，本书主要围绕盖茨的黑人知识分子身份辩证地思考他在提升种族与顺从主流之间的两难选择。

在《有色人民——回忆录》中，盖茨通过自己的经历，回顾并展现了20世纪五六十年代美国非裔的生活状况。王玉括在其论文《〈有色人民——回忆录〉与非裔美国自传传统》中对比分析了该回忆录与美国非裔自传传统的关系。在他看来："与传统非裔美国自传不同的是，本回忆录在揭示种族歧视之害的同时，深入剖析黑人社区内部的分歧与价值观的多元，比较真实地还原了丰富、驳杂的历史环境，剖析了'个体的小我'与'种族的大我'之间的关系。"[②]这篇论文纵向梳理出《有色人民——回忆录》在美国非裔自传发展历程中的地位和作用，对于把握美国非裔自传的特点具有重要意义。焦小婷在《非裔美国作家自传研究》一书中将《有色人民——回忆录》作为后民权时代的一部重要自传专门进行了介绍，并从"逼真的人物刻画""文化乡愁与种族关系"和"精当的叙事技法"三个层面梳理了该自传的特色，并认为这是一部"集文学性、思想性和艺术性于一体的回忆录"[③]。

《盖茨读本》收录了盖茨有关美国非裔文学和文化的论文、著作或编著的前言及引言等。在《种族含混与美国梦寻——兼论〈盖茨读本〉》一文中，王玉括对此书做了全面的概括和述评。一方面，他赞赏《盖茨读本》"比较系统地涵盖了盖茨对当代非裔美国文学与文化批评的思考，为读者了解非裔美国文学与文化

① 哈旭娴. 盖茨与非裔美国公共知识分子的伦理困境［J］. 外国文学，2017（3）：114.

② 王玉括.《有色人民——回忆录》与非裔美国自传传统［J］. 外语研究，2013（2）：89.

③ 焦小婷. 美国非裔作家自传研究［M］. 北京：科学出版社，2017：176.

传统及其当下的发展、变迁提供了精彩的导读"①。另一方面,这篇文章也客观地评价了《盖茨读本》,并指出盖茨"直面当下美国社会的种族问题,为后来者重新反思美国社会提供对话的平台,在回顾历史的同时,乐观地预示着非裔美国民族的未来。但是他的这种'乐观'心态也遭到部分非裔美国学者的质疑与批判,被视为当代的汤姆叔叔"②。

学者们对盖茨的相关研究为本书提供了思路,是研究得以展开的保障。与此同时,就国内对盖茨美国非裔文学批评思想的研究而言,还存在以下五点不足:

其一,到目前为止,对盖茨批评思想的评介还没有正式的专著出版。他的著作也没有得到广泛的译介。除了《喻指的猴子》和《有色人民——回忆录》之外,大部分著述都没有中译本,显然评介和译介工作还有待进一步推进。

其二,对盖茨批评思想的综合性研究依然匮乏,有进一步拓展和夯实的空间。单一的介绍和泛化研究依然是研究的主要形态,不少论文停留在转述或局部解读层面。盖茨的批评思想是一个立体丰满的整体,而研究内容及研究层面的单一化限制了我们对之进行全面的理解。一方面,对盖茨批评思想的研究分布不均衡,研究对象过度集中于《喻指的猴子》,而对盖茨的其他著述研究较少;另一方面,尽管对《喻指的猴子》中所提出的喻指理论关注度非常高,但对其研究缺乏系统性。例如,没有将喻指理论置于美国非裔文学批评纵向发展的历史生成语境中进行考察、其理论产生和发展的主要脉络尚待进一步厘清、对诸如喻指理论与美国非裔文学经典建构的关系缺乏深入的剖析和论证等。

其三,对盖茨美国非裔文学批评思想的微观辨析仍需加强。就研究力度而言,一些关键问题还未得以充分展开,例如,关于喻指理论中涉及的双重传统等问题虽然有所涉及,但未得到有效阐述;盖茨的美国非裔文学批评与当代西方理论的对话研究在知网的中文期刊检索中也鲜有所见。

其四,运用喻指理论分析美国非裔文学作品的文章数量不多,且质量有待进一步提高。比如,现有的论文多集中于运用喻指理论分析莫里森的小说,这就造成相关论文不仅研究主题趋同,而且研究成果呈现出较高的重复率。个别论文甚至出现机械地生搬硬套喻指理论的现象,在论证中显得牵强附会。

---

① 王玉括.种族含混与美国梦寻:兼论《盖茨读本》[J].当代外国文学,2014,35(4):54.

② 王玉括.种族含混与美国梦寻:兼论《盖茨读本》[J].当代外国文学,2014,35(4):59.

其五，对国外盖茨研究资料的借鉴不够充分，不能将其批评思想置于更大的框架中进行分析，从而容易形成片面粗疏的观点。尤其是对盖茨后期侧重黑人历史文化的研究转向与其批评思想的关系研究并未得到足够的重视，仅仅局限于盖茨非裔研究的某一阶段容易产生断章取义或以偏概全的弊端。同时，相对于国外对盖茨黑人知识分子身份的较多讨论，国内的研究显得单薄。

第五节　研究方法与本书结构

从研究对象出发，本书在对文献进行细致梳理的基础上，综合历史分析、比较研究、文本细读等方法，以问题为中心由点及面地展开论述。作为当代美国非裔文学批评的领军人物，盖茨批判了以往那些把非裔文学的内容视为圭臬的研究方法，将非裔文学的研究重心转向其内部形式特征。基于此，本书把盖茨的批评思想置于美国非裔文学研究的历史坐标系中进行定位、比较和分析，指明盖茨对其前辈观点的继承与创新。在本书的撰写过程中，一些主要问题，如非裔文学的双重传统、喻指理论与当代西方理论以及《诺顿美国非裔文学选集》与其他非裔文选之间的关系探究必须以比较的视野才能得以深刻把握。因此，比较研究将贯穿本书始末。此外，盖茨反对脱离文本的研究方法，他的批评思想就是建立在文本分析的基础之上的。与之类似，本书也采用文本细读的方法，以期深入理解盖茨批评思想的精髓。

本书的基本思路是：盖茨批评思想的形成和发展不仅同时代背景密切相关，而且与美国非裔文学批评自身的演进有着更为直接的联系。盖茨追溯美国非裔文学的土语传统，探寻其丰富的文化内涵。同时，他又借鉴当代西方理论，围绕非裔文本的内部形式特征展开研究，其最终旨趣是要建构既能揭示非裔文学审美特征又能被主流认可的喻指理论，并在此基础上推动美国非裔文学的经典化进程。在规模上，本书纵向梳理美国非裔文学批评的发展历程，并以此为背景理解盖茨的非裔文学内部研究路径；在方式上，系统地讨论喻指理论在黑人传统和西方传统的影响下顺势孕育而生，横向解读喻指理论对当代西方理论既依赖又对抗的复杂关系；在阶段上，通过对比《诺顿美国非裔文学选集》与先前的黑人文选，探讨这部文选对非裔文学经典化的影响。此外，结合盖茨在纪录片《非洲世界奇迹》中的立场，把喻指理论放在他对非洲和美国非裔研究的整体框架中进行分析。最后，围绕盖茨的黑人知识分子身份审视他的批评思想。按照这一思路，本书主要分为绪论、正文（共六章）和结论等部分。

绪论部分首先介绍盖茨的生平及学术概况，随后阐述本书的研究对象、研究意义、国内外研究状况以及研究方法和结构设计。目前，相对于对西方主流理论的研究，国内学者对少数族裔文学理论的研究较为薄弱。作为美国非裔文学批评的集大成者，盖茨既立足本族文化又与当代西方理论交流对话的研究视角为我们提供了较多启示。同时，对盖茨批评思想的研究有利于转变国内在美国非裔文学作品研究与批评理论研究方面的不平衡现状。作为非裔文学批评家的卓越代表，盖茨的批评思想促进了美国非裔文学的经典化，对于把握非裔文学作品的审美特征和独特魅力有着不容忽视的价值。

第一章讨论盖茨批评思想形成的历史文化语境。人们对种族而不是作品本身艺术性的关注在美国非裔文学研究中由来已久，这就严重影响了学界对非裔文学的审美分析及价值判断。盖茨揭露并批判以往那些对黑人"去人性化"的观点并尝试破除人们对非裔文学作品"无文学性"的偏见。论文集《美国非裔文学：教学重建》的出版使学者们意识到美国非裔文学批评已经开始发生一种范式转变。它不但将美国非裔文学的研究视线转向文本的内部形式特征，而且倡导批评方法与非裔文学的结合。盖茨的批评思想就是在这种转变背景下发展起来的。

第二章以传统与文本喻指以及两者的关系为切入点解读盖茨的批评思想。鉴于黑人在美国的特殊经历，将美国非裔文学批评视角聚焦于传统与文本中的任何一方都会引起较大争议，盖茨把两者结合起来的做法在受到广为赞誉的同时难免成为众矢之的。首先，本章论述盖茨从文本语言的角度探寻美国非裔文学的土语传统，追溯该传统的文化渊源并探究它的修辞策略。其次，阐述盖茨如何通过文本的语言喻指和文本之间重复与修正的关系来突出美国非裔文学文本的喻指特征。最后，讨论盖茨以"比较"之名，行"对话"之实，走论证美国非裔文学传统的"完整性"之路，并借此确立美国非裔文学及文学理论的主体性。

第三章论述喻指理论与当代西方理论的关系。盖茨一直强调通过"重命名—

命名"的策略建构美国非裔文学批评理论，但是，"重命名—命名"策略既是喻指理论的特色也是其硬伤。这种修正显示出当代西方理论对喻指理论如影随形般的影响，这在盖茨对美国非裔文学文本的批评实践中体现得尤为突出。"重命名—命名"策略对于颠覆主流理论的话语霸权具有一定的积极意义。然而，"重命名"阴影下的"命名"加深了喻指理论源自当代西方理论的"影响的焦虑"。盖茨越想通过重命名来修正和抵抗当代西方理论，就越陷入对它的依赖。

第四章从文学选集的维度讨论美国非裔文学的经典化问题。首先，本章围绕《诺顿美国非裔文学选集》的特征彰显该文选在喻指理论的指导下建构美国非裔文学经典的愿景。其次，梳理美国黑人文选的特点，阐述《诺顿美国非裔文学选集》在美国非裔文学经典建构方面所发挥的作用。这部分不但简要回顾美国黑人文选的整体发展历程，而且重点对比分析《黑人行旅》《黑火》和《诺顿美国非裔文学选集》这三部代表性文选，从而突出《诺顿美国非裔文学选集》对话以往黑人文选，并力图避免种族融合主义和文化民族主义的弊端。最后，以多元文化主义为背景分析盖茨建构美国非裔文学经典的主张既是非裔文学发展所需，也是时代推力所致。

第五章以盖茨主持的纪录片《非洲世界奇迹》为例，对他在处理非洲和西方关系方面的立场进行案例解读，并把该纪录片与《喻指的猴子》进行对比，回顾其批评思想。一方面，《非洲世界奇迹》翻开了展现非洲文明的新篇章，有助于提升黑人的种族自豪感；另一方面，学者们谴责《非洲世界奇迹》受到主流意识形态的影响，带有黑人东方主义色彩。纪录片将黑人奴隶贸易主要归因于非洲黑人的做法虽然有助于修复美国白人和黑人的关系，但却伤害了黑人之间的感情。通过对比分析《喻指的猴子》和《非洲世界奇迹》，我们可以看出它们是一脉相承的，共同勾画出盖茨在非裔研究中的"骑墙"态度。

第六章聚焦盖茨的黑人知识分子身份这一话题反思他的文学批评思想。首先，本章从"异议/冲突与共识"层面论述盖茨的批评立场体现出黑人知识分子以顺应的姿态在白人体制内的抵抗。其次，顺着杜波伊斯提出的"双重意识"出发，廓清美国黑人，尤其是黑人知识分子看待问题的视角。盖茨的批评思想不时隐现出双重意识的影响，这尤其体现在他强调美国非裔文学的双重传统、双重声音等方面。最后，该章讨论盖茨的黑人知识分子身份对其批评思想的影响。

　　结论部分总结了盖茨批评思想的启发性和局限性。盖茨至少在五个方面给我们带来了启发，即关于美国黑人文学批评的反霸权问题、关于黑人文学研究范式的转变问题、关于黑人传统与西方传统的融合问题、关于黑人文学的经典化问题以及黑人知识分子推动黑人种族进步问题。同时，盖茨批评思想的局限性也是可见的。这主要表现在其理论建构忽视文本外部因素、研究中的职业化倾向以及脱离黑人民众等方面。

第一章

盖茨美国非裔文学批评思想的形成背景

　　书写在奴隶的生活中并非一件普通的事。……就像前奴隶们写作是为了结束奴隶制一样，从内战结束到爵士乐时代，自由黑人作家们写作是为了纠正种族主义的种种形式。[①]

——小亨利·路易斯·盖茨

　　因为人家说我们没有能力创造自己的文学传统，所以我们就创造了一个文学传统。我们之所以这样做，就是因为欧洲人说不这样我们就只配做奴隶。……在西方，我们的文学从一开始就担负着政治与社会的使命，直到如今。[②]

——小亨利·路易斯·盖茨

　　盖茨美国非裔文学批评思想的形成有其具体的历史文化语境。从一个角度看，它既与当时风云变幻的国际大环境有关，又受到美国国内政治因素的影响。从另一个角度来看，盖茨的美国非裔文学研究超越了简单的"非此即彼"二元对立思维模式。他不但继承并修正了先前美国非裔学者的批评思想，而且借鉴并吸收了当代西方理论的合理内核。

　　盖茨批评思想的形成影射出国际大环境的变化。一方面，二战以后，一些原先沦为帝国主义国家殖民地和半殖民地的第三世界国家掀起了摆脱帝国主义控制、争取民族独立的民族解放运动。这种独立意识和民族觉醒激发了美国黑人的

---

① GATES H L, Jr. The Signifying Monkey: A Theory of African-American Literary Criticism［M］. Oxford: Oxford University Press, 1988: 171.

② 华莱士, 王家湘. 访小亨利·路易斯·盖茨［J］. 外国文学, 1991（4）: 87.

自我认知。另一方面,"冷战"时期,美、苏在非洲进行激烈的争夺,随着苏联解体和冷战结束,意识形态的对抗在非洲趋于缓和。相应地,经济尤其是贸易战逐步升级。以美国与南非的关系为例,白人种族主义统治被推翻以后,新南非的成立在非洲历史上具有重要意义。随着南非国际地位的逐步提高,南非对非洲大陆的和平与发展发挥着积极作用。出于对其在非洲整体战略利益的考虑,美国越来越重视发展同南非的合作。古斯塔夫森(Sandra M. Gustafson)就曾指出,"在《喻指的猴子》出现之时,美国和南非以及非洲大部分地区之间的关系正在迅速变化。大多数人认为,这种变化是朝着更好的方向发展"①。

美国国内的社会政治环境和学术氛围是盖茨批评思想形成和发展的催化剂。20世纪50年代,在国际上第三世界人民民族解放运动的鼓舞下,在国内进步力量的支持下,黑人在50年代末掀起了民权运动。60年代以后,美国在政治和文化领域又发生了一系列反主流的抗议活动,比如妇女解放运动、校园民主运动、黑人权力和黑人艺术运动等。就美国黑人而言,黑人权力运动对黑人民众产生了极大的影响。在当时越南战争的继续和美国国内保守势力逐渐扩大的背景下,美国政府消除黑人贫困的计划和努力并没有得到实质性的进展,原先的各种融合措施也没有发挥太大作用。在这种情形之下,一些黑人激进分子转向了民族主义。黑人权力运动强调黑人种族的群体凝聚力,谴责白人种族主义思想和行为,努力改变美国社会对黑人的偏见。在黑人权力运动中,"越来越多的黑人意识到他们有民族的历史和传统,很多人开始寻找黑人文化中的非洲根源,强调并尊重黑人的文化遗产"②。作为黑人权力运动的"美学和精神姐妹",黑人艺术运动"设想了一种直接反映美国黑人需求和愿望的艺术……提议对西方文化美学进行彻底的重新排序"③。如果说黑人权力运动时期从事黑人文学研究的学者更多地把文学视作为黑人争取平等权利的重要工具,那么,不少后民权时代的黑人批评家逐步摆脱了黑人权力运动这样的激进斗争,转而谋求更为温和的方式促进美国黑人的发展。

---

① GUSTAFSON M S. Symposium on the Twenty-Fifth-Anniversary Edition of The Signifying Monkey [J]. Early American Literature,2015,50(3):827-829.

② 罗虹,等. 当代非裔美国新现实主义小说论 [M]. 北京:中国社会科学出版社,2014:11.

③ NEAL L. The Black Arts Movement [M] // GAYLE A, Jr. The Black Aesthetic. New York:Doubleday & Company,Inc. 1971:272-290.

20世纪70年代后期，重建主义者重新审视了美国非裔文学的特征，将非裔文学的研究重心转移至文本自身。1977年，在耶鲁大学举办的"美国非裔文学：从批评方法到课程设计"（Afro-American Literature：From Critical Approach to Course Design）研讨会对美国非裔文学研究范式的转变具有重要意义，盖茨在这次会议上崭露头角并发挥积极作用。本章首先讨论种族歧视语境下的美国非裔文学，然后围绕论文集《美国非裔文学：教学重建》（Afro-American Literature：The Reconstruction of Instruction，1979）阐述美国非裔文学研究"由外转内"的倾向，并以此为背景分析盖茨批评思想形成的历史文化语境。

第一节　"先生，告诉我……什么是黑人文学？"

鉴于美国非裔文学研究的特殊性，我们只有了解先前白人主流学界以及黑人批评家对黑人文学的认识，才能看清盖茨批评思想的独特之处，从而把握其批评策略的意义和价值。就像贝克（Houston A. Baker, Jr.）所说的那样，"'艺术的目的'和价值是批评家对修辞和模式的选择性建构"①，盖茨揭露并批判以往那些对黑人"去人性化"的观点并尝试破除人们对美国非裔文学作品"无文学性"的偏见。他的这种先评析否定原先言论，打破旧的固定思维模式，再借此引出自己观点的"先破后立、破立结合"的做法使其美国非裔文学批评及理论建构更具说服力。

一、难以驱散的种族主义阴霾

自1619年第一批非洲黑人被运到美洲大陆以来，至今已有四百多年了。在这四个多世纪的漫长岁月中，美国黑人为了争取平等的权利，进行着坚持不懈的斗争。时至21世纪的今天，美国黑白种族之间的关系仍旧紧张，种族偏见依然没有完全消除。2020年5月25日，美国明尼苏达州明尼阿波利斯市警方暴力执法导致非裔男子乔治·弗洛伊德（George Floyd）身亡。白人警察压颈"跪杀"弗

---

① BAKER H A, Jr. Blues, Ideology, and Afro-American Literature：A Vernacular Theory [M]. Chicago：University of Chicago Press, 1984：10.

洛伊德的做法激起了美国民众的强烈不满，他（她）们手持"我不能呼吸""黑命贵"（Black Lives Matter）等标语进行抗议示威活动，声讨美国的种族歧视和种族迫害。截至5月30日，美国至少已有30个城市爆发了暴力骚乱。"弗洛伊德事件"引发的骚乱与美国的政治、经济以及"新冠"疫情等问题相关，但最直接的原因还是根深蒂固的种族问题。种族矛盾是美国社会的顽疾，这一事件再次为美国的白人至上主义者敲响了警钟。

　　在美国历史上，黑人奴隶是奴隶主的私有财产。在奴隶制下，他们不但丧失了人身自由，而且备受剥削压迫。1775年4月19日，列克星敦的枪声拉开了美国独立战争的序幕。1776年7月4日，大陆会议通过由托马斯·杰斐逊（Thomas Jefferson）执笔起草的《独立宣言》（*The Declaration of Independence*）。尽管这份声明美国从英国独立的文件宣称"人人生而平等"，强调"生命、自由和追求幸福的权利"，但是，《独立宣言》并没有宣布废除奴隶制，独立战争也没有解决黑人的自由问题。值得一提的是，杰斐逊虽然公开谴责奴隶制，但他本人就是大奴隶主。[①] 他一生曾拥有六百多名奴隶，并且从奴役黑人中获益。

　　美国独立以后，北方和南方沿着不同的方向发展。在北方，资本主义经济发展迅猛；而南方实行的种植园奴隶制严重地影响了北方的工业化进程。南北战争（1861—1865）是美国历史上规模最大的一场内战。虽然这场战争的最初目的并不是为了实现美国黑人的自由，但在南北双方交战的过程中，奴隶制最终走向了瓦解。然而，南北战争之后，黑人并没有摆脱被歧视和受压迫的命运。种族主义不但没有随着奴隶制的废除而消亡，反而以各种不同的微妙形式表现出来。"到19世纪晚期，随着美国自由资本主义向垄断资本主义的过渡，资产阶级在政治上变得全面反动，对黑人的剥削和压迫更加卑鄙可耻，更加凶恶残暴。他们极力推行种族隔离和歧视制。黑人绝大部分被剥夺了选举权和受教育的权利，一般只能从事最笨重的体力劳动，而且还常常被无理监禁、拷打和枪杀。"[②] 二战后，种族歧视仍然严重。20世纪50年代爆发的民权运动以及随后的黑人权力运动表明

---

① 2020年，在"弗洛伊德事件"引发的"拆除雕像"运动中，美国俄勒冈州波特兰市的"黑命贵"示威者在前总统托马斯·杰斐逊雕塑的底座喷上"奴隶主"（SLAVE OWNER）字样。后来，他们又推倒了杰斐逊的雕像。

② 中国人民解放军五二九七七部队理论组.美国黑人解放运动简史［M］.北京：人民出版社，1977：5.

黑人的反抗情绪日益高涨。"从一九五五年起，一场轰轰烈烈的黑人反对种族歧视、争取平等权利的群众斗争，犹如汹涌澎湃的怒涛，蓬蓬勃勃地开展起来了。其规模之大，来势之猛，范围之广，时间之久，在美国历史上都是前所未有的。这一波澜壮阔的怒潮，一直持续到七十年代初。"[1]

黑人权力运动以后，美国黑白种族之间的矛盾关系虽然有所缓和，但是种族间的不平等依然广泛存在。在1997年出版的《看黑人男性的十三种方式》一书中，盖茨清晰地表达出美国非裔生活在社会底层的状况："如果你是一位黑人男性，你被送进监狱的可能性是上大学的一百倍。如果你是一位二三十岁的黑人男性，你就更有可能失业，或者用谨慎委婉的说法——'未充分就业'。"[2]盖茨在这里所呈现的美国黑人男性的窘迫是美国黑人生活的冰山一角，我们由此也可以想到，美国黑人的整体生活境况不容乐观。

盖茨本人遭受歧视的一个事例也很能说明美国的种族问题。2009年7月16日，58岁的盖茨从国外返回美国马萨诸塞州剑桥市的家中。因为没有找到钥匙，他破门而入。路人看到后误以为有人撬门入室行窃，便报了警。白人警察克劳利（James Crowley）赶到后要求盖茨出门接受询问调查。其间，虽然盖茨一再表示他所破的是自己的家门，并声明自己是哈佛大学的教授。但是，警察对之不予理睬。随后，盖茨出言不逊，说了"I'll speak with your mama outside!"之类的话（王元陆指出，"这句话不得体就在于它并不是说'我要到门外和你妈妈说话'，而是类似于汉语的'我到门外和你说个鸟蛋'这类粗话。这是黑人文化中典型的'你老妈玩笑'，属于黑人民间文化的文字游戏'骂娘比赛'"[3]。），并惹怒了警察。警察克劳利以盖茨在入室盗窃调查中抗议警察为由指控他犯有扰乱治安罪，随后警察入室给他戴上手铐将之逮捕。盖茨在自家被捕的消息迅速成为热点话题。"在这之后的几天里，盖茨召集了法律团队，并考虑提起诉讼。他甚至表示要拍一部关于他被逮捕的纪录片，以便参与一个更大的有关种族定性（racial profiling）的项目。"[4]就此，盖茨这样说道："如果我的经历能减少种族定性的发

---

① 中国人民解放军五二九七七部队理论组.美国黑人解放运动简史［M］.北京：人民出版社，1977：7.

② GATES H L，Jr.Thirteen Ways of Looking at a Black Man［M］.New York：Random House, Inc.，1997：xv.

③ 王元陆.《意指的猴子：一个非裔美国文学批评理论》代译序［M］//盖茨.意指的猴子：一个非裔美国文学批评理论.王元陆，译.北京：北京大学出版社，2011：1.

④ Gates Says It's Time to "Move on" from His Arrest［EB/OL］.China Daily，2009-07-26.

生，我会感到非常欣慰。因为，归根结底，这不仅事关我个人，而且事关如何创造一个社会，在这个社会里，'法律面前的平等和正义'是一个现实。"①

时任总统奥巴马曾就盖茨被捕事件表态说剑桥警方"行动愚蠢"（acted stupidly）②。然而，"奥巴马的这番话又引发了保守派评论员和执法官员的强烈反对，他们指责奥巴马说话轻率，反警察"③。奥巴马很快意识到自己的表述有误。为了试图平息他的言论所引起的愤怒，并避免政治影响，他随后又赞扬克劳利是一位"杰出的警察，是个好人"④。他认为盖茨和克劳利都反应过度，并邀请两人在白宫共饮啤酒。张中载指出，"这场'黑'与'白'的纠纷，虽以双方进白宫与奥巴马共饮啤酒而告终，但是它所反映的冲突的根源却是早在贩卖黑奴的奴隶制时代就已埋下的怨仇种子。1863年奴隶制废除，至今一个半世纪已经过去，但是种族歧视、偏见仍在浇灌着这颗怨仇的种子。深肤色和浅肤色种族之间的矛盾纠结，显然不是白宫内总统与肤色不同的教授与警官碰杯所能化解的"⑤。

二、以功能性为主的美国黑人文学研究

人们对种族而不是作品本身艺术性的关注在美国黑人文学研究中由来已久，这就严重影响了学界对黑人文学的审美分析及价值判断。美国黑人文学从起始阶段起就被视为是功能性的或者是一种政治行为。带有种族主义倾向的白人认为黑人文学没有艺术价值，黑人文学成为证明黑人人性的手段。与此同时，黑人文学的功能性也成为黑人文学外部研究的主要诱因。

（一）证明黑人人性：黑人文学的原初意义

为了维护白人的统治地位，让白人顺理成章地享受特权，种族主义者极力剥夺黑人"生而为人"的权利，并在精神上奴役黑人。鉴于美国黑人曾经为奴的历史，要强调美国黑人文学的重要性就不得不追溯黑人书写的意义。黑人最初的书写能力被赋予了特殊的政治目的。盖茨以一些著名的西方思想家的观点为例，表

① Gates Says It's Time to "Move on" from His Arrest［EB/OL］. China Daily, 2009-07-26.
② CHAGGARIS S. Obama's Coalition of the Swilling［EB/OL］. CBS News, 2009-07-30.
③ CHAGGARIS S. Obama's Coalition of the Swilling［EB/OL］. CBS News, 2009-07-30.
④ Obama Rushes to Quell Racial Uproar He Helped Fire［EB/OL］. China Daily, 2009-07-25.
⑤ 张中载. 两位杰出的美国黑人学者的中国之行［N］. 中华读书报, 2011-03-02（18）.

明他们对黑人根深蒂固的偏见和歧视。

　　在西方传统观念中，书写被认为是理性的重要标志。因为早期来到美国的黑人不具备书写能力，所以他们被认为是没有理性也无法创作艺术的野蛮人，和动物没有太大的区别。1631年，彼得·海林（Peter Heylyn）在《对世界的描述》（*Little Description of the Great World*）一书中就把黑人贬低为非人类："非洲黑人完全缺少人所特有的使用理性的能力，他们没有什么智慧，缺乏艺术和科学。"① 在休谟（David Hume）看来，"书写是区别动物和人类的最终标志"②。根据休谟的说法，"'黑人'本质的低下为他们没有文明的持续形式以及在行动和思想方面、艺术和科学方面没有杰出的个体所证明"③。康德（Immanuel Kant）是最早将肤色与智力发展直接联系起来的哲学家之一，他的看法很有代表性。他最先宣称："人类（黑人和白人）种族之间具有根本差异。就智力差异而言，它似乎与肤色差异一样明显。"④ 盖茨又列举了黑格尔（G. W. F. Hegel）所谓黑人"无历史""无情感""无道德"以及"无文化"的偏激说法。黑格尔呼应了休谟和康德的观点。他认为黑人缺乏历史，并嘲笑他们既没有发展非洲本土的文字，也未能掌握现代语言的写作艺术。黑格尔指出，"正是因为缺少书写，才最明显地表明，非洲是一个有着根本差异的大陆。"在黑格尔眼中，"黑人身上没有任何与人性和谐的东西"，并且，"非洲人缺乏'我们所说的感情'"。同时，"在黑人中，道德情感是相当脆弱的，或者更严格地说，是不存在的"⑤。按照这一思路，黑格尔所谓非洲人没有文化的观点也就不难理解了。在黑格尔看来，正是奴隶制为美国黑人提供了一个受教育的阶段，所以，他主张逐步地废除奴隶制，而不是立即废除奴隶制。盖茨认为："黑格尔对非洲人'历史'缺失的批评，设定了记忆——集体的、

① GATES H L, Jr. Loose Canons：Notes on the Culture Wars［M］. Oxford：Oxford University Press，1993：58.

② GATES H L, Jr. The Signifying Monkey：A Theory of African-American Literary Criticism［M］. Oxford：Oxford University Press，1988：167.

③ 塔吉耶夫. 种族主义源流［M］. 高凌瀚，译. 北京：生活·读书·新知三联书店，2005：88.

④ GATES H L, Jr. Figures in Black：Words, Signs, and the "Racial" Self［M］. Oxford：Oxford University Press，1989：18.

⑤ GATES H L, Jr. Figures in Black：Words, Signs, and the "Racial" Self［M］. Oxford：Oxford University Press，1989，20.

文化的记忆——在对文明的评价中起着至关重要的作用。"①　由此可见，盖茨在其美国非裔研究中追溯非裔美国人的历史、确认非裔文学土语传统的做法无疑是对这类观点的一种有力回应。

对于美国黑人来说，文学创作具有非同寻常的意义。黑人文学作品一度被用来证明他们的人性，也就是说，"至少从17世纪末开始，欧洲人就开始质疑非洲的'人类物种'（他们最常用的说法）是否能够创作正式的文学，是否能够掌握'艺术和科学'。如果答案是肯定的，那么非洲人的人性和欧洲人是基本相关的。如果答案是否定的，那么很明显，非洲人注定天生就是奴隶"②。对于黑人作家来说，"读写能力是衡量那些努力在西方文学中定义非洲自我的作家们人性的终极参数"③。然而，在历史上，美国黑人作为奴隶曾经被禁止学习读写。这样，他们就很难具备书写能力，自然会被认为低人一等，甚至不被当作人来对待。盖茨总结说："没有书写，就不可能存在理性和思维活动的可重复迹象；没有记忆和思维，就没有历史；没有历史，从维柯到黑格尔所一致定义的人性就不可能存在。"④　所以，对于黑人奴隶来说，"写作不仅是一种精神活动，而且是一种商品，能够使他们获得充分的人性"⑤。这也就意味着，黑人奴隶的写作不仅要证明他们的人文学识，更要证明他们是人类群体中的成员。

盖茨针锋相对地指出这些对黑人"去人性化"观点的荒谬之处，并在此基础上强调美国非裔文学的重要性。他表示：

> 与几乎所有其他文学传统不同，美国非裔文学传统的产生是对18世纪和19世纪带有非洲血统的人没有文学，也不能创作文学的断言的回应……

---

① GATES H L, Jr. Figures in Black: Words, Signs, and the "Racial" Self [M]. Oxford: Oxford University Press, 1989, 20.

② GATES H L, Jr, MCKAY N Y. The Norton Anthology of African American Literature [M]. New York: W W Norton & Company Inc., 1997: xlii.

③ GATES H L, Jr. The Signifying Monkey: A Theory of African-American Literary Criticism [M]. Oxford: Oxford University Press, 1988: 131.

④ GATES H L, Jr. Editor's Introduction: Writing "Race" and the Difference It Makes [J]. Critical Inquiry, 1985, 12 (1): 1-20.

⑤ GATES H L, Jr, MCKAY N Y. From Wheatley to Toni Morrison: The Flowering of African-American Literature [J]. The Journal of Blacks in Higher Education, 1996 (14): 95-100.

生活在欧洲或新世界的非洲人觉得有必要创作一种文学，既要含蓄地证明黑人确实具有创作书面艺术的智力能力，又要控诉在西方文化中对黑人人性进行限定的社会和经济制度。①

黑人不能书写也成为一些白人粉饰美国奴隶制的借口。他们认为："没有书写的在场，非洲人就无法证明他们与欧洲人'天生的'心智上的平等。因此在掌握书写之前，他们注定要永远为奴。"②可见，美国黑人文学自起始阶段起，就肩负着沉重的社会政治使命。

盖茨不但梳理了美国黑人通过书写证明黑人人性的历史，而且他还强调黑人声音在这种书写艺术中的重要性。对此，他做了明确的表述：

文本中的声音这个普遍问题在任何文学作品中都是复杂的。比如在美国非裔文学传统中，口头和书面文学传统构成了独立、不同的话语空间，这些空间有时重叠，但往往不重叠……西方语言中的黑人书写在任何时候都具有或隐或显的政治性。从黑人出版书籍开始，他们就在进行某种形式的直接的政治对话，并且一直延续至今。黑人书写声音的扩散，以及随之而来的政治意义，在我们的文学史中很快引发了两种需求。其一，就如一位批评家在1925年所说的那样，需求一位"黑人莎士比亚或但丁"的到来；其二，呼唤一种在印刷中体现出来的黑人的拯救之声。从定义上讲，这种声音的在场将终结黑人亚人性的所有断言。③

对于美国黑人来说，发出自己的声音至关重要。黑人文学作品的创作和出版能够让世界听到黑人的声音，使他们的人性存在合理化。文学文本中的黑人声音蕴含了美国黑人对自由的渴望，对主体身份的追求，对过去的记忆以及对未来的

---

① GATES H L, Jr. Figures in Black: Words, Signs, and the "Racial" Self [M]. Oxford: Oxford University Press, 1989, 25.

② GATES H L, Jr. The Signifying Monkey: A Theory of African-American Literary Criticism [M]. Oxford: Oxford University Press, 1988: 13.

③ GATES H L, Jr. Loose Canons: Notes on the Culture Wars [M]. Oxford : Oxford University Press, 1993: 132.

希望。

　　盖茨的美国非裔文学批评把声音作为一种在场，考察黑人文学如何通过声音被赋予价值。如果说美国黑人文学确定并重新定义了非洲人后裔在人类群体中的地位，那么，它不但证明了黑人在生存链中人的身份，它也同样表明黑人在话语链上拥有发言权。比如，通过美国黑人文学史上的五个奴隶叙事，盖茨不但证明了黑人的读写能力，而且强调文本中的"说话书本"（Talking Books）转义，并在此基础上探寻黑人文学的审美特征。具体来说，"格罗涅索（Gronniosaw）、马伦特（Marrant）、伊奎阿诺（Equiano）、库戈阿诺（Cugoano）和杰（Jea）的作品，既是对存在大链条这一符号的批判，也是对黑人在链条上所处的象征位置的批判。这些作家通过书写行为，做出了在盎格鲁—非洲文学传统中的第一个政治姿态。他们的书写是集体行为，孕育了黑人文学传统，并将其定义为他者的链条——黑人自己所拥有的黑人存在的链条"①。这五个奴隶叙事作品中的黑人声音意味着黑人成为言说主体，即"黑人只有通过把他们的声音记录在书写下来的文字中，才能成为言说主体"②。盖茨在《编辑引言：书写"种族"及形成之差异》（*Editor's Introduction: Writing "Race" and the Difference It Makes*）一文中指出，"种族的面孔取决于对黑人声音的记录。声音预设了一张脸，但似乎也被认为决定了黑人面孔的轮廓"③。在盖茨看来，文本中的黑人声音是"真实黑人声音的记录——这是从震耳欲聋的沉默中解脱出来的声音，启蒙运动中的欧洲人曾经用这种沉默来证明非洲人缺乏人性"④。

　　盖茨回顾并总结了历史上一些白人对待美国黑人以及黑人文学的态度。他认为，这些白人在面对黑人文学时，他们囿于民族中心主义和逻各斯中心主义，把种族和理性联系起来，一起用于剥夺黑人的人性。就像黑人书写是黑人智力的象征那样，对于黑人来说，创作文学艺术不仅事关文学艺术本身，而且它还证明了

---

① GATES H L, Jr. Loose Canons: Notes on the Culture Wars [M]. Oxford: Oxford University Press, 1993: 167.

② GATES H L, Jr. Loose Canons: Notes on the Culture Wars [M]. Oxford: Oxford University Press, 1993: 130.

③ GATES H L, Jr. Editor's Introduction: Writing "Race" and the Difference It Makes [J]. Critical Inquiry, 1985, 12 (1): 1–20.

④ GATES H L, Jr. Editor's Introduction: Writing "Race" and the Difference It Makes [J]. Critical Inquiry, 1985, 12 (1): 1–20.

黑人民族并不低下。这也就是说："一个民族可以通过多种途径成为伟大的民族，但只有一个标准可以使之得到承认和认可。衡量伟大与否的终极标准，就是他们所创作的文学艺术的数量和水平。只有一个民族创作了伟大的文学艺术，世界才知道这个民族是伟大的。任何一个创作了伟大文学艺术的民族，都不会被世人认为是明显地低人一等。"①

事实上，美国黑人不但能够创作文学，而且他们的文学也有其自身的传统。文学传统的存在进一步证实了黑人的理性和书写能力。盖茨认为美国黑人文学传统源于黑人奴隶，在世界伟大的文学史中，很少有传统的起源像18世纪后期非洲奴隶和前奴隶用英语写作那样奇特。他进一步指出，"盎格鲁—非洲文学传统是在两个世纪前形成的，其目的是证明非洲后裔具有创作文学所必需的理性和智慧。他们是理性的、有感情的人类群体中的平等成员，他们能够写作"②。

（二）白人无视黑人文学作品的"文学性"

美国黑人奴隶通过书写证明了他们的理性，相应地，美国黑人文学的功能性也占据上风。一些白人学者无视黑人作家的艺术创作才能，在他们眼中，黑人文学或者是黑人人性的体现，或者被简单地视为商品。休谟认为，"黑人奴隶散布在欧洲各地，但没有人发现他们有任何独创（ingenuity）的迹象"，即使个别黑人能够进行创作，也不过是"像会说几句话的鹦鹉而已"。值得注意的是，由于受到黑人自身读写能力的限制等原因，美国黑人文学的最初形态更多的是通过口头形式表达黑人的诉求。比如，庞好农在《非裔美国文学史（1619—2010）》中就曾提道："早期的非裔美国人通过灵歌、劳动号子、歌谣或民间传说来表达一个反复出现的主题：弱者一定会战胜强者；较强一方也许能够控制较弱一方的人身自由，但是较强一方的'强'并非永恒的，也不是无法改变的。"③

虽然美国黑人通过文学创作证明了他们作为人的身份而存在，但是一些白人批评家始终无视黑人文学作品的"文学性"。以菲利斯·惠特莉（Phillis Wheatley）的《关于宗教和道德之各种主题的诗歌》（*Poems on Various Subjects,*

① JOHNSON J W. Preface [M] // JOHNSON J W. The Book of American Negro Poetry. London：The Floating Press，2008：5-6.

② GATES H L, Jr, MCKAY N Y. The Norton Anthology of African American Literature [M]. New York：W. W. Norton & Company，1997：xxxviii.

③ 庞好农. 非裔美国文学史（1619—2010）[M]. 北京：中央编译出版社，2013：1.

Religious and Moral）为例，该诗集于 1773 年在伦敦出版之后几乎立即成为国际反奴隶运动中关于黑人天生平等的突出例证。然而，"几乎没有人把这本书当作诗歌来讨论"，这主要是因为"黑人艺术的纪实地位（documentary status）比单纯的文学判断（literary judgment）更重要"。值得注意的一个现象是，在诗集的序言部分，有 18 位波士顿名流证明黑人惠特莉是该诗集的作者，但是他们却没有涉及惠特莉诗歌的艺术特征。他们这样写道：

> 我们在此签名的人，向世界保证：这些诗是菲利斯写的。她是位年轻的黑人姑娘，几年前还是从非洲来的没有文化的野蛮人，现在她是一个奴隶。她已经通过了一些最好的评委们的审查，被认为有资格写这些作品。①

在诗集的序言中证明作品为黑人所写这种做法本身就极具讽刺性，这表明黑人的作者身份需要被书面证明。更重要的是，白人是其身份的证明人。托马斯·杰斐逊对惠特莉诗歌的评价影响了后来的黑人文学批评。杰斐逊认为，"以她的名义发表的作品有失批评的尊严"②。在杰斐逊看来，宗教的确产生了惠特莉，但却不能产生一位诗人。同样，惠特莉诗歌的其他评论者更多的是借该诗集突出"黑人是人类成员，不应该被奴役"的倡议。事实上，在惠特莉的诗集出版后不久，她就获得了自由。可见，即使惠特莉的诗歌受到承认，人们也更多地关注其功能性。同时，白人将这种功能性写作视为黑人缺乏想象力的标志，并以此为由判定黑人文学缺乏"文学性"。

白人对黑人肤色的过于关注难免会影响到他们对黑人作家创作才能的评价。1896 年，豪威尔斯（William Dean Howells）在对邓巴（Paul Laurence Dunbar）诗集的评论中依然涉及黑人读写能力与黑人自由的关系。盖茨援引了豪威尔斯对邓巴艺术成就所具有的政治意义的看法："一个种族如果有任何成员能够取得邓

---

① GATES H L, Jr. Loose Canons: Notes on the Culture Wars [M]. Oxford: Oxford University Press, 1993: 52.

② GATES H L, Jr, MCKAY N Y. From Phillis Wheatley to Toni Morrison: The Flowering of African-American Literature [J]. The Journal of Blacks in Higher Education, 1996 (14): 95-100.

巴这样的成就，那么这个种族就不能再被认为是完全没有文明的。"① 豪威尔斯注意到邓巴的黑人外貌特征，并确立了生理上的黑人性与形而上的黑人性之间的联系。值得注意的是，豪威尔斯也看到了邓巴在诗歌中表达的是人类共同的情感："如果这些作品是由一位白人所写，我会被它们非同寻常的品质所打动；但是，由于它们是黑人种族生活的表述，在我看来，它们更有价值，更有意义。我有时猜想，或许这些黑人以黑人的方式思考，以黑人的方式感知。他们与我们截然不同，以至于我们之间没有共同的智力和情感基础。但是这本书让我暂停了我的猜测。至少在艺术效果上，在一位黑人身上体现了白人情感和白人思维。"②

盖茨还讨论了当代文学批评家对美国黑人文学的态度。他列举了20世纪初期至中期形式主义批评家理查兹（I. A. Richard）、艾伦·泰特（Allen Tate）以及美国马克思主义批评家马克斯·伊士曼（Max Eastman）等人的观点，以此进一步表明白人批评家关注的依然是黑人作者的生物属性。盖茨认为，这些批评学派的成员在转向美国黑人文学或文化时，他们的结果往往令人沮丧，"在解释'黑人差异'时，他们所做的评判往往与他们密切相关的美学体系的原则不一致"③。

盖茨在回顾自己的文学研究生涯时表示，在去英国之前，他并没有想要成为一名真正的文学批评家。可是，当他到了英国以后，他就意识到自己在美国非裔文学研究方面所要做的工作，并将其部分地归因于他和沃莱·索因卡（Wole Soyinka）的关系。在索因卡的影响下，盖茨认识到，对于黑人知识分子来说，美国非裔文学研究"是一种真正的使命，而不仅仅是业余爱好"④。盖茨这样描述自己的经历：

> 1973年，索因卡从加纳来到剑桥大学，他希望在英语学院担任两年的讲师。但是，令他吃惊的是，英语学院显然不承认非洲文学是"英语"学位

---

① GATES H L, Jr. The Signifying Monkey: A Theory of African-American Literary Criticism [M]. Oxford: Oxford University Press, 1988: 177.

② GATES H L, Jr. Figures in Black: Words, Signs, and the "Racial" Self [M]. Oxford: Oxford University Press, 1989, 22-23.

③ GATES H L, Jr. Figures in Black: Words, Signs, and the "Racial" Self [M]. Oxford: Oxford University Press, 1989, 24.

④ ROWELL C H. An Interview with Henry Louis Gates, Jr. [J]. Callaloo, 1991, 14（2）: 444-463.

考试的一个合法领域，所以他只得接受社会人类学的职位。后来，我问尼日利亚著名文学学者艾曼纽尔·奥比奇纳（Emmanuel Obiechina）为什么要拿剑桥大学社会人类学的博士学位，他讲了一个类似的故事。在我得知索因卡在剑桥的遭遇后不久，我就去问剑桥大学克莱尔学院的英语导师，为什么索因卡会受到这样的对待。同时，我也尽可能礼貌地表示，我非常想写关于"黑人文学"的博士论文。导师不屑地回答说："先生，告诉我……什么是黑人文学？"当我拿出一份黑人作家所写的作品目录作为答案时，他的愤怒提醒了我，我把他的反问当成了一个严肃的问题进行了回答。①

可见，当时的剑桥大学不仅不接受黑人学者直接以"文学"的名义教授黑人文学，而且一些教师也不建议黑人学生研究黑人文学。白人文学研究者将黑人眼中的黑人文学视为一种非文学的存在。

贝克指出，"在剑桥，索因卡的智识以及审美才能的影响是盖茨人生的转折点"②。一方面，盖茨认为以往的美国黑人文学批评，尤其是黑人美学批评家的观点过于政治化，而"索因卡的作品让盖茨着迷，这些作品在评论西方美学时从未使用政治这个词，也没有过于意识形态化"③。另一方面，"索因卡对约鲁巴奥里萨斯（the Yoruba Orishas）和悲剧理论所做的研究很有代表性。索因卡的研究视角启发了盖茨，让他开始为自己的批评计划'寻找类似物和功能对等物'"④。阿黛尔（Sandra Adell）总结了盖茨和索因卡研究中的相似之处。她说："盖茨让人想起了他的尼日利亚约鲁巴族朋友沃莱·索因卡……从某种意义上说，他们都回应了限制非洲或美国非裔文化的文化霸权。"⑤

盖茨在阅读黑人文学作品时也遭遇了一些困难。他这样提到自己在剑桥研究

---

① GATES H L, Jr. Introduction: "Tell Me, Sir, What Is 'Black' Literature?" [J]. Pmla, 1990, 105（1）: 11-22.

② BAKER H A, Jr. The Urge to Adorn: Generational Wit and the Birth of "The Signifying Monkey" [J]. Early American Literature, 2015, 50（3）: 831-842.

③ WILSON I. In Other Words [J]. Early American Literature, 2015, 50（3）: 861-871.

④ BAKER H A, Jr. The Urge to Adorn: Generational Wit and the Birth of "The Signifying Monkey" [J]. Early American Literature, 2015, 50（3）: 831-842.

⑤ ADELL S. A Function at the Junction [J]. Diacritics, 1990, 20（4）: 43-56.

生院的学习感受："在剑桥大学的批评理论课程中，约翰·霍洛威教授让我用俄国形式主义、法国结构主义、盎格鲁—美国实践批评（Anglo-American Practical Criticism）等当代理论对黑人文本进行细读……我只能通过分析黑人文学的内容，并以自己的黑人经验来靠近黑人文学。而我在阐释西方经典文本时，就没有遇到过类似的困难。"[①] 那么，如何阅读黑人文学作品？黑人文学的批评标准又是什么？这种阅读困境促使盖茨开始思考美国非裔文学的审美特征并推动其美国非裔文学批评实践及理论建构。

（三）黑人文学的功能性：黑人文学外部研究的诱因

对于美国黑人文学来说，作品中的反种族主义主题的确丰富了作品的思想内容；但是，过于局限于种族问题就会限制作家的艺术创作。如果说美国黑人文学自诞生阶段起，就被视为是证明黑人人性的工具，那么，在一些黑人文学批评家眼中，黑人文学必然也是改变黑人刻板印象、颠覆白人优越论的思想武器，更确切地说，是一种抵抗的力量。不难理解，这种对黑人文学功能性的强调自然就成为美国黑人文学研究侧重作品主题和内容等外部特征的主要原因。

美国黑人文学的缘起就带有明确的政治功能性。从一个方面看，黑人通过彰显其种族身份表明他们所遭受的不公正待遇。比如，1770年，格罗涅索创作的《非洲王子》（*A Narrative of the Most Remarkable Particulars in the Life of James Alber Ukawsaw Gronniosaw, an African Prince*）"就以一种独特的'非洲'声音在文学界占有一席之地，这是一个既谈到'黑人'，又对奴隶制进行控诉并予以反驳的文本"[②]。从另一个方面来看，西方传统在美国黑人文学早期就存在并发挥作用。盖茨在《诺顿美国非裔文学选集》中指出，"美国非裔奴隶试图通过掌握英美传统来摆脱奴隶制"[③]。

1920至1930年代的哈莱姆文艺复兴时期出现了不少被白人认可的黑人作品。作家们通过在文学中塑造新黑人形象，展现黑人自尊。比如，在休斯早期的诗歌

---

① GATES H L, Jr. Figures in Black: Words, Signs, and the "Racial" Self [M]. Oxford: Oxford University Press, 1989: xvi.

② GATES H L, Jr, MCKAY N Y. The Norton Anthology of African American Literature [M]. New York: W. W. Norton & Company, 1997: xxxviii.

③ GATES H L, Jr, MCKAY N Y. The Norton Anthology of African American Literature [M]. New York: W. W. Norton & Company, 1997: xxxvii.

中明显反映出"为黑人提供有种族自豪感的正面形象"①这样的创作意图。随着优秀黑人文学作品的不断问世,黑人文学批评也逐步发展起来。在洛克看来,"应该用文学来重构美国黑人的社会身份,黑人文学艺术的使命在于重新阐释和塑造黑人的自我形象"②。盖茨在回顾哈莱姆文艺复兴时说道:"不同范畴的混淆以及艺术与宣传的混淆困扰着哈莱姆文艺复兴。"③在这一时期,美国黑人文学作品主要被视为文化产品或文献,见证了黑人的政治和情感诉求。盖茨表示:"我知道关于艺术功能的独特理论不但被大多数新黑人文艺复兴的作家和批评家所认同,而且也赋予了这个文学运动一种奇特而矛盾的立场。一方面假设艺术和生活、黑人政治进步和正式文学创作之间存在一种直接的社会和政治关系;但另一方面,它又揭穿了黑人艺术的宣传功能并崇尚源自维多利亚晚期诗歌标准的文学优雅的思想。"④

与哈莱姆文艺复兴时期的美国黑人文学不同,20世纪三四十年代的美国黑人文学作品突出反映了黑人在现实生活中的困窘。"在这个时期的非裔美国文学创作中,爵士乐的异国情调被社会抗议所取代……非裔美国作家把观察到的'种族问题'作为其文学创作的基本材料,寻求提高种族意识,更有效地解决黑人种族觉悟的问题。"⑤一些作家从创作角度强调美国非裔文学需要发挥的社会作用。例如,赖特就批判了哈莱姆文艺复兴时期的文学创作。在他看来,黑人文学应该被用来反抗种族歧视和社会不公,这在他的代表作《土生子》(*Native Son*,1940)中体现得淋漓尽致。

贝克指出,"20世纪50年代末到60年代初的美国非裔文学批评可以被称作融合主义诗学。赖特乐观地预言美国非裔文学不久就会融入美国文学艺术的主

---

① MILLER D Q. The Routledge Introduction to African American Literature [M]. New York: Routledge,2016:70.

② 黄辉. 20世纪美国黑人文学批评理论 [J]. 外国文学研究,2002(3):22.

③ GATES H L,Jr. Figures in Black: Words, Signs, and the "Racial" Self [M]. Oxford: Oxford University Press,1989:28–29.

④ GATES H L,Jr. Figures in Black: Words, Signs, and the "Racial" Self [M]. Oxford: Oxford University Press,1989:xxiii.

⑤ 庞好农. 非裔美国文学史(1619—2010)[M]. 北京:中央编译出版社,2013:149.

流"①。然而，融合主义诗学忽视了黑人经验的复杂性和黑人文学的独特性。与之形成鲜明对比的是，20世纪60年代，随着黑人权力运动的推进，美国黑人历史上出现了黑人艺术运动。黑人艺术运动主要用黑人文学的政治功能去描述和评价黑人文学。在60年代至70年代初，黑人美学逐步占据了黑人文学批评的主导地位。黑人美学主要关注的问题是："在黑人权力政治斗争中，黑人文学的本质和作用。"②在这一时期，美国黑人文学经历了较为激进的变革，底层黑人成为明确的读者群体，文学被视为强有力的斗争工具。比如，霍伊特·富勒（Hoyt W. Fuller）在他的文章《走向黑人美学》（Towards A Black Aesthetic）中表示，"存在一种即使是一些白人批评家也会同意的神秘的黑人性"③。小艾迪生·盖尔（Addison Gayle, Jr.）在《文化扼杀：黑人文学与白人美学》（Cultural Strangulation：Black Literature and the White Aesthetic）一文中指出，"接受'黑色即美'这一短语，是摧毁旧法纪并建立新法纪的第一步——因为这个短语与整个白人美学的理念背道而驰"④。在《当前黑人文学的功能》（Function of Black Literature at the Present Time）一文中，盖尔明确支持民族主义。他认为，"从心理上讲，民族主义反映在整个黑人文化中"⑤，并表示"黑人艺术将提升和启迪我们的人民，引导他们走向自我意识，即他们的黑人性"⑥。

作为重建主义时期的代表人物，盖茨与黑人美学批评家之间既有联系又有区别。比如，在涉及西方文学传统对美国黑人文学的影响等方面，两者之间确实存在显著不同。然而，他们也具有一些共同的基本特征，这也表明盖茨的批评思想是对黑人美学的继承和超越。这一点尤其体现在黑人美学尊崇非洲文化，突出美

---

① BAKER H A, Jr. Generational Shifts and the Recent Criticism of Afro-American Literature [J]. Black American Literature Forum, 1981, 15（1）: 3–21.

② GATES H L, Jr. Figures in Black: Words, Signs, and the "Racial" Self [M]. Oxford: Oxford University Press, 1989: xxv.

③ FULLER H W. Introduction: Towards a Black Aesthetic [M] // GAYLE A, Jr. The Black Aesthetic. New York: Doubleday & Company, Inc. 1971: 3–12.

④ GAYLE A, Jr. Cultural Strangulation: Black Literature and the White Aesthetic [M] // GAYLE A, Jr. The Black Aesthetic. New York: Doubleday & Company, Inc. 1971: 39–46.

⑤ GAYLE A, Jr. The Function of Black Literature at the Present Time [M] // GAYLE A, Jr. The Black Aesthetic. New York: Doubleday & Company, Inc. 1971: 407–419.

⑥ GAYLE A, Jr. The Function of Black Literature at the Present Time [M] // GAYLE A, Jr. The Black Aesthetic. New York: Doubleday & Company, Inc. 1971: 407–419.

国黑人文学源自黑人内部的独特性，强调与主流的差异，彰显遭到白人遮掩与遏制的部分等方面。黑人艺术运动承担着两种功能，这两种功能也为70年代末和80年代的学术批评家所继承。其一，重新复活"散失"的黑人文本；其二，界定批评原则，并在这些原则的基础上提出黑人美学。通过反思黑人艺术运动，盖茨认为黑人美学的以下两个立场直接影响了美国非裔文学批评后来所设想的方向："第一，黑人批评应该对美国黑人的地位进行更广泛的政治和经济分析；第二，黑人美学应该摒弃学院或白人的文学批评方法及理论中的既定术语。"[①]

盖茨认为，黑人美学家对他的影响，就类似于黑人作家作品风格之间的相互影响。他说道："尽管我对贝克、亨德森（Stephen Henderson）和盖尔的立场提出了批评，但是，他们的作品决定了我的批评反应的性质和形式，这就如同理查德·赖特的自然主义塑造了拉尔夫·埃利森的现代主义。"[②] 同时，盖茨也强调自己和黑人美学批评家的区别："在我看来，作为一名黑人文学批评家，我所能做的最根本的转变，就是强调美国非裔批评中最受压抑的元素——文本语言。我的意思是，它是纠正和辩论，增加了热量和光。"[③] 可见，相对于黑人美学，盖茨倡导的是明亮的、有温度的美国非裔文学内部研究方法。

盖茨把20世纪30年代到黑人权力运动这段时期的美国黑人文学批评概括为"种族与上层建筑"（race and superstructure）批评。他指出，"赖特在《黑人文学的蓝图》（*Blueprint for Negro Literature*）中表示，在美国社会，种族决定了决定意识的社会关系，而意识又决定了实际的想法和创造性的作品"[④]。盖茨认为，在20世纪四五十年代，种族与上层建筑批评成了黑人文学的主要批评模式。需要特别强调的是，种族作为批评理论的控制机制，在黑人权力运动时期达到了其影响力的顶峰，黑人批评家们以"黑人性"为主题，提出各种论点来改善美国黑人所处的社会困境。盖茨总结说："无论是融合，还是激进的分离，批评活动几乎没有

---

① GATES H L, Jr. Figures in Black：Words, Signs, and the "Racial" Self［M］. Oxford：Oxford University Press, 1989：xxvi.

② GATES H L, Jr. Figures in Black：Words, Signs, and the "Racial" Self［M］. Oxford：Oxford University Press, 1989：xxviii.

③ GATES H L, Jr. Figures in Black：Words, Signs, and the "Racial" Self［M］. Oxford：Oxford University Press, 1989：xxviii.

④ GATES H L, Jr. Figures in Black：Words, Signs, and the "Racial" Self［M］. Oxford：Oxford University Press, 1989：30.

改变。主题是至高无上的，形式只是人为的修饰。"①

　　作为黑人美学的代表人物，亨德森开始从种族与上层建筑批评逐步转向关注黑人诗歌中的语言使用。具体而言，虽然亨德森在他的研究过程中服务于特定的意识形态，并且他把美学和伦理等同起来，但是，"亨德森的《理解新黑人诗歌》（*Understanding the New Black Poetry*）对于种族与上层建筑批评史来说是至关重要的，因为它试图绘制黑人诗歌的图景，归纳地识别那些被评论家，尤其是白人评论家广泛误解、误释并低估的独特文化产物……亨德森的工作是开创性的，因为他关注语言的使用"②。盖茨肯定了亨德森的做法，认为他在种族与上层建筑批评中开始考察黑人诗歌的语言等形式特征，而这对于美国黑人文学批评的发展具有重要意义。

　　20世纪七八十年代，美国非裔文学在主题内容和形式技巧等方面都发生了一些转向。不少非裔作品摆脱了早期单纯的抗议模式，作家们在承认黑人文化价值的基础上，更加关注人类生存的共同问题。与此同时，在20世纪70年代中期，黑人美学批评日趋衰落。在西方形式主义、结构主义和后结构主义等批评方法的影响下，以盖茨为代表的新一代美国非裔文学批评家开始反思黑人美学以政治为导向的文学批评模式，将非裔文学研究的重点转移到文本自身，重新审视了美国非裔文学的内部形式特征。

　　对于美国非裔文学批评的整体发展历程来说，盖茨编辑的《黑人文学与文学理论》一书具有开创性的意义。他在其中的一篇文章《丛林中的批评》（*Criticism in the Jungle*）中指出了白人把黑人文学当作人类学著作或者是黑人习俗与信仰反映的问题。同时，他也提到在美国黑人文学批评中存在着两类谬误：第一，是"心智健全谬误"和"社会学谬误"，即黑人创作文学主要是为了证明他们与白人智力平等或者是为了批判种族主义；第二，是"人类学谬误"，包括"集体谬误"和"功能谬误"。也就是说，人们总是"更多地关注黑人文学在非文学领域中的功能，而忽视了它的内在结构，特别是它的语言艺术和它作为艺术作品的形

---

① GATES H L, Jr. Figures in Black：Words, Signs, and the "Racial" Self［M］. Oxford：Oxford University Press, 1989：31.

② GATES H L, Jr. Figures in Black：Words, Signs, and the "Racial" Self［M］. Oxford：Oxford University Press, 1989：32.

式身份"①。盖茨的专著《喻指的猴子》被认为是最具影响力的黑人文学批评理论著作之一。在该书中，盖茨既系统地考察了黑人土语传统与美国非裔文学之间的关系，强调喻指的修辞性语言特征。同时，他又借鉴当代西方理论，从具体文本入手分析美国非裔文学的文本特征。

盖茨一直都很关注美国黑人女性作家及其作品。在他看来，黑人女性作家在改变美国黑人文学过于强调其功能性方面发挥着重要作用。他表示："我觉得黑人男子对黑人妇女的成就表示抗议是十分荒谬的，因为我认为在很大程度上黑人妇女所做的就是采用了一套新的表现方式，新的观察方法、新的叙述故事的方法。……在黑人男作家的文学传统中更多的是对白人男子及白人种族主义的关心。"②可见，盖茨在强调黑人女性作家创作特点的同时重点提到了黑人文学的表现形式，他尤为看重黑人女性作家讲述故事的方式，而不仅仅是故事本身的主题或内容。盖茨指出，"我认为从某种意义上来说黑人妇女运动的成就是对黑人男子的传统及由这种传统造成的难以为继的局面的批判"③。如果说，美国黑人女性作家偏离了先前黑人男性作家在作品中强调种族问题的文学创作思路，那么，与之相应，盖茨等新一代美国黑人文学批评家也将黑人文学的研究重心从黑人文学的外部研究模式转向了以文本为中心的内部研究上来。

第二节 《美国非裔文学：教学重建》——美国非裔文学研究"由外转内"的序曲

美国非裔文学批评"由外转内"的倾向在1977年6月现代语文学会于耶鲁大学举办的"美国非裔文学：从批评方法到课程设计"研讨会上趋于明朗。德克斯特·费什尔（Dexter Fisher）、罗伯特·斯特普托（Robert Stepto）、小亨利·路

---

① GATES H L, Jr. Criticism in the Jungle［M］// GATES H L, Jr. Black Literature and Literary Theory. London: Methuen, 1984: 1-24.

② 华莱士，王家湘. 访小亨利·路易斯·盖茨［J］. 外国文学, 1991（4）: 87.

③ 华莱士，王家湘. 访小亨利·路易斯·盖茨［J］. 外国文学, 1991（4）: 87.

易斯·盖茨、罗伯特·欧米利（Robert O'Meally）和雪莉·威廉姆斯（Sherley Williams）五位组成的研讨会工作人员和其他24位对黑人文学感兴趣的学者参加了这次为期两周的会议。当时，担任研讨会主讲人之一的盖茨是耶鲁大学的讲师（剑桥大学的博士生）。斯图尔特·罗德农（Stewart Rodnon）认为：“在1960年至1975年的热潮退去之后，就如何切合实际地审视美国非裔文学中的问题，这次研讨会似乎提供了非常明智和实用的方法。”[①]

1979年，现代语文学会出版了该研讨会的论文集《美国非裔文学：教学重建》（以下简称《教学重建》），从而使学界意识到“美国黑人文学批评已经开始发生一种范式转变”[②]。《教学重建》分为“美国非裔文学史”“黑人的修辞性语言”“美国非裔文学与民俗”“实践中的理论”和“美国非裔文学课程设计”五个部分。从这些标题不难看出，这部论文集主要关注美国非裔文学的历史、文本语言、文学与民俗、理论建构以及课程设计等方面。除了“美国非裔文学课程设计”部分之外，《教学重建》共收录十篇论文，其中就包括了盖茨的三篇文章。

《教学重建》并没有把美国非裔文学作为一种社会和政治斗争的武器，而是“似乎唤起了‘为艺术而艺术’的理念”[③]。魏克斯曼（Joe Weixlmann）指出，“70年代后期重建主义者的出现，标志着文学批评的下一个‘代际转变’（generational shift）”[④]。盖茨的美国非裔文学批评思想就是在这样一种转变背景下逐步发展起来的。在《教学重建》的引言部分，斯特普托特别提到“什么是美国非裔书写艺术中的文学？”这一问题。具体而言，他这样说道：“在文学研究的这个节点，文学的存在已经不是问题。我们需要的是一本关于美国非裔文学的中高级卷。它以对文学的认识为前提……强调什么是美国非裔书写艺术中的文学（不同于社会学或意识形态）。”[⑤]可见，斯特普托以需求为导向，重新思考了美国非裔文学以及

① RODNON S. Afro-American Literature：The Reconstruction of Instruction by Dexter Fisher and Robert B. Stepto（Book Review）[J]. Melus，1979，6（3）：93-98.

② 周春. 美国黑人文学批评研究 [M]. 上海：上海人民出版社，2016：264.

③ GRODEN M，KREISWIRTH M，SZEMAN I. The Johns Hopkins Guide to Literary Theory and Criticism[M]. London：The Johns Hopkins University Press，1994：16.

④ WEIXLMANN J. Black Literary Criticism at the Juncture[J]. Contemporary Literature，1986，27（1）：48-62.

⑤ STEPTO R B. Introduction[M] // FISHER D，STEPTO R B. Afro-American literature：The Reconstruction of Instruction. New York：The Modern Language Association of America，1979：1-6.

文学教学中的关键问题。他不但将人们的视线引向非裔文学的艺术特征，而且还注重非裔文学教学中课程设计和批评方法的结合。在他看来，教学重建不是一项简单的任务，修订后的课程必具有文本属性，补充的教学法必须接近艺术行为本身。魏克斯曼表示："《教学重建》一书敦促批评家们放弃对黑人作品的'文学之外'（extraliterary）的研究方法，而更多地采用以文本为中心的解读模式。"① 然而，也有批评家认为，《教学重建》中"许多撰稿人所采用的理论语言是不必要的夸大，并最终使他们成为精英主义者"②。本节以下部分就着眼于《教学重建》，主要从学者们"审视美国非裔文学文本的形式特征"和"提倡批评方法与美国非裔文学的结合"两个层面讨论美国非裔文学研究范式的转变，并在此基础上进一步明晰盖茨批评思想形成的学术氛围。

一、审视美国非裔文学文本的形式特征

斯特普托认为针对美国非裔文学的外部研究方法不利于非裔文学教学。在《美国非裔文学教学：调查或传统》（*Teaching Afro-American Literature: Survey or Tradition*）一文中，斯特普托表示，通过借鉴诺斯罗普·弗莱（Northrop Frye）、杰弗里·哈特曼（Geoffrey Hartman）和奥克塔维奥·帕兹（Octavio Paz）等学者的观点，研究贯穿历史和语言时间的"前属神话"，可以绘制出美国非裔文学史的图表，从而组织一门概论课程。就像《教学重建》的主编在引言部分所说的那样，"斯特普托对困扰文学教学的文学之外的价值、思想和教学结构的评论是他的文章的中心，实际上也是整本书的中心"③。此外，罗伯特·海门威（Robert Hemenway）也认为，美国非裔文学一直强调的外部研究方法存在忽略文本的弊端。他指出，"批评性评论的方向总是向外的，远离文本，面向整个社会；这本身可能并不有害，因为没有人想把文学与社会分开。但通常对社会交往（social interaction）的理解仅仅来自英语教师相当有限的经验。由于缺乏社会科学方面的

---

① WEIXLMANN J. Black Literary Criticism at the Juncture [J]. Contemporary Literature, 1986, 27（1）: 48–62.

② GRODEN M, KREISWIRTH M, SZEMAN I. The Johns Hopkins Guide to Literary Theory and Criticism [M]. London: The Johns Hopkins University Press, 1994: 16.

③ STEPTO R B. Introduction [M] // FISHER D, STEPTO R B. Afro-American literature: The Reconstruction of Instruction. New York: The Modern Language Association of America, 1979: 1–6.

训练，教师不加约束地把学生推向种族泛化。毫无疑问，文本本身被遗忘了"①。

长期以来，美国非裔文学的艺术性一直都没有得到足够的重视。无论是白人批评家还是黑人批评家都对这种状况负有一定的责任。在罗伯特·海门威看来："一些白人批评家傲慢地认为阅读黑人文学就是理解黑人文学的同义词。这些批评家更乐于将黑人视为社会类别，而不是人类个体。他们也无法将非裔美国人的写作与自己对黑人的病态幻想区分开来。……一些黑人批评家无意间默认了这种说法，即黑人文学的重要之处不在于其文学技巧，而在于它的社会和政治内容，就好像种族主义的迫切性导致了方式和问题的永久分离。"②可见，一方面，白人批评家轻视黑人创作的文学作品；另一方面，黑人批评家又过于强调黑人文学的社会和政治功用。可想而知，在这种情形下，美国黑人文学自身的艺术特色很难进入人们的视野。

盖茨的《黑人性序言：文本与托词》（*Preface to Blackness：Text and Pretext*）是《教学重建》中的一篇重要文章。该文曾引起学者们的广泛关注，并"成为盖茨自己理论建构的一个序言"③。盖茨表示，美国黑人文学从18世纪开始就被视为一种功能性或政治性的写作，因此，长期以来，白人主流学界认为黑人作家写作能力低下，并且黑人文学不值得研究。在文章中，盖茨指出并尝试纠正将文学等同于意识形态的"种族与上层建筑"批评方法。在斯特普托看来，"《黑人性序言：文本与托词》表明大多数美国非裔文学批评都陷入了'种族与上层建筑'的解释学网络之中，这就迫使许多现当代批评家关注文学作品所形成的'上层建筑'，而不是研究文学本身"④。

在《教学重建》中，学者们也表达了他们对美国非裔文学传统的看法。比如，斯特普托认为："美国非裔文学传统的存在并不是因为有一个相当庞大的作家和

---

① HEMENWAY R. Are You a Flying Lark or a Setting Dove?［M］// FISHER D，STEPTO R B. Afro-American literature：The Reconstruction of Instruction. New York：The Modern Language Association of America，1979：122-152.

② HEMENWAY R. Are You a Flying Lark or a Setting Dove?［M］// FISHER D，STEPTO R B. Afro-American literature：The Reconstruction of Instruction. New York：The Modern Language Association of America，1979：122-152.

③ 周春. 美国黑人文学批评研究［M］. 上海：上海人民出版社，2016：267.

④ STEPTO R B. Introduction［M］// FISHER D，STEPTO R B. Afro-American literature：The Reconstruction of Instruction. New York：The Modern Language Association of America，1979：2-3.

文本年表，而是因为这些作家和文本在寻找他们共同的文学形式——他们自己类型的混合物——在历史和语言上与一个共享的前属神话联系在一起。"① 可见，美国非裔文学传统不同于文学年表，而与非裔文学作品的形式特征密切相关。美国非裔文学教学需要建基于文学自身的特性之上，这样才能促进文学传统的传承。也就是说，"美国非裔文学必须被教授，并且作为文学来教授。只有这样，我们的学生才能了解一种文化对文化素养（literacy）的追求，进而获得维系传统的文化素养"②。

在《教学重建》中，学者们对美国非裔文学作品形式的强调具体落实在文本的语言层面："任何有效的课程，都会侧重文学文本在语言上的相互联系，而不是关注它们如何符合时间顺序。这种考察课程的'互文'方法基于文学史的语言维度，鼓励对个别文本的'细'读。"③ 值得注意的一个现象是，《教学重建》虽然强调美国非裔文学教学与研究需要迫切转向文学自身的审美特征，并且倡导文本细读的研究方法。但是，"非文学结构（nonliterary structures）仍在教学中占有一席之地，但它们将不再界定教学策略的目标或控制艺术阅读。并且，教师的课程也将不再描述历史，而是阐明一种艺术形式的历史意识"④。海门威指出，"这本书强调了美国非裔文学的文学内涵，但这并不意味着黑人作家将在一家新的重症医院的无菌病房接受检查——在那里，书面文本与社会背景、传记起源或政治含义隔离开来。……它确实意味着，作为一种适度的纠正，人们关注的是使非裔美国人的书面艺术成为独特的文学的美学形式、语言结构和想象模式"⑤。

---

① STEPTO R B. Teaching Afro-American Literature：Survey or Tradition［M］// FISHER D，STEPTO R B. Afro-American literature：The Reconstruction of Instruction. New York：The Modern Language Association of America，1979：8-24.

② STEPTO R B. Teaching Afro-American Literature：Survey or Tradition［M］// FISHER D，STEPTO R B. Afro-American literature：The Reconstruction of Instruction. New York：The Modern Language Association of America，1979：8-24.

③ FISHER D，STEPTO R B. Afro-American literature：The Reconstruction of Instruction［M］. New York：The Modern Language Association of America，1979：236.

④ STEPTO R B. Teaching Afro-American Literature：Survey or Tradition［M］// FISHER D，STEPTO R B. Afro-American literature：The Reconstruction of Instruction. New York：The Modern Language Association of America，1979：8-24.

⑤ HEMENWAY R. Are You a Flying Lark or a Setting Dove？［M］// FISHER D，STEPTO R B. Afro-American literature：The Reconstruction of Instruction. New York：The Modern Language Association of America，1979：122-152.

　　事实上，重建主义者没有完全忽视美国非裔作家的经历对文学作品的影响作用，他们更多的是围绕作品讨论作家之间的关系。学者们在《教学重建》中表述了如下观点："最重要的是，美国非裔文学是一种语言行为。这并不是否认美国非裔文学与其作者作为被放逐、奴役和政治压迫的群体成员的经历之间的关系。然而，把美国非裔文学简单地当作一部美国非裔历史文献来阅读，就否定了其形式和语言属性的重要性……我们有必要认识到，美国非裔文学的双重起源（非洲和欧美）产生了独特的形式和用法。这些独特的形式和用法不仅出现在代表不同时期的文学作品中，而且也是美国非裔文学经典文本相互对话或相互阐释的主要原因。正是这种文本间的'共鸣'（resonance），帮助我们区分美国非裔文学的'经典'与'历史'。"① 可见，在这些重建主义者看来，强调语言并没有否认作家作为群体成员受奴役和被歧视的经历，但是，如果把美国非裔文学作品当作文献来阅读就否定了其形式和语言的独特性。同时，上述观点也表明，重建主义者不但强调文本自身的语言特征，而且突出了文本之间的相互对话关系。

　　对于重建主义者来说，在设计美国非裔文学课程时需要牢记的一个基本原则是黑人文学传统来源于不同的文化传统、智识影响和社会习俗。在"美国非裔文学课程设计"部分，学者们表示，美国非裔文学研究尤其要关注黑人口语传统与欧美读写传统的结合。具体来说："黑人口语文化与欧洲和美国读写传统的相互作用对美国非裔文学的塑造有着重要的影响。这两种传统都是黑人作家的遗产。……美国非裔艺术家在语言方面和在文学形式方面一样，都是双重文化的，是合法语言传统的继承者——黑人言语（Black speech）之于正式英语（formal English），就如同口语传统之于书写传统。"② 从这一表述中，我们可以看出学者们重新思考了美国非裔文学研究的一些核心问题，并给出了明确的答案。特别是对美国非裔文学双重传统的表述更是打破了以往只强调一方的极端做法。对黑人口语文化和美国非裔文学口语传统的强调为盖茨喻指理论的出场铺设了道路。

　　在《教学重建》的第二部分"黑人的修辞性语言"中有两篇论文，其中一篇就是盖茨的文章《方言与血统》（*Dis and Dat: Dialect and the Descent*）。这篇文章

---

　　① FISHER D, STEPTO R B. Afro-American literature: The Reconstruction of Instruction [M]. New York: The Modern Language Association of America, 1979: 234-235.

　　② FISHER D, STEPTO R B. Afro-American literature: The Reconstruction of Instruction [M]. New York: The Modern Language Association of America, 1979: 237.

具有重要意义，因为它强调："方言是一种修辞性语言，对非裔美国人方言——'语言面具'（linguistic masks）的研究，有助于理解和教授处于语言和作者控制之间的方言。"① 斯特普托认为，这篇文章是文学学者对美国黑人方言的复杂性进行深入研究的少数几篇文章之一，"虽然大多数关于方言的讨论都不可避免地转向文学以外和'种族与上层建筑'的问题，但盖茨的文章对方言本身进行了仔细的研究"②。

《教学重建》的第四部分"实践中的理论"包括三篇论文。这部分的目标是展示文学学者如何在美国非裔文本中探索互文性、修辞学、从口头到书面的转换以及结构语言学等问题。其中，盖茨的论文《〈美国奴隶弗雷德里克·道格拉斯生平叙事〉第一章的二元对立》（*Binary Oppositions in Chapter One of Narrative of the Life of Frederic Douglass an American Slave Written by Himself*）讨论了美国非裔小说的文学起源（如流浪汉小说和情感小说），并在文本细读的基础上分析了《道格拉斯生平叙事》中的二元对立现象。罗德农认为，"通过使用新的批评工具和敏锐的判断力，盖茨教授撰写了一篇极好的有关文本细读的分析文章"③。

《教学重建》也涉及美国非裔文学的读者群问题，并明确了非裔美国人早期的书面文学作品面向的就是黑白双重读者。具体而言，"与过去（和现在）直接被美国非裔社区消费的美国非裔口头文学不同，早期的书面作品，如道格拉斯1845年的《叙事》（*Narrative*）就超越了口头文学的基础，面向的是混合种族的读者，甚至可能白人多于黑人"④。可见，在《教学重建》中，学者们对美国非裔文学读者类型的界定也为后来的非裔文学批评家提出了一个值得讨论的问题。

---

① STEPTO R B. Introduction［M］// FISHER D, STEPTO R B. Afro-American literature：The Reconstruction of Instruction. New York：The Modern Language Association of America, 1979：1-6.

② STEPTO R B. Introduction［M］// FISHER D, STEPTO R B. Afro-American literature：The Reconstruction of Instruction. New York：The Modern Language Association of America, 1979：1-6.

③ RODNON S. Afro-American Literature：The Reconstruction of Instruction by Dexter Fisher and Robert B. Stepto（Book Review）［J］. Melus, 1979, 6（3）：93-98.

④ FISHER D, STEPTO R B. Afro-American literature：The Reconstruction of Instruction［M］. New York：The Modern Language Association of America, 1979：242.

二、提倡批评方法与美国非裔文学的结合

对于美国非裔文学教学与研究来说，"美国非裔文学：从批评方法到课程设计"研讨会的一个重要话题就是提倡批评方法与美国非裔文学的结合。学者们在《教学重建》的最后一部分"美国非裔文学课程设计"中指出："任何有效的批评方法都可以用来审视美国非裔文学，因为有用的批评方法跨越了种族和文化的界线，并确保将文学作为文学在文学史和其历史文化语境下进行分析。简而言之，奥克塔维奥·帕兹和诺斯罗普·弗莱对美国非裔文学的阐释，可能不亚于斯蒂芬·亨德森和达尔文·特纳（Darwin Turner）。"[1]

学者们在《教学重建》中讨论了美国非裔文学的批评标准问题。他们认为，以往的美国非裔文学课程更多地采用了文学之外的标准来评价非裔文学。在这些标准中，最典型的是将非裔文学作品归类在诸如"奴隶时代"等历史名称之下的历史性标准；也有利用文学来描绘民权运动对黑人社区影响的社会性标准；或者是将作品视为受压迫社会阶级表达需求的经济性标准。然而，"这些方法忽视了从文学的角度对文本进行适当的处理。作为对这些问题的全面纠正，我们需要采取一系列方法来调查在美国非裔文学史框架下开展的课程。这些方法需要阐明并且运用文学批评的概念，以确保对美国非裔文学进行文学分析，并为所研究的作品建立一个有效的内部年表"[2]。不难看出，《教学重建》提倡运用文学批评的概念，侧重分析美国非裔文学作品的文本特征，这无疑体现出对当代西方理论的接受态度。

在约翰·蒂德维尔（John Edgar Tidwell）看来，《教学重建》标志着"黑人新批评"的诞生。他在《教学重建》的书评中指出，"该书认为，在非裔美国人的书面艺术中，美国非裔文学是一个语言事件，需要通过各种批评方法进行分析。这些批评方法将重点放在什么是文学，而不是社会学或政治学方面……这些讨论

---

[1]　FISHER D，STEPTO R B. Afro-American literature：The Reconstruction of Instruction［M］. New York：The Modern Language Association of America，1979：236.

[2]　FISHER D，STEPTO R B. Afro-American literature：The Reconstruction of Instruction［M］. New York：The Modern Language Association of America，1979：235.

要求仔细阅读文本，因此得名'新批评'（New Criticism）"①。同时，蒂德维尔认为，虽然"黑人新批评运动"（Black New Critical Movement）尝试恢复人们对黑人文学文本的兴趣，但是，它并没有完全否认文学外部关注的重要性，只不过，它把这些关注纳入了文学的范畴。

对西方批评概念的借鉴既有利于分析美国非裔文学作品，又有助于尝试建构非裔文学批评理论。就前者而言，运用新的批评方法可以重新审视非裔文学作品的艺术性；就后者来说，《教学重建》的出版，"标志着黑人文学批评一个新时代的来临，即黑人文学批评家开始进行自己的理论建构。这种理论建构，首先建立在美国黑人批评家们对当代西方理论熟知的基础之上，并将其运用到非裔美国文学教学与研究中"②。克劳迪娅·泰特（Claudia C. Tate）认为，《教学重建》中斯特普托和盖茨等人的文章"确立了辨别美国非裔文学传统的标准和提出复杂理论的前提"③。

值得注意的是，对《教学重建》的批评之声也不绝于耳。比如，布彻（P. Butcher）就不认可《教学重建》的价值。他指出，"虽然这本书对熟悉道格拉斯、休斯、赫斯顿和埃利森这些复杂才能的人给予了丰厚的奖励，但是它作为教学指南的价值却令人怀疑，而且很可能让新手感到困惑"④。魏克斯曼也借用贝克的观点表达了对《教学重建》的异议："贝克令人信服地指出，盖茨和斯特普托旨在将美国非裔文学研究从过去的束缚中解放出来的重建主义论文并没有达到预期的效果。……贝克并不是唯一一位将《教学重建》视为把婴儿和洗澡水一起倒掉的人。美国非裔文学批评的语料库不时地提供证据，证明其被社会政治的包袱包裹得如此沉重，以至于个别文本有可能沦为'批评'磨坊的普通谷物，但完全放弃这些文本的源头，至少会产生与重建主义者试图淡化的问题同样严重的问题。"⑤

---

① TIDWELL J E. The Birth of a Black New Criticism [J]. Callaloo, 1979（7）：109–112.

② 周春. 美国黑人文学批评研究 [M]. 上海：上海人民出版社，2016：264.

③ TATE C C. Afro–American Literature：The Reconstruction of Instruction by Dexter Fisher and Robert B. Stepto （Book Review）[J]. Black American Literature Forum, 1979, 13（4）：152–153.

④ BUTCHER P. Afro–American Literature：The Reconstruction of Instruction by Dexter Fisher and Robert B. Stepto（Book Review）[J]. World Literature Today, 1980, 54（2）：289.

⑤ WEIXLMANN J. Black Literary Criticism at the Juncture [J]. Contemporary Literature, 1986, 27（1）：48–62.

　　马古贝恩认为，盖茨是使美国非裔文学研究成为一种自觉的理论研究而非社会活动事业的主要人物。对此，他这样说道："伴随着这种教学和理论的转变，出现了一批在争取终身教职和晋升的斗争中培养学术事业的知识分子群体。他们觉得没有必要面向更广泛的非裔美国人说话，也不需要将他们的工作导向社会转型。"[①] 在不少学者看来，这种状况不仅钳制了美国非裔研究者自身的视野，而且也对整个非裔研究的发展产生了不良影响。尽管有不同的批评声音，美国非裔文学研究"由外转内"的趋势已经成为一股势不可挡的潮流。斯特普托和盖茨等重建主义者的观点在受到广泛质疑的同时，也逐渐为人们所认可。

本章小结

　　盖茨的美国非裔文学批评思想既呼应了先前的美国非裔文学研究，又尝试借鉴当代西方理论，是在历史与现实、黑人传统与西方传统等因素的合力作用下形成并发展起来的。事实上，任何研究美国非裔文学的人都无法回避美国黑人遭受的种族歧视问题。在历史上，一些白人以黑人没有读写能力为由判定他们没有人性，从而为白人优越论和奴役黑人寻找借口。然而，对于生活在奴隶制下的早期美国黑人而言，学习读写不仅困难，而且还违反了法律。尽管南北战争以后美国黑人获得了解放，并争取到了一部分权利，但是，伴随着黑人文学作品的不断涌现，一些白人又认为黑人文学没有"文学性"，从而忽略、否定其审美价值。

　　盖茨在梳理美国非裔文学的功能性时指出，"由于种种复杂的历史原因，对于黑人作家来说，写作本身就是一种'政治'行为"[②]。美国黑人文学的不断发展对黑人种族地位的提升具有一定的促进作用。换句话说，"文本造就了作家，而

---

① MAGUBANE Z. "Call Me America"：The Construction of Race, Identity, and History in Henry Louis Gates Jr.'s Wonders of the African World [J]. Cultural Studies↔Critical Methodologies, 2003, 3（3）：247–270.

② GATES H L, Jr. Criticism in the Jungle [M] // GATES H L, Jr. Black Literature and Literary Theory. London：Methuen, 1984：1–24.

人们希望黑人作家能够创造或重建种族的形象"^①。然而，我们也不能否认，如果美国非裔文学研究过于强调非裔文学的社会功用，就容易囿于狭隘的思想框架之中。"美国非裔文学：从批评方法到课程设计"研讨会让学者们进一步明确了美国非裔文学在新的历史时期面临的机遇和挑战。学者们在该研讨会的论文集《教学重建》中突出了美国非裔文学文本的艺术审美特征，并大力提倡批评方法与非裔文学的结合，这就开阔了美国非裔文学的研究视野，正式奏响了美国非裔文学研究"由外转内"的序曲。

---

① GATES H L, Jr. Editor's Introduction: Writing "Race" and the Difference It Makes [J]. Critical Inquiry, 1985, 12（1）: 1–20.

第二章

传统与文本喻指：盖茨批评思想的根基

> 对文本特性的日益关注使我们能够绘制黑人作者所写的文本中重复与修正的模式……在这个社会，我们必须学会做"黑人"，因为"黑人性"是一个社会生产范畴。相应地，许多黑人作家彼此阅读和修正，处理类似的主题，并重复一个象征共同地理的文化和语言符码。基于这些原因，我们认为它们形成了文学传统。①
>
> ——小亨利·路易斯·盖茨

盖茨的美国非裔文学批评自始至终都围绕着传统与文本喻指展开。他表示："一个人必须知道自己的文本地形，才能进行探索；一个人必须了解自己的文学传统，才能把它理论化。"②在美国非裔文学批评的扛鼎之作《喻指的猴子》的引言部分，他这样写道：

> 这本书想要确认一种批评理论，这种理论被铭刻在黑人土语传统之中；**反过来**，它又告知了美国非裔文学传统的形态。我的愿望是让黑人传统就自身的本质和各种功能为自己言说，而不是用从**外部挪用**，从其他传统那里全盘借来的文学理论进行阅读和分析。③（此处着重号为笔者所加）

可见，盖茨强调他建构的喻指理论在黑人土语传统和美国非裔文学传统内部

---

① GATES H L, Jr. Introduction: "Tell Me, Sir, What Is 'Black' Literature?" [J]. Pmla, 1990, 105 (1): 11-22.

② GATES H L, Jr. Talkin' That Talk [J]. Critical Inquiry, 1986, 13 (1): 203-210.

③ GATES H L, Jr. The Signifying Monkey: A Theory of African-American Literary Criticism [M]. Oxford: Oxford University Press, 1988: xix.

所发挥的中介作用。美国非裔文学作品常被视为人类学和社会学著作，盖茨对此进行了纠正。他指出，"文学文本是一个语言事件，对它的解释必须是仔细分析文本的活动"[①]。他不仅看到黑人土语在美国非裔文学传统中的重要作用，还以此为基点揭示非裔文本的喻指特征，阐释文本自身的意义生成过程以及文本之间的形式修正关系。

盖茨对美国非裔文学作品进行了具有种族特点和文化差异的解读。在他看来，美国非裔文学传统在文本喻指中体现出来，"我们必须转向黑人文本传统本身来发展我们文学固有的批评理论"[②]。后辈文本对前辈文本的喻指并不表明作者个性的消失，而是"通过重新再现来对他人表达敬意"[③]。鉴于黑人在美国的特殊经历，将美国非裔文学批评视角聚焦于传统与文本中的任何一方都会引起较大争议，盖茨把两者结合起来的做法在受到赞誉的同时难免成为众矢之的。由此，我们在本章主要讨论的问题就是，盖茨如何确定美国非裔文学的土语传统？怎样阐释美国非裔文学作品的喻指特征？以及如何从比较走向对话，在对话中保护美国非裔文学传统的完整性。

第一节　美国非裔文学的土语传统

一、从文本语言角度探寻美国非裔文学传统

20世纪70年代末，一批美国非裔文学批评家将文学研究的重心转移至文本自身，开始审视美国非裔文学的审美特征。作为新一代美国非裔文学批评家的代表人物，盖茨着力于建构独立于主流理论之外的美国非裔文学批评理论，试图挖掘并证实一直存在却始终被忽视的美国非裔文学传统，找寻这一传统的文化渊源及

[①] GATES H L, Jr. Figures in Black: Words, Signs, and the "Racial" Self [M]. Oxford: Oxford University Press, 1989: 41.

[②] GATES H L, Jr. Talkin' That Talk [J]. Critical Inquiry, 1986, 13 (1): 203-210.

[③] GATES H L, Jr. The Signifying Monkey: A Theory of African-American Literary Criticism [M]. Oxford: Oxford University Press, 1988: xxvii.

其内在发展规律。他曾经这样说过："我的计划的挑战在于，如果不是要发明一种黑人理论，那就是要找到并确定'黑人传统'是如何将自己理论化的。"①盖茨表示，非洲和美国非裔传统中的阐释和修辞体系，可以用来作为真正的"黑人"批评的象征，也可以用来作为他阅读或阐释当代文学理论的框架。结合文化考古和语言分析，盖茨发现黑人土语彰显了美国黑人文化的独特魅力，体现出美国黑人文学与主流文学形式上的差异。土语传统就像是一个路标，"处在文化接触和接踵而至的差异的阀限性十字路口，在这里非洲和美国非裔相遇"②。基于此，盖茨将喻指理论建立在黑人土语传统之上，并指出，"黑人土语是黑人差异的符号，是语言的黑人性（blackness of the tongue）。土语是黑人理论产生的源泉"③。

就美国非裔文学的发展来说，文学传统不仅事关文学，而且它还一度被认为是黑人的人性表征。盖茨在《诺顿美国非裔文学选集》的引言部分提道："盎格鲁—非洲文学传统是在两个世纪之前形成的，其目的是证明非洲后裔具有创作文学所必需的理性和智慧，证明在理性的、有情感的生物群体中确实存在完全平等的成员，他们能够写作。"④对于早期的美国黑人作家而言，黑人形象在西方文化中被否定地视为一个缺席，因此，"在西方文学中注册一个公共的黑人声音的追求在很大程度上占据了美国非裔传统的第一个世纪"⑤。如果说西方文本传统是用英、西、葡、法等语注册的，那么盖茨尝试通过黑人土语注册美国非裔文学传统并从中提炼出非裔文学的喻指模式。同时，他也表示，《喻指的猴子》就是去"注册一个批评理论，更准确地说，是注册一个文学史理论"⑥。

盖茨不但确认了美国非裔文学传统的成形时间和外部功能，而且他还从中探

---

① GATES H L, Jr. The Signifying Monkey：A Theory of African-American Literary Criticism［M］. Oxford：Oxford University Press，1988：ix.

② GATES H L, Jr. The Signifying Monkey：A Theory of African-American Literary Criticism［M］. Oxford：Oxford University Press，1988，4.

③ GATES H L, Jr. The Signifying Monkey：A Theory of African-American Literary Criticism［M］. Oxford：Oxford University Press，1988，92.

④ GATES H L, Jr，MCKAY N Y. The Norton Anthology of African American Literature，［M］. New York：W W Norton & Company Inc.，1997：xxxviii.

⑤ GATES H L, Jr. The Signifying Monkey：A Theory of African-American Literary Criticism［M］. Oxford：Oxford University Press，1988，170.

⑥ GATES H L, Jr. The Signifying Monkey：A Theory of African-American Literary Criticism［M］. Oxford：Oxford University Press，1988：xiv.

究美国非裔文学的审美特征。他表示：

> 每一种理论都源于特定的文本，我们的阅读方法也是针对文本的。①
> 正是语言，黑人文本中的黑人语言，表达了我们文学传统的独特品质。②
> 传统的基础必然是众人共享的语言使用模式。从这一点来看，相互有某种联系的文本之间存在共同，然而却又独立的文学语言使用方式。③

从以上表述中，我们可以看出盖茨文学批评理论的建构路径，即"文本←文本语言←文学传统←众人共享的语言"。同时，他指出，"意识到自己的文化是很重要的，因为你不可能作为一个孤立的黑人个人或任何一个种族的个人在美国社会立脚，你必须立脚在种族集体文化与特性的基础之上"④。盖茨在黑人文化中寻找非裔美国人语言的独特性，并发现，"黑人差异的源头与反映是语言，而储备语言的仓库是黑人英语土语传统"⑤。这样，他又把众人使用的语言和黑人土语传统联系起来，最终实现文本与土语传统的链接（文本←文本语言←文学传统←众人使用的语言←土语传统）。这种链接方式不但表明美国非裔文学自身有传统，而且勾勒出美国非裔文学文本与黑人土语传统之间的关系。不难看出，这个链条也表明美国非裔文学文本是传统中的文本，传统在美国非裔文学文本的语言使用策略中彰显出来。

二、"破碎中的统一"：追溯土语传统的文化渊源

在盖茨最初研究黑人文学时，他的导师霍洛威教授让他尝试运用当代文学理论阅读黑人文本。他在回忆这段经历时说道："我后来的很多作品都是由霍洛威

---

① GATES H L, Jr. Figures in Black：Words，Signs，and the "Racial" Self [M]. Oxford：Oxford University Press，1989：xxii.

② GATES H L, Jr. Figures in Black：Words，Signs，and the "Racial" Self [M]. Oxford：Oxford University Press，1989：xxi.

③ GATES H L, Jr. The Signifying Monkey：A Theory of African-American Literary Criticism [M]. Oxford：Oxford University Press，1988，121.

④ 华莱士，王家湘.访小亨利·路易斯·盖茨 [J]. 外国文学，1991（4）：86.

⑤ GATES H L, Jr. The Signifying Monkey：A Theory of African-American Literary Criticism [M]. Oxford：Oxford University Press，1988：xxiii.

教授的实验练习所塑造的。"① 一方面，这种实验方法影响了他后来的美国非裔文学理论建构；另一方面，直接运用当代理论的做法也让盖茨意识到他只能通过分析黑人文学的内容，并以自己的黑人经历来阅读黑人作品。与此不同，当他阐释西方经典文本时，就没有陷入类似的困境。由此，盖茨认为需要转向黑人自己的文学传统，并以此为基础分析黑人文本。

盖茨的研究视角始于文本而又超越文本。他以确定文学传统为由进入更大的文化领域，将美国非裔文学置于黑人文化中予以探讨。他这样说过："与西方文学传统一样，西方批评传统也有其自身的经典。我曾经认为，我们最需要做的就是掌握批评经典，模仿并运用它；但我现在认为，我们必须回到黑人自己的传统，发展出与我们的文化相适应的本土的批评理论。"② 这种观点反映了盖茨意欲摆脱西方批评传统的束缚，表现出一定的理论自觉性。盖茨明确表示，"喻指是一种来自美国非裔文化的阅读理论"③，而"美国非裔文化是一种非洲文化，只不过带有差异"④。就这样，他顺理成章地建立起"喻指←美国非裔文化←非洲文化"之间的联系，从而在黑人文化圈追溯美国非裔文学传统的文化渊源。非洲神话是非洲文化的载体，盖茨将神话元素融入美国非裔文学批评理论，体现出其理论建构的文化特征。就此，格里芬指出，"盖茨在寻求一种具有文化特色的黑人文学理论"⑤。

值得注意的是，盖茨找到了泛非洲文化的黑人阐释传统，他的文学溯源最终指向了约鲁巴神话中的埃苏—埃拉巴拉（Esu-Elegbara）。埃苏是天神的使者，他向人类传达诸神的旨意，也将人类的愿望带到天神那里。埃苏兼具信使和阐释

---

① GATES H L, Jr. Figures in Black: Words, Signs, and the "Racial" Self [M]. Oxford: Oxford University Press, 1989: xvi.

② GATES H L, Jr. Editor's Introduction: Writing "Race" and the Difference It Makes [J]. Critical Inquiry, 1985, 12（1）: 1–20.

③ GATES H L, Jr. The "Blackness of Blackness": A Critique of the Sign and the Signifying Monkey [J]. Critical Inquiry, 1983, 9（4）: 685–723.

④ GATES H L, Jr. The Signifying Monkey: A Theory of African-American Literary Criticism [M]. Oxford: Oxford University Press, 1988: 4.

⑤ GRIFFIN F J. Thirty Years of Black American Literature and Literary Studies: A Review [J]. Journal of Black Studies, 2004, 35（2）: 165–174.

者的双重身份，他是"正式语言使用及其阐释的象征"①。盖茨认为，在受到非洲文化影响的新大陆文化中也有这个重复出现的主题或主旨，只是在重复中带有明显由环境所造成的差异。尽管埃苏有不同的变体，但是他们都具有特征显著的共同元素。在盖茨看来，重复出现的埃苏形象证明了"西半球黑人文化破碎中的统一"②。埃苏的这些变体表明，在西非、南美、加勒比以及美国等地的黑人文化中，存在着完整的形而上学假设体系和修辞模式，它们穿越时空，为这些黑人文化所共有。罪恶的奴隶贸易和灭绝人性的奴隶制打破了非洲文化的完整性。但是，埃苏出现在黑人口语叙述传统中，他是"非洲人意义和信仰体系断裂的完整性符号"③。

　　盖茨通过埃苏这一形象凸显阐释的不确定性和文本意义生成的无止境过程。对埃苏神话的文化考察表明埃苏是阐释不确定性的隐喻，是文学文本开放性的隐喻。在约鲁巴神话中，艾发（Ifa）是神意的文本，埃苏是文本阐释者。与艾发相比，埃苏在阐释过程中拥有绝对的优先权，他无休止地置换意义，并通过喻指游戏将意义延滞。埃苏阐释的不确定性并没有让约鲁巴人陷入混乱和绝望，而是将他们引领至艾发文本那里，纠缠于艾发文本的差异性游戏。埃苏的不确定性只能通过阅读高度模糊的艾发语言来完成，"这种阅读得参照一个包含了构成约鲁巴体系的所有文本的意义和阐释系统"④。盖茨认为，在这个体系中，"我们既不能给言说以特权，也不能给书写以特权，因为二者都必须参照他者来描述自己"⑤。这种将言说与书写并置的做法也是对种族主义者以早期美国黑人不能书写为由判定他们卑劣的观点的回应。

① GATES H L, Jr. The Signifying Monkey：A Theory of African-American Literary Criticism［M］. Oxford：Oxford University Press，1988：32.

② GATES H L, Jr. The Signifying Monkey：A Theory of African-American Literary Criticism［M］. Oxford：Oxford University Press，1988：4.

③ GATES H L, Jr. The Signifying Monkey：A Theory of African-American Literary Criticism［M］. Oxford：Oxford University Press，1988：5.

④ GATES H L, Jr. The Signifying Monkey：A Theory of African-American Literary Criticism［M］. Oxford：Oxford University Press，1988：39.

⑤ GATES H L, Jr. The Signifying Monkey：A Theory of African-American Literary Criticism［M］. Oxford：Oxford University Press，1988：40.

三、探究土语传统的修辞策略

盖茨在美国非裔文化和非洲传统文化中找寻共享的文化符码，并在此基础上证明黑人独特的喻指系统。在确定了美国黑人土语传统的非洲文化渊源之后，盖茨又通过"喻指的猴子"——埃苏在美国黑人俗界的对等物，进一步探究黑人土语的修辞策略，并将这种策略作为他的喻指理论的基础。他发现美国非裔民间故事中"喻指的猴子"和非洲神话中的埃苏是一脉相承的，他们共同展现了黑人文化中语言的修辞用法。盖茨通过大量与猴子相关的文本再现了黑人土语的比喻特征，明确美国非裔文学与非洲传统无法割舍的内在联系。

喻指的猴子是埃苏在美洲的非洲后代，"如果说埃苏是艾发阐释体系的核心形象，那么喻指的猴子就是美国非裔土语话语的修辞原则"①。在美国非裔民间故事中，狮子、猴子和大象同住在丛林里。处于弱势地位的猴子是个语言天才，他不断地通过修辞游戏挑起狮子与大象之间的争端，并借此打破狮子自封为丛林之王的狂妄说法。狮子不懂字面意义和修辞意义的区别，误将修辞语言作字面理解，结果不但被猴子奚落，而且被大象暴打。在盖茨看来，猴子使用的修辞策略就是美国黑人土语传统中核心的语言使用策略——喻指，这也是他把猴子称为"喻指的猴子"的原因。

盖茨特别强调，"在美国非裔文学传统中，猴子的喻指语言是形式修正或互文的隐喻"②。桑塔玛莉娜认为，"修辞性的文字游戏是黑人土语的关键维度"③。盖茨从猴子的喻指性语言入手，把喻指话语从黑人土语提升至美国非裔文学批评话语。从这里我们也可以看出，盖茨把他的理论专著命名为《喻指的猴子——美国非裔文学批评理论》可谓用心良苦，旨在唤醒人们对黑人语言喻指表达独特性及其潜在价值的重视。他将猴子故事的重心转移至话语所蕴含的权力之上，猴子借助语言从客体跃升至主体地位，这也象征着喻指理论的主体性。

盖茨以历史文化为线索，借"喻指的猴子"这类非裔美国人的民间故事呈现

---

① GATES H L, Jr. The Signifying Monkey: A Theory of African-American Literary Criticism [M]. Oxford: Oxford University Press, 1988: 44.

② GATES H L, Jr. The Signifying Monkey: A Theory of African-American Literary Criticism [M]. Oxford: Oxford University Press, 1988: xxi.

③ SANTAMARINA X. The Literary Theory of American Afro-Centrism [J]. Early American Literature, 2015, 50 (3): 855-860.

黑人土语的话语形式和功能，尤其是其比喻特征。他指出，"美国黑人传统从一开始就是比喻性的，否则，它如何得以幸存至今？黑人一直都是比喻大师，说一件事而指另一件事，这是他们在压迫性的西方文化中求生存的基本方式。对于黑人文学批评家来说，忽视黑人的比喻传统及其对离散黑人文本的影响是一个严重的错误"①。与埃苏一样，喻指的猴子也是黑人语言仪式内部口语书写的象征。但不同的是，他主要不是作为叙事中的角色出现，而是叙事本身的工具。埃苏是艾发神谕的书写，喻指的猴子的修辞性语言是口头话语的书写，他们是一个庞大的、统一现象的不同侧面，"这两个分离但又相互联系的恶作剧精灵在各自的传统中扮演着语言传统有意识表述的角色"②。在盖茨看来，这些语言传统有完整的历史、发展和修正模式以及构成模式的内部原则。

　　盖茨通过"埃苏—猴子"的故事阐述了黑人土语的话语形式，展示了美国非裔文学传统与非洲传统的文化张力。盖茨的贡献在于："他从黑人文化传统中为黑人方言英语找到了理论根源，解决了长期以来悬而未决的关于黑人方言合法性这一重大问题。"③在西方强势话语的影响下，土语彰显了美国非裔文学独特的文化身份，隐现出美国黑人的文化记忆和集体归属感。同时，埃苏与猴子功能上的相似表明黑人传统的延续性和内在规律性。这两个恶作剧精灵代表了他们所处文化的语言表述特征，"共同表达了黑人传统自己的文学理论"④。王晓路指出，"就阐释而言，伊苏对于双重表达的功能和本质来说，是一种形象，而表意的猴子则起着一种形象之形象的作用，即是一种转义。黑人文本修辞性比喻正是在这种转义中得以编码的。这两个形象功能上的相似性和历史上的连续性，有助于人们把握黑人文学传统的形成和发展方式"⑤。盖茨在非洲和美国非裔传统中探寻美国非裔文学的喻指特征具有重要意义。通过理论溯源，他着力证明了黑人传统把有关自身本质与功能的理论铭写在精妙的阐释和修辞体系之中。

---

① GATESH H L. Criticism in the Jungle［M］// GATES H L, Jr. Black Literature and Literary Theory. London：Methuen. 1984：1–24.

② GATES H L, Jr. The Signifying Monkey：A Theory of African–American Literary Criticism［M］. Oxford：Oxford University Press, 1988：xx–xxi.

③ 嵇敏 . 美国黑人女权主义视域下的女性书写［M］. 北京：科学出版社, 2011：181.

④ GATES H L, Jr. The Signifying Monkey：A Theory of African–American Literary Criticism［M］. Oxford：Oxford University Press, 1988：xxi.

⑤ 王晓路 . 盖茨的文学考古学与批评理论的建构［J］. 外国文学, 1995（1）：94.

　　鉴于喻指的表达方式存在于黑人土语之中，盖茨从审美的角度关注黑人土语，探索如何将其纳入美国非裔文学批评并借此建构独特的理论。同时，他也将这种探索运用于分析具体的美国非裔文学作品。黑人土语带有典型的美国黑人特征，美国非裔文学的土语传统既体现了黑人的生存智慧，也包含了他们的理想和追求。土语成为美国黑人文化的一部分有其历史必然性。首先，从美国黑人最初的生存处境上讲，非洲黑人被贩卖至美洲大陆，他们在残酷的奴隶制下无法公开表达自己的诉求，"言此意彼"成为一种间接达到目的的交流方式。其次，从客观需要上看，在美国黑人历史上，黑人奴隶被剥夺了受教育的权利，很难获得读书识字的机会，使用土语是他们的无奈选择。再次，从黑人土语自身的特点来看，它也有被使用和保存的价值。"黑人土语构成了一个仓库，从中反映出美国黑人的价值、风格和性格类别。这种语言是非常有活力的，并且经常具有不可思议的表现力。"① 同时，"作为黑人差异的终极符号，黑人土语扮演了一个特殊的角色，体现出语言的黑人性。从奴隶制时期开始，黑人就将私人而又公共的文化仪式编码于土语之中"②。土语作为表达群体情感的载体，也在一定程度上保存了黑人的种族记忆和文化传统，促进了美国黑人的归属感和种族自豪感。

　　对于美国黑人而言，土语既是一种适应也是一种反抗。一方面，黑人土语本身就是一种潜在的言说，言说黑人无法抹去的屈辱历史；另一方面，黑人土语积淀了浓厚的历史底蕴，展现出不同于标准英语的魅力与活力。不难理解，对黑人土语传统的维护，也是对黑人权利的维护。土语不仅是黑人传达思想的工具，在一定意义上它还是黑人思想精神本身，是一种负载着黑人反抗意识的语言。当它作为一种传统延续下来的时候也能够成为抵制白人文化霸权的一种手段。"黑人方言土语进入美国文学领域，它不仅显示出黑人英语在异文化中旺盛的生命力，也展现出黑人话语的权力。它是黑人民族自己发出的最强音，是黑人与白人文化的抗争。"③ 依托黑人的文化传统，盖茨把黑人土语这种独特的言说方式予以系统化，促进了美国非裔文学研究范式的转变。

---

① GATES H L, Jr, MCKAY N Y. The Norton Anthology of African American Literature [M]. New York：W W Norton & Company Inc., 1997：4.

② GATES H L, Jr. The Signifying Monkey：A Theory of African-American Literary Criticism [M]. Oxford：Oxford University Press，1988：xix.

③ 罗虹，等. 当代非裔美国新现实主义小说论 [M]. 北京：中国社会科学出版社，2014：183.

　　追溯黑人土语传统是盖茨美国非裔文学批评的前提。"黑人土语传统具有鲜明的民族性，对于从黑人文化传统内部确立黑人文学身份具有重要意义。"①巴萨德（Katherine Clay Bassard）指明了黑人土语在盖茨文学理论建构中的地位："就像早期的黑人作家通过借用书写文字将自己融入人性那样，盖茨希望通过土语将美国非裔书写理论化，使其具有学术意义。"②在追溯传统的过程中，以往被边缘化的文化元素得以重新进入美国非裔文学的历时性研究视野。盖茨的美国非裔文学批评关注黑人土语传统，试图"以自己有效的表征系统进行自身的文化诉求、证实自己的文化身份、表明自己的文化立场和阐释自身的美学价值，以此取代或颠覆主流表征系统对自身的忽略、歪曲和负面误读"③。

　　在白人种族主义者看来，黑人土语与标准英语的差异一度被视为黑人土语的缺陷和不足，甚至在一定程度上表明黑人不会使用正确的英语。但在盖茨的美国非裔文学批评中，非裔美国人对土语修辞的使用反倒成了一种"能力"。一方面，喻指理论强调黑人文学与土语传统的关系，是内生于土语传统之中的文学批评理论。另一方面，喻指理论又尝试解构黑人土语与标准英语的二元对立，重新唤起人们对土语的重视。当前，是否具有本土传统是时代向族裔文学提出的尖锐问题，如何坚守自己的传统又能赢得广泛接受不但是美国非裔文学的内在诉求更是非裔文学批评家面临的巨大挑战。在盖茨的美国非裔文学批评中，他把黑人土语及其喻指的修辞策略作为美国非裔文学的传统，并将之视为促进非裔文学经典化的有效工具。黑人土语不仅在非裔美国人的生活中延续下来，而且使美国非裔文学彰显出独特的魅力。

　　但是，盖茨在对美国非裔文学传统的假设方面也存在一些漏洞。桑塔玛莉娜指出，"最值得注意的是猴子形象本身。埃苏—埃拉巴拉在西非的约鲁巴族和伊博族（Ibo）传统中居于核心地位，而非洲其他族群的成员（非洲大陆大约有900个族群）则认为约鲁巴族与非洲和'黑人'的结合重现了对'非洲'复杂文化现

---

① 方红 . 喻指理论：《诺顿非裔美国文学选集》的文学史观［J］. 外国文学研究，2017，39（4）：118.

② BASSARD K C. The Significance of Signifying：Vernacular Theory and the Creation of Early African American Literary Study［J］. Early American Literature，2015，50（3）：849-854.

③ 王晓路，石坚 . 文学观念与研究范式：美国少数族裔批评理论建构的启示［J］. 当代外国文学，2004（2）：77.

实的无视，这种无视与欧洲探险家和殖民者相关"①。同时，盖茨在理论溯源的过程中有陷入非洲中心主义之嫌。在他的理论建构中，埃苏这个特定的恶作剧精灵形象是黑人文化中重复出现的主题。他把这些单个的恶作剧精灵看作是一个更大的统一形象的组成部分，并把他们总称为埃苏或埃苏—埃拉巴拉。盖茨表示："埃苏的每一种形态都是众神唯一的使者。"②从这里不难看出，尽管埃苏的形象是多变的，并且代表着阐释的不确定性和意义的多样性，但他却是往来于天神和人类之间唯一的信使。阿黛尔指出，"盖茨等人认为批评、理论和文化的霸权束缚了非洲及非裔文化，他们想通过返回神灵栖息的神秘之地打破这种霸权。在约鲁巴众神中，盖茨给予埃苏—埃拉巴拉以特权，把他置于起源典范和逻各斯的位置"③。可见，盖茨在反对西方文化霸权的同时，对非洲文化及其传统的过分强调也容易让他滑向另一极端。

第二节　美国非裔文学文本的喻指特征

盖茨从文学理论家，而不仅仅是美国非裔文学理论家的立场进行理论建构。他表示：

> 我的立场很明确：如果要理论化黑人文学，那么我们就必须做所有理论家都在做的事情。也就是说，阅读构成我们文学传统的文本，从文本传统中制定有用的批评原则，然后用这些原则来阅读构成这个传统的文本。④

---

① SANTAMARINA X. The Literary Theory of American Afro-centrism[J]. Early American Literature, 2015, 50(3): 857.

② GATES H L, Jr. The Signifying Monkey: A Theory of African-American Literary Criticism [M]. Oxford: Oxford University Press, 1988: 5.

③ ADELL S. The Crisis in Black American Literary Criticism and the Postmodern Cures of Houston A. Baker, Jr., and Henry Louis Gates, Jr. [M]// NAPIER W. African American Literary Theory: A Reader. New York: New York University Press, 2000: 523-539.

④ GATES H L, Jr. Talkin' That Talk [J]. Critical Inquiry, 1986, 13(1): 207.

这一论述表明，盖茨的批评理论是针对文本展开的，美国非裔文学传统是文本的传统。他坚持"从文本中来到文本中去"的模式进行理论阐释，并从两个维度讨论美国非裔文学的喻指特征：第一，从渊源上看，美国非裔文学在黑人文化的影响下文本自身体现出的语言喻指；第二，美国非裔文学文本在形式上重复与修正的关系。前者在微观上把握非裔文本的语言特点，指明盖茨美国非裔文学批评的研究方向，后者从宏观上展现非裔文本的存在链条，标识出喻指理论的本质特征。

一、文本的语言喻指

喻指是美国黑人文学文本的主要标识之一。美国黑人文本的语言源于黑人土语，丰富生动的土语见证了黑人生活中的乐观和智慧，彰显了黑人身份。在美国黑人土语中，喻指指的是比喻本身的不同模式，体现出黑人表述的间接性。具体来说，这是一种"包含其他修辞手法的比喻，包括隐喻、转喻以及提喻等"①。

盖茨通过定义黑人土语的修辞特点，重新审视了美国非裔文学的审美特征。他意识到文本语言是搭建非裔文学与当代批评理论的桥梁。对此，盖茨这样说道：

> 我主张当代理论与阅读美国非裔和非洲文学的关联性，这被设计成为定义黑人文学传统所特有的文学批评原则的前奏。总体来看，黑人文学传统与当代批评理论有联系、可共处，只是前者带有不可磨灭的黑人印记。②

盖茨在这里所说的"不可磨灭的黑人印记"指的就是喻指性的文本语言。当然，他对文本语言的强调无非是为了更加细致深入地考察文本的形式。

盖茨对美国非裔文本语言喻指特征的强调是其理论建构的亮点。菲利普·理查兹指出，"喻指是一种模仿反抗的形式，在这种形式中，说话人的意思被颠倒，然后又为了高人一等而转向自身。对盖茨来说，'喻指'的重要之处在于它的颠

---

① GATES H L, Jr. The "Blackness of Blackness": A Critique of the Sign and the Signifying Monkey [J]. Critical Inquiry, 1983, 9（4）: 685-723.

② GATES H L, Jr. Figures in Black: Words, Signs, and the "Racial" Self [M]. Oxford: Oxford University Press, 1989: xix.

覆性和趣味性：它邀请受众——无论白人还是黑人——加入一个共同的、众所周知的蒙骗（bad faith）共识中"①。

以往的美国非裔文学研究者往往站在种族的立场上挖掘作品蕴含的社会意义，这就容易造成非裔文学是社会学或人类学文献的偏见。盖茨从文本的角度另辟蹊径，分析美国非裔文学作品的文学性，强调"美国非裔批评中最受压抑的元素——文本语言"②。文本语言不但突出了美国黑人文学传统的独特性，而且也是黑人文本集体身份的象征。基于此，盖茨将文本作为其理论建构的立足点，从文本语言出发进行阐释，发掘美国非裔文学文本的文化内涵和审美价值。他表示："我的愿望是把一种奇怪的观念去神秘化，这种观念认为理论是西方传统的领地，对于美国非裔这种所谓的非经典的传统来说，理论是陌生的，被移除的。"③

二、文本之间重复与修正的关系

批评家历来擅长从美国非裔文学作品的内容出发确定非裔文学的社会功用，并将之视为美国非裔文学的传统。与此类做法不同，盖茨将美国非裔文学传统中的重复与修正定位在文本的形式上，并强调"传统是形式修正的过程"④。他认为：

> 文学作品之所以处于对话之中，不是因为种族或性别的生物学决定了某种神秘的集体无意识，而是因为作家阅读其他作家的作品，并将他（她）们的经验再现建立在语言模式中，这些语言模式主要由他（她）们感觉相似的其他作家所提供。通过这种文本自身明显可见的文学修正模式——在形式呼应、改写的隐喻，甚至在戏仿中——"传统"出现并且被定义。⑤

---

① RICHARDS P M. The Norton Anthology of African American Literature by Henry Louis Gates, Jr. and Nellie Y. Mckay（Book Review）[J]. Commentary, 1998, 105（6）: 68-72.

② GATES H L, Jr. Figures in Black: Words, Signs, and the "Racial" Self [M]. Oxford: Oxford University Press, 1989: xxviii.

③ GATES H L, Jr. The Signifying Monkey: A Theory of African-American Literary Criticism [M]. Oxford: Oxford University Press, 1988: xx.

④ GATES H L, Jr. The Signifying Monkey: A Theory of African-American Literary Criticism [M]. Oxford: Oxford University Press, 1988: 124.

⑤ GATES H L, Jr. Reading Black, Reading Feminist: A Critical Anthology [M]. New York: Plume Books, 1990: 7.

　　盖茨既不认可切斯纳特等作家否认在黑人文学传统内部有一个文学传承谱系的观点，也不完全认同黑人的共同经验，或者说对共同经验的相同认识是产生黑人性文本的主要原因。他认为黑人作家阅读彼此的文本，当他们抓住传统的主题和修辞并在自己的文本中加以修正，这时才会产生相同的再现模式。这种修正形成了文本之间不同寻常的形式谱系上的延续性，这些文本合起来组成了黑人性文本。他明确提出："文学的继承或影响可以只建立在文学形式修正的基础上，文学批评家必须能够证明这种修正关系。"①

　　美国非裔文学形式上的修正最直接的体现就是文本之间的喻指关系。在盖茨看来，"所有文本都有意无意地喻指了其他文本"②。他以《隐形人》《土生子》《黑孩子》（ *Black Boy* ）和《芒博琼博》（ *Mumbo Jumbo* ）为例阐释美国非裔文学文本的继承关系。在他看来，这几个文本用重复和修正戏仿了彼此，"这种喻指的语言游戏从题目就开始了"③。赖特的书名《土生子》与《黑孩子》暗示着种族、自我以及在场。埃利森在《隐形人》中对此做了转义：其中"隐形"（invisibility）意味着缺席，回应了"本地人"（natives）与"黑人"（blacks）所自称的在场；而"人"（man）则暗示着一个比"儿子"（son）或"男孩"（boy）更加强大的身份。埃利森用现代主义手法喻指了赖特的自然主义。《芒博琼博》与《隐形人》《土生子》《黑孩子》都有形式上的关联。"芒博琼博"是西方种族中心主义者对黑人宗教仪式以及黑人语言本身的称呼。在权威的英语字典中，它常被解释为出处不详，意思接近"胡言乱语"。盖茨指出，"里德通过使用英语语言对黑人语言本身的戏仿作为自己的小说名，并戏仿了其余三个小说名"④。更确切地说，里德用后现代主义喻指了赖特的自然主义和埃利森的现代主义。这些经典文本通过形式修正体现出美国黑人文学传统的延续性。

　　盖茨认为文本之间重复与修正的关系是美国非裔文学的显著特征。在他看

---

① GATES H L, Jr. The Signifying Monkey: A Theory of African-American Literary Criticism［M］. Oxford: Oxford University Press, 1988: 120.

② GATES H L, Jr. The Signifying Monkey: A Theory of African-American Literary Criticism［M］. Oxford: Oxford University Press, 1988: xxiv.

③ GATES H L, Jr. The Signifying Monkey: A Theory of African-American Literary Criticism［M］. Oxford: Oxford University Press, 1988: 106.

④ GATES H L, Jr. The Signifying Monkey: A Theory of African-American Literary Criticism［M］. Oxford: Oxford University Press, 1988: 221.

来，以往对美国非裔文学的研究既不全面也失之偏颇。比如，不少美国非裔学者更多地关注非裔文学的内容方面；而白人学者认为非裔作家缺乏文学创作的主体性，把他们看作是所谓的"学舌鸟诗人"，也就是说，黑人"一味模仿白人文学创作，缺乏自我意识以及对现实生活的个性化的真切感受"①。盖茨从喻指的特点出发，认为黑人传统的原创性强调重复和差异，强调对能指的凸显。他表示，"我对传统的看法依赖于这种观点：作者阅读文本，对其基础和再现方式进行评论，从而以某种特定的形式喻指这些文本"②。就像王元陆在《〈喻指的猴子〉代译序》中所说的那样："不管承认与否，黑人艺术家历来都在喻指他们传统中的前辈文本，重复延续了传统，而修正为传统注入了活力。"③盖茨这样评价自己的批评实践："我在这里尝试的细读也是一种喻指行为，或者如赫斯顿所说'给出一种解读'。"④可见，盖茨的文学批评文本不仅确定了美国非裔文学的喻指理论，而且其自身也是美国非裔文学传统的一部分。

第三节　从比较走向对话：保护传统的完整性

一、盖茨批评思想的比较视野

盖茨声称自己要以比较文学批评家的身份建构美国非裔文学批评理论。他也对此做了明确的说明：

我为我们理论传统产生的差异感到高兴，但我也对离散的文学传统在比

---

① 朱小琳.视角的重构：论盖茨的喻指理论 [J].外国文学研究，2004（5）：146.
② GATES H L, Jr. The Signifying Monkey: A Theory of African-American Literary Criticism [M]. Oxford: Oxford University Press, 1988: 145.
③ 王元陆.《意指的猴子：一个非裔美国文学批评理论》代译序 [M] // 盖茨.意指的猴子：一个非裔美国文学批评理论.王元陆，译.北京：北京大学出版社，2011：6.
④ GATES H L, Jr. The Signifying Monkey: A Theory of African-American Literary Criticism [M]. Oxford: Oxford University Press, 1988: 198.

较文学批评中的相似感到高兴。任何分析黑人文学的人都必须以比较文学批评家的身份进行批评，这是因为我们的经典文本有复杂的双重前辈：西方前辈与黑人前辈。①

上述论断精炼地勾画出盖茨批评思想的比较框架，他对相似与差异的定位是引导我们把握其研究方法的路标。一方面，盖茨通过追溯美国非裔文学与黑人文化的共同之处证明黑人传统能够言说自身的本质和功能，进而提出喻指理论。另一方面，他又在与当代文学理论的差异性对照中将该理论巩固完善。这种做法也实现了他所理解的理论家的责任，即"我试图做所有理论家都必须做的事情：既要根据文本自身的传统来阐释它们，也要把这些文本与更宽泛的批评话语中的相关方面联系起来，这两种做法缺一不可"②。

盖茨并不赞成以激进的方式挑战西方传统，而是强调黑人文本与西方文本在语言使用等方面的重复与差异。他指出，"黑人作家同黑人文学批评家一样，都是通过阅读文学，尤其是通过阅读西方传统的经典文本而学会写作的。其结果是黑人文本类似于其他西方文本。这些黑人文本使用了构成西方传统的诸多文学形式惯例。然而黑人在形式上的重复总是带着差异，这种黑人差异在具体的语言使用中得到了证明"③。可见，为了突出美国非裔文学的独特性，盖茨不但通过文本语言确定了美国非裔文学的土语传统，而且他也在此基础上探寻其与西方传统的差异。盖茨认为喻指概念就是自己基于比较文学批评家的身份提出的。在《喻指的猴子》中，他这样说道："黑人比较文学批评家居于两种语言相遇的十字路口，当他把一个概念从两种不同的话语领域提取出来去写一本书的时候，他要做的就是比较二者，喻指概念就是这样的例子。"④

盖茨美国非裔文学批评思想的比较视野有助于消解非裔文学研究中的种族主

---

① GATES H L, Jr. The Signifying Monkey: A Theory of African-American Literary Criticism [M]. Oxford: Oxford University Press, 1988: xxiv.

② GATES H L, Jr. The Signifying Monkey: A Theory of African-American Literary Criticism [M]. Oxford: Oxford University Press, 1988: xiv.

③ GATES H L, Jr. The Signifying Monkey: A Theory of African-American Literary Criticism [M]. Oxford: Oxford University Press, 1988: xxii.

④ GATES H L, Jr. The Signifying Monkey: A Theory of African-American Literary Criticism [M]. Oxford: Oxford University Press, 1988, 65.

义与文化民族主义极端倾向。一方面，盖茨的比较策略具有明显的反霸权性质。他用比较的方法抵抗将美国非裔文学及文学理论视为客体的霸权思想，解构隐匿于美国非裔文学"无文学性""无理论"这类说法背后的文化霸权观念。另一方面，盖茨作为美国非裔文学比较批评家不同于种族与上层建筑批评家。[①] 后者从静态层面识别美国非裔文学作品中的种族主题或内容，而前者侧重于从动态角度呈现文本自身的喻指特征和文本之间重复与修正的关系。比较促进了差异双方的对话，盖茨的喻指理论凭借"比较—对话"的建构思路尝试与当代西方理论保持一定的张力。

二、对话中的喻指理论

（一）"同"与"异"的对话

在盖茨的美国非裔文学理论建构中，他不但强调美国非裔文学与黑人传统的"同"以及与西方传统的"异"，而且倡导黑人文学批评家通过比较的方式实现"同"与"异"的对话。他在分析《上苍》文本时这样说道：

> 言说者性质的措辞是以口语为基础的，这表明赫斯顿把它当作第三类语言，把它视为中介性的第三项去化解标准英语和黑人土语之间的紧张关系。就好像自由间接话语的叙述技巧希望表明模仿和叙述的对立是虚假的对立，这种对话措辞和对话叙述技巧可以作为黑人比较文学批评家的隐喻，他们的理论也是刻意双声的。[②]

从这里不难看出，盖茨从对话措辞和对话叙述技巧等方面对黑人比较文学批评家提出要求。他在这段文字中提到"中介性的第三项"，这让我们回想起善于使用喻指策略实施恶作剧的"喻指的猴子"。盖茨在分析猴子的故事时曾经得出这样的结论："猴子是两种力量之间的（反）中介项，他为了自己争论的目的让

---

① 盖茨将以黑人美学家为代表的关注美国非裔文学种族主题及其社会功能的批评家称之为种族与上层建筑批评家。参见 GATES H L, Jr. Figures in Black: Words, Signs, and the "Racial" Self [M]. Oxford: Oxford University, 1989.

② GATES H L, Jr. The Signifying Monkey: A Theory of African-American Literary Criticism [M]. Oxford: Oxford University Press, 1988: 215.

双方对立，然后又促成和解。"①就第三项而言，他还这样说过："作家的困境在于要去寻找第三项，一种大胆并新奇的能指，它受到两种相互联系但又不同的文学语言的影响。"②如果按照盖茨的这种思路，我们可以推理出黑人比较文学批评家的困境在于寻找黑人传统和西方传统的第三项，从而消除二元对立，实现多元和对话。

盖茨的美国非裔文学批评游走于"黑人传统—西方传统"的"同—异"之间。"同"是非裔文学比较批评的前提，"异"更能突出非裔文学的独特性，这是一个问题的两方面。对于非裔美国人来说，黑人文化是其文学之根，只有着眼于此，才不至于迷失；只有理解自己的文化，才能与其他文化群体的成员有效对话。对于非裔文学批评家来说，非裔文学的黑人传统和西方传统缺一不可。前者体现了它的文化底蕴，后者是一种现实存在。模糊前者，意味着非裔文学研究将会失去基础；否认后者，非裔文学研究也会举步维艰。盖茨在美国非裔文学批评中采取比较的辩证态度，摆脱了主客体二元对立思维模式的钳制，引发了对非此即彼这种对立关系的质疑。在比较中，盖茨的批评思想彰显出黑人传统与西方传统的对话潜力，并为探索美国非裔文学理论与当代西方理论这两个主体之间的平等关系提供了思路。

（二）"同"与"异"的和解

在盖茨看来，当代文学理论作为分析美国黑人文本语言的工具有助于保护黑人传统的完整性。他说道："我们这些尊重黑人传统完整性的人有责任利用这一传统来定义关于黑人文学自我生成的理论。但是，我们首先必须尊重黑人艺术作品的传统和完整性，在解释其意义时，我们必须把所有的注意力都放在语言上，我们可以从当代理论的发展中学习到这一点。在运用的过程中，我们通过修正，重新创造批评理论。"③盖茨认为美国非裔文学批评家是黑人文学传统的保护者，也就是说，"我们有责任在批评中使用适当的对语言敏感的工具来保护传统的完

---

① GATES H L，Jr. The Signifying Monkey：A Theory of African-American Literary Criticism［M］. Oxford：Oxford University Press，1988：56.

② GATES H L，Jr. The Signifying Monkey：A Theory of African-American Literary Criticism［M］. Oxford：Oxford University Press，1988：174.

③ GATES H L，Jr. Figures in Black：Words，Signs，and the "Racial" Self［M］. Oxford：Oxford University Press，1989：xx.

整性……继续害怕文学理论，或者对文学理论一无所知，我们将无法面对挑战，我们会因为无知的阅读破坏我们的文学传统"①。就完整性而言，盖茨既反对用一方去压制另一方的简单做法，也不提倡美国非裔文学牺牲个性向白人的批评标准靠拢。他所关注的是如何协商出一个可供双方接受的方法，那就是在不破坏黑人传统的条件下运用当代文学理论。

从盖茨对"保护传统的完整性"的论述中可以看出他在美国非裔文学理论建构中温和而又折中的立场。盖茨尝试在当代主流理论的围堵下改变美国非裔文学及文学理论的边缘化状态。但不容回避的问题是，西方传统位居话语权力的中心。如果美国非裔文学批评仅仅涉及差异往往会被主流排斥或拒绝，非裔理论也很难生存和发展。盖茨通过比较和对话的方式尝试解决美国非裔文学批评面临的这一矛盾，这种批评方法也体现出盖茨包容开放的理论建构姿态。事实上，差异既可能是否定的因素，也可以是建构的来源。"存异"但不"对立"的对话与互动能够避免美国非裔文学批评中的自卑或自大倾向。迈克尔·格罗登（Michale Groden）等人在《约翰·霍普金斯文学理论与批评指南》（*The Johns Hopkins Guide to Literary Theory and Criticism*）一书中探讨盖茨的文学批评思想时指出，"通过'综合'美国非裔土语和理论语言，美国非裔传统得到了发展"②。

盖茨以"比较"之名，行"对话"之实，走论证美国非裔文学传统的"完整性"之路。一方面，他通过追溯美国非裔文学与非洲文化的共同之处确定非裔文学的黑人传统。另一方面，他又在探寻其与西方传统的差异中阐释非裔文本的独特性。前者是作为黑人的盖茨无法回避的种族责任，后者体现了他作为比较文学批评家的宏观视野。对盖茨而言，保护传统的完整性首先要"入乎其内，立足文本"。他明确表示，"美国非裔或非洲文学的理论家可以利用欧美文学批评家的批评理论，但是如果不考虑这些理论的文本特殊性，这样做就是幼稚的"③。在确定了文本的喻指特征之后，他又采取"出乎其外，转换理论"的策略对文本进行深入分析。"保护传统的完整性"让他既能深入黑人传统中去，又能从中走出来，

① GATES H L, Jr. Figures in Black：Words，Signs，and the "Racial" Self［M］. Oxford：Oxford University Press，1989：xxi–xxii.

② GRODEN M，KREISWIRTH M，SZEMAN I. The Johns Hopkins Guide to Literary Theory and Criticism［M］. London：The Johns Hopkins University Press，1994：16.

③ GATES H L，Jr. Talkin' That Talk［J］. Critical Inquiry，1986，13（1）：206.

如王维所说既能"入乎其内"又能"出乎其外"。不入乎其内扎根于黑人土语，就无法考察美国非裔文本的独特性；不出乎其外借鉴当代理论，也不能对文本进行客观理性的审视。盖茨的美国非裔文学批评采用了一种较为兼容全面的视角，他关于"保护传统的完整性"的观点也体现了其理论建构的开放性和灵活性。

比较和对话是建立完整关系的有效路径，美国非裔文学传统的完整性取决于相似与相异元素的综合。有"同"才有根基，有"异"更具魅力。盖茨的比较研究视角将美国非裔文学文本置于广阔的批评语境中加以审视，这不但有助于美国非裔文学批评理论自身的良性发展，而且也有利于它更好地被主流社会所接纳。毕竟，"世界文化市场所能接受的是对它来说既是'异'的具有他者性（otherness）的东西，又是'同'的具有适应性（conformability）的东西"①。盖茨美国非裔文学批评的比较视野展现出其批评思想的多元性和包容性，这种在"同—异"之间进行对话并进而探究传统完整性的理论建构思路也折射出美国非裔文学更多的研究棱面。

本章小结

盖茨的美国非裔文学批评思想体现出历时性与共时性的统一。从历时层面来看，他追溯美国非裔文学的土语传统，把非裔文本置于黑人文化的大背景下进行考察。同时，他的理论建构也是在美国非裔文学批评的总体框架下进行的。麦克菲尔（Mark Lawrence Mcphail）对此做了总结："盖茨探讨了18世纪至20世纪美国非裔文学批评的策略和结构，阐述了美国非裔文学批评的演进历程，并为内在于黑人传统的文学理论的未来提供了原则。"②在共时层面上，盖茨克服了把美国非裔文学隔离于当代文学理论大环境的片面做法。他不但借鉴当代理论，而且从具体的操作层面分析非裔文本的喻指特征。正如程锡麟等人所指出的那样，"盖茨的这种揭示传统与现实的联系，对主流文学理论的借用、调整和转型的方式，

---

① 张德明. 多元文化杂交时代的民族文化记忆问题 [J]. 外国文学评论，2001（3）：16.

② MCPHAIL M L. Figures in Black：Words, Signs, and the "Racial" Self by Henry Louis Gates, Jr.（Book Review）[J]. Melus, 1987, 14（2）：111.

创造了一种解读黑人文本的有效模式"①。盖茨的批评思想既重视美国非裔文学自身的传统，又与当代文学理论交流对话，这种做法有助于人们思考黑人文学的独特性，同时也利于拓展文学批评的整体研究视野。

盖茨是美国非裔文学传统的保护者。一方面，他通过"黑人文化破碎中的统一"确定美国非裔文学的文化归属；另一方面，他又依据黑人土语的喻指特征彰显非裔文学作品的文学性。盖茨不仅以喻指为核心搭建非裔文学批评的理论大厦，而且他还将这种理念融入非裔文学选集的编纂之中。他和麦凯主编的《诺顿美国非裔文学选集》在美国非裔文学史上占据重要地位。方红专门撰文指出，这部文选"以喻指理论为文学史观，突出了非裔文学经典之间重复与修正的喻指关系"②。可见，《诺顿美国非裔文学选集》也从另一个侧面印证了喻指理论在文本解读方面的适用性。

值得注意的是，盖茨聚焦传统与文本喻指的做法也受到广泛质疑。对他的批评主要集中在两方面。首先，盖茨的美国非裔文学批评忽视了非裔文学与其历史文化语境和作者社会经历之间的关系。以乔伊斯为代表的批评家指责盖茨弱化了种族问题在黑人生活中的主导地位。在她看来，"美国黑人与霸权和主流社会的关系至今仍是美国黑人文学的主要议题"③。其次，盖茨在具体的理论建构过程中过于依赖当代理论。虽然盖茨的美国非裔文学批评思想力图在"保护传统的完整性"框架下实现"同"与"异"的和解，但是，这种和解本身就隐现出盖茨批评思想对主流理论既抵抗又依赖的复杂关系。鉴于此，本书在下一章就围绕喻指理论的"重命名—命名"策略，重点讨论盖茨批评思想源自当代西方理论的"影响的焦虑"。

① 程锡麟，王晓路．当代美国小说理论［M］．北京：外语教学与研究出版社，2001：203.

② 方红．喻指理论：《诺顿非裔美国文学选集》的文学史观［J］．外国文学研究，2017，39（4）：116.

③ JOYCE J A. The Black Canon: Reconstructing Black American Literary Criticism［J］. New Literary History, 1987, 18（2）: 336.

第三章

"影响的焦虑"：喻指理论的"重命名—命名"策略

任何强有力的作品都会创造性地误读并因此而误释前人的文本。一位真正的经典作家或许会或许不会把这种焦虑在作品中予以内化，但这无关大局：强有力的作品本身就是那种焦虑。[1]

——哈罗德·布鲁姆

……在诗人的影响中，走向自我实现的运动更接近克尔凯郭尔格言中更为激烈的精神："愿意工作的人创造自己的父亲。"多少世纪以来，从荷马的后人到本·琼森的后人，诗人的影响一直被描述为孝顺的关系。然而，我们看到，诗人的影响不是为人之子，而是启蒙运动的另一个产物，是笛卡尔二元论的另一面。[2]

——哈罗德·布鲁姆

美国非裔文学批评与主流文学理论的关系是美国非裔文学研究无法回避的一个话题。盖茨深受当代西方理论的启发，采用"重命名—命名"的策略应对当代西方理论对美国非裔文学批评的影响。该策略不但证明非裔文学有理论，而且体现出非裔文学批评向当代西方理论开放并与之对话的意识。通过重命名，美国非裔文学批评得以对主流话语加以"改写、过滤和重新语境化"[3]。这也就是里奇所说的："盖茨设法调和规范传统和本土传统，在背离前者的同时又借鉴其可取之

---

① 布鲁姆.西方正典：伟大作家和不朽作品［M］.江宁康，译.南京：译林出版社，2011：6.

② BLOOM H. The Anxiety of Influence：A Theory of Poetry［M］.Oxford：Oxford University Press，1997：26.

③ 王晓路，石坚.文学观念与研究范式：美国少数族裔批评理论建构的启示［J］.当代外国文学，2004（2）：77.

处，从而进一步阐明后者，使其发扬光大。"①

　　盖茨的"重命名—命名"做法也遭到质疑和否定。毕竟，这在一定程度上体现出他对白人理论的依赖。借用卢比阿诺（Wahneema Lubiano）的观点，"盖茨是20世纪美国非裔文学话语中被阅读并被误读最多的人之一"②。盖茨试图通过建构美国非裔文学批评理论为非裔文学及文学理论赢得更多的话语权。然而，作为其批评思想的核心，喻指理论始终无法摆脱主流话语的影响，体现出源自当代西方理论的"影响的焦虑"。本章围绕"当代西方理论对盖茨的启示""重命名就是修正，而修正就是喻指""'重命名—命名'在盖茨文学批评中的运用"等方面，分析喻指理论的特点及其与当代西方理论的关系，以期深入理解盖茨的批评思想。

第一节　当代西方理论对盖茨的启示

　　盖茨的美国非裔文学批评不但受到黑人前辈学者的引导，而且他也表现出对西方理论的浓厚兴趣。他多次谈到自己学习文学理论的经历，并明确表示"文学理论在我的教育中起着棱镜的作用，我可以用它来折射文本中语言使用的不同光谱模式"③。当代西方理论为盖茨解读美国非裔文学作品提供了新的视角，也为他进一步阐释美国非裔文学传统中的修辞策略带来帮助。盖茨说道："我主张当代理论与阅读美国非裔和非洲文学的关联性，这被设计成为定义黑人文学传统所特有的文学批评原则的前奏。"④从美国非裔文学批评的发展与当代文学理论的关系

---

① 里奇. 20世纪30年代至80年代的美国文学批评［M］. 王顺珠，译. 北京：北京大学出版社，2013：346.

② LUBIANO W. Henry Louis Gates, Jr., and African-American Literary Discourse［J］. The New England Quarterly, 1989, 62（4）：561.

③ GATES H L, Jr. Figures in Black：Words, Signs, and the "Racial" Self［M］. Oxford：Oxford University Press, 1989：xvii.

④ GATES H L, Jr. Figures in Black：Words, Signs, and the "Racial" Self［M］. Oxford：Oxford University Press, 1989：xix.

层面来看，盖茨在综合美国非裔文学土语传统和当代文学理论的基础上建构了美国非裔文学批评的喻指理论。这既是应对白人主流文化冲击的积极策略，也为阐释美国非裔文学作品的审美特征提供了更多的可能性。

在《喻指的猴子》序言部分，盖茨提到了他建构黑人文学理论的规划：

> 我有一个成为黑人文学理论家的计划。多年来，我都在积极地将文学理论运用于非洲和美国非裔文学。后来我意识到，当初那些意味着这一计划实现的东西只不过是进程中的一个瞬间。我的计划的挑战在于，如果不是要发明一种黑人理论，那就是要找到并确定"黑人传统"是如何将自己理论化的。①

从以上表述中，我们可以看出盖茨借鉴主流理论是为建构基于黑人传统自身的理论而服务的。事实上，一些早期的黑人批评家就已经意识到西方理论的重要性。当盖茨试图运用当代理论分析黑人文学作品时，他这样谈及自己的感受："我在耶鲁大学历史系读本科时，曾在詹姆斯·约翰逊1926年写给卡尔·韦奇顿（Carl Van Vechten）的信中第一次遇到这个想法："在研究生时代，完全出于偶然，我再次遇到它。这让我顿悟到，年轻的学者们已经开始懂得运用批评和理论，而不仅仅是模仿它。"②

美国非裔文学受到西方文学传统的影响，美国非裔文学批评自然也无法回避对当代理论的仿效问题。盖茨借鉴了索绪尔的语言学研究成果，把语言分析模式引入对黑人英语的研究中。他也明确提到形式主义和解构主义等当代理论的重要性，并探索将这些理论与美国非裔文学联系起来的可能性。他甚至公开表示："我发现德里达和安伯托·艾柯（Umberto Eco）对将他们的理论运用于非洲和美国非裔文学的可能性更开放。我试图把他们的理论与非洲和美国非裔文学联系起

---

① GATES H L, Jr. The Signifying Monkey：A Theory of African-American Literary Criticism［M］. Oxford：Oxford University Press，1988：ix.

② GATES H L, Jr. Figures in Black：Words，Signs，and the "Racial" Self［M］. Oxford：Oxford University Press，1989：xxiii.

来。"①但是，不容忽视的是，美国少数族裔反对白人话语霸权的诉求也决定了盖茨对待当代文学理论的谨慎态度。这里就以形式主义、后结构主义和解构主义为例阐释当代文学理论对盖茨批评思想的启发。

一、形式主义研究方法的影响

盖茨对形式主义文学研究方法的偏爱源于他在剑桥大学的求学经历。他起初在从事美国非裔文学研究的时候被认为更像是一位历史学家，而不是文学批评家。鉴于这种研究教训，盖茨坦言："我必须接受实践批评或细读的再教育，这是一次重要的经历。我早期的作品如此形式主义的原因之一是我渴望表明我不再是一位历史学家。毫无疑问，我走到了形式主义的极端。"②

盖茨尝试通过形式主义的研究视角证明美国非裔文学的审美价值。对此，他这样说道："在剑桥，我所就读的是世界上最保守的英语系之一。他们甚至不想让我进入——不是因为学术原因，而是因为我坚持要写与美国非裔和非洲人的文学作品相关的文章。他们明显蔑视这些题材，所以我在写作的时候总是考虑那些保守的读者，而在他们自己的游戏中打败他们的唯一方法就是比他们更加形式主义，这也碰巧是我喜欢做的事情。"③不难看出，盖茨深刻地意识到以往的美国非裔文学研究过于关注主题和内容可能会引发的问题。他把研究重心放在美国非裔文学文本的形式层面，并将之视为改变主流社会对非裔文学偏见的途径之一。

盖茨并非没有意识到形式主义研究方法的弊端。他之所以在其理论专著《喻指的猴子》中强调文本语言等形式方面是为了改变美国非裔文学批评过于倚重外部研究的做法。盖茨在反思形式主义研究方法时表示："我在幻想一个完全封闭、自成一体并且与外界无关的文本。现在看来，这似乎不是一个站得住脚的立场，但这部作品旨在纠正我所认为的美国非裔文学批评中过度的社会学、历史和传记研究的冲击。"④

盖茨不仅在美国非裔文学批评中侧重形式主义研究方法，而且他还大力推广

---

① ROWELL C H. An Interview with Henry Louis Gates, Jr.[J]. Callaloo, 1991, 14（2）: 444–463.

② ROWELL C H. An Interview with Henry Louis Gates, Jr.[J]. Callaloo, 1991, 14（2）: 444–463.

③ ROWELL C H. An Interview with Henry Louis Gates, Jr.[J]. Callaloo, 1991, 14（2）: 444–463.

④ ROWELL C H. An Interview with Henry Louis Gates, Jr.[J]. Callaloo, 1991, 14（2）: 444–463.

文本细读。以往的黑人文学研究者往往从批判种族主义的角度挖掘作品蕴含的社会意义，这就容易造成非裔文学研究存在批判性遮掩文学性的不足。与此不同，盖茨认为需要对非裔文学进行更多的细读和更详细的文本阐释。更重要的是，他还认为细读对黑人文学批评传统具有重要意义。确切地说，"黑人文学批评传统需要各种细读"①。同时，盖茨强调美国非裔文学教学同样需要加强文本细读。在1991年的一次访谈中，他指出，"我们需要鼓励学生细读。我宁愿看到学生能说出一页纸上第一个词和最后一个词之间的关系，也不愿他们成为最新文学理论的追随者"②。

二、后结构主义和解构主义的影响

盖茨的批评思想受到后结构主义理论的启发。他借鉴后结构主义的互文性概念并将其运用于美国非裔文学批评，通过黑人文本相互言说的喻指特征确定它们"与此前文本乃至此后文本之间的关系"③。里奇回顾说："1983年，盖茨在《批评探索》上发表了一篇重要文章，从文学史学家的角度，运用后结构主义互文性概念，对美国黑人文学的'经典'文本之间错综复杂的相互关系进行了阐述与分析。"④的确，对于美国非裔文学来说，喻指理论所强调的差异性重复指向了非裔文本的互文关系。事实上，盖茨在搜集与"喻指的猴子"相关的诗歌文本时就已经表明它们之间互为指涉的现象。在这些文本中，"意义是持续的，对固定意义的（再）生产就必然凸显了能指的游戏"⑤。猴子文本中多个共同的结构元素被重复，而且在重复中带着差异。对此，盖茨明确表示，"这让我们回想起互文性代表一种重复与修正的过程"⑥。

---

① GATES H L, Jr. Introduction: Criticism in De Jungle [J]. Black American Literature Forum, 1981, 15 (4): 123-127.

② ROWELL C H. An Interview with Henry Louis Gates, Jr. [J]. Callaloo, 1991, 14 (2): 444-463.

③ 克里斯蒂娃，黄蓓. 互文性理论对结构主义的继承与突破 [J]. 当代修辞学，2013 (5): 3.

④ 里奇. 20世纪30年代至80年代的美国文学批评 [M]. 王顺珠，译. 北京：北京大学出版社，2013: 345.

⑤ GATES H L, Jr. The Signifying Monkey: A Theory of African-American Literary Criticism [M]. Oxford: Oxford University Press, 1988: 63.

⑥ GATES H L, Jr. The Signifying Monkey: A Theory of African-American Literary Criticism [M]. Oxford: Oxford University Press, 1988: 60.

　　鉴于"任何文本的建构都是引言的镶嵌组合；任何文本都是对其他文本的吸收与转化"[①]，在盖茨看来，喻指与互文之间并没有太大的差异，只不过，他更为关注的是美国黑人作家书写的文本之间的喻指关系。盖茨将之具体表述为："所有的文本都对其他文本或文本集进行言说，因此互文的过程对我们和其他人来说并没有本质的不同。然而，我们感到好奇的是，有多少黑人作家将他们的文本置于非裔美国人的其他文本之中。"[②] 他在论述中时有提及巴赫金（M. M. Bakhtin）的"对话关系"、克里斯蒂娃的"互文"以及布鲁姆（Harold Bloom）的"误读修正"等理论，但在涉及这类理论时又总是及时地加入自己的修正。基于差异性的重复对喻指行为的重要作用，喻指理论所确定的黑人文本的互文性也将其与文学史联系起来。盖茨表示，"重复与差异是命名的转义，我把它作为黑人互文性的隐喻，也就是正式文学史的隐喻"[③]。里奇说道："指代的概念使得盖茨能够在强调像'不确定性''游戏'和'互文性'这样的主流的后结构主义主题的同时，对美国黑人小说独特的内部文学史进行研究。"[④]

　　盖茨受到称赞也遭人诟病的原因之一就是他对解构主义批评方法的运用。就像黄晖所说的那样，"盖茨是把德里达的解构概念运用到学术研究中的黑人批评家"[⑤]。盖茨吸收了解构主义思想的精髓，并结合美国非裔文学批评实践对之进行修正和扩展。例如，他的代表性文章《丛林中的批评》"显然是对杰弗里·哈特曼《荒野中的批评》（*Criticism in the Wilderness*）的致敬"[⑥]。他在《喻指的猴子》中特别提到哈特曼等人对他在美国非裔文学理论建构方面的指导和帮助："我刚从剑桥研究生院回到耶鲁后不久，哈特曼就给我提出这个挑战，并证明了他对这

①　克里斯蒂娃，祝克懿，宋姝锦. 词语、对话和小说 [J]. 当代修辞学，2012（4）：34.

②　ROWELL C H. An Interview with Henry Louis Gates, Jr. [J]. Callaloo，1991，14（2）：444–463.

③　GATES H L, Jr. The Signifying Monkey：A Theory of African–American Literary Criticism [M]. Oxford：Oxford University Press，1988：55.

④　里奇. 20世纪30年代至80年代的美国文学批评 [M]. 王顺珠，译. 北京：北京大学出版社，2013：346.

⑤　黄晖. 20世纪美国黑人文学批评理论 [J]. 外国文学研究，2002（3）：25.

⑥　GRODEN M，KREISWIRTH M，SZEMAN I. The Johns Hopkins Guide to Literary Theory and Criticism [M]. London：The Johns Hopkins University Press，1994：16.

个计划的不懈支持。"① 同时，"希利斯·米勒（J. Hillis Miller）也鼓励我把这本书的初稿提交给《批评探索》（Critical Inquiry）杂志"②。

深受解构主义的影响，盖茨认为："文本的意义不是固定的。它是由一方的真理和另一方的理解之间动态的、不确定的关系组成。"③ 在具体的批评实践中，盖茨就以里德的《芒博琼博》为例阐释黑人文本意义的不确定性。与此同时，他将这种不确定性归因于文本语言的修辞特征，这也是他的喻指理论与先前黑人文学批评家倡导的社会学和人类学批评方法所不同的地方。喻指理论强调美国非裔文学文本的土语传统，是一种侧重语言修辞的文本理论。语言的发展有自己的历史，黑人方言土语对黑人来说具有重要意义，而这种意义只有依据具体的社会文化语境才能得到解码。在盖茨眼中，喻指不仅是对语言的修饰，更是对意义的模糊、偏离和消解，而这一点在美国非裔文学文本中体现得尤为突出。

盖茨把阅读活动与黑人文本的修辞性语言结合在一起。他认为，"阅读与具体文本的比喻性语言的性质和功能存在密切关系。无论我们的阅读目的是什么，我们都不能忽视这样一个事实：文本不是一个'事物'，而是一种修辞结构，它的功能是对一系列复杂规则作出反应"④。里奇指出，"虽然文本研磨细读可以有很多方法，但是，盖茨个人比较偏爱由他的母校耶鲁大学的解构主义者形成的那种修辞阅读方法"⑤。确切地说，"盖茨的这种细读或者微分析深受保罗·德曼的解构主义修辞理论的影响"⑥。我们知道，德曼强调语言的修辞性和文本意义的不确定性。"德曼指出修辞是语言的本质，语言的修辞性消解了意义的稳定性和确定

① GATES H L, Jr. The Signifying Monkey: A Theory of African-American Literary Criticism [M]. Oxford: Oxford University Press, 1988: ix.

② GATES H L, Jr. The Signifying Monkey: A Theory of African-American Literary Criticism [M]. Oxford: Oxford University Press, 1988: x.

③ GATES H L, Jr. The Signifying Monkey: A Theory of African-American Literary Criticism [M]. Oxford: Oxford University Press, 1988: 25.

④ GATES H L, Jr. Introduction: Criticism in De Jungle [J]. Black American Literature Forum, 1981, 15（4）: 123-127.

⑤ 里奇. 20世纪30年代至80年代的美国文学批评 [M]. 王顺珠，译. 北京：北京大学出版社，2013: 345.

⑥ 里奇. 20世纪30年代至80年代的美国文学批评 [M]. 王顺珠，译. 北京：北京大学出版社，2013: 344.

性。德曼认为，修辞并不是文学所特有的，所有语言运用，无论是日常的，还是文学的，都是修辞性的。修辞语言总是指向不是它自己的某一事物，指向一个没有权威中心的意义链条。"①事实上，盖茨不但意识到保罗·德曼对其批评思想的影响，而且也表现出对他的诚挚敬意。在《黑人文学与文学理论》一书的扉页上，他就表示要将该书献给保罗·德曼。

盖茨对当代文学理论的借鉴和吸收具有一定的积极意义。比如，在当代文学理论的影响下，他对黑人方言土语的强调"为人们提供了重新思考文学批评话语的可能性，因为，作为话语的非主流样态与主流表述并列本身就已经使支配性语言处于某种解构的关系之中"②。值得注意的是，当盖茨将当代文学理论运用于美国非裔文学批评实践和理论建构的时候，他既要彰显美国非裔文学的独特性，又要关注喻指理论的可接受性。鉴于此，盖茨提出了"重命名—命名"的理论建构策略，并将其运用于对美国非裔文学文本的具体分析之中。

第二节　"重命名就是修正，而修正就是喻指"

一、"重命名—命名"在喻指理论中的定位

如果说盖茨通过黑人土语确立了美国非裔文学文本的语言喻指与非洲传统的关系的话，那么他在美国非裔文学批评中采用的"重命名—命名"策略则在一定程度上消解了非裔文本与当代文学理论的对立。盖茨说道：

> 命名黑人传统自身的理论，就要去回应并重命名其他的文学批评理论。我们的任务不是重新发明我们的传统，就好像它同主要由白人创造并传承的那个传统毫无关系一样。我们的作家用那个有巨大影响力的传统定义自己，

---

① 朱宾忠.欧美文艺思潮及文学批评［M］.武汉：武汉大学出版社，2016：52.

② 程锡麟，王晓路.当代美国小说理论［M］.北京：外语教学与研究出版社，2001：202.

同时既依赖又抵抗他们所理解的既定秩序。我们必须做与他们同样的事……重命名就是修正，而修正就是喻指。①

　　这段话集中体现出盖茨命名美国黑人文学理论的立场。在他看来，黑人文学批评家和黑人作家一样，都是通过阅读文本，尤其是阅读西方传统的经典文本而学会写作的。黑人作家无法摆脱白人作家及其传统的影响，黑人理论家在抵抗主流理论的同时也不得不对之有所依赖。

　　盖茨从黑人文本出发，预设了美国非裔文学批评与当代文学理论的共同点和相关性，并在此基础上阐释黑人文本的独特性。他表示，"黑人文本使用了西方传统的诸多文学形式惯例，黑人文学与主要用英、西、葡、法等语注册的西方文本传统之间的共同点远大于不同点。"他接着说道："黑人在形式上的重复总是带有差异，这种黑人差异在具体的语言使用中得到证明。"②在历史上，白人主流批评的话语霸权是造成黑人文学长期被忽视和被贬低的原因之一，"重命名—命名"策略有利于黑人文学批评与主流建立联系。盖茨的喻指理论"从某种程度上克服了文学批评中的文化认同危机，避免了以往出现的两种极端反应模式：要么全盘或部分地放弃民族本位立场，自觉地同主流文化认同，如种族融合主义；要么就是固守民族本位的传统立场，坚信本民族文化价值高于一切、优于一切，也就是一种排外的非洲中心主义模式"③。

　　盖茨通过对具有黑人特点的元素进行命名体现出一种赋权意识。他认为："欧洲人和美国人既没有发明文学及其理论，也没有控制其发展的垄断权。"④西方批评话语提出的核心问题，在其他的文本传统中也被提了出来。相对于建构一个全新的美国非裔文学批评理论，他更强调对当代西方理论的回应，或者说是通

---

① GATES H L, Jr. The Signifying Monkey：A Theory of African-American Literary Criticism［M］. Oxford：Oxford University Press，1988：xxiii.

② GATES H L, Jr. The Signifying Monkey：A Theory of African-American Literary Criticism［M］. Oxford：Oxford University Press，1988：xxii.

③ 习传进. 走向人类学诗学：二十世纪八九十年代非裔美国文学批评转型研究［M］. 北京：中国社会科学出版社，2007：236.

④ GATES H L, Jr. The Signifying Monkey：A Theory of African-American Literary Criticism［M］. Oxford：Oxford University Press，1988：xiv.

过应答去建构美国非裔文学批评理论。"重命名—命名"就是一种主动应答后的理论建构策略。盖茨指出，"不能期望我们重新发明文学，或重新发明批评。但是，我们必须去命名那些个别的、似乎异质的元素，这些元素构成了我们土语文学传统所包含的结构"①。

任何理论的形成和发展都不可能脱离先前的理论，美国非裔文学批评更难逃主流文学理论的影响。一方面，美国非裔文学批评不是完全异质的，它无法独立存在于自身传统的真空之中；另一方面，要获得认可，它必须与当代文学理论交流对话。但是，美国少数族裔批评家不得不面对的问题是："虽然20世纪80年代的主流批评理论与实践已经很成熟，但是仍然带有种族歧视，带有源自古希腊—罗马与犹太—基督教传统的普遍的逻各斯中心的烙印。"②盖茨对待美国非裔文学批评的态度非常明确，那就是非裔文学批评要立足于自身传统，不能完全套用主流理论。他在《编辑引言：书写"种族"及其产生的差异》(Editor's Introduction：Writing "Race" and the Difference It Makes)一文中说道："不加批判地把西方批评理论运用于我们的话语就等于以一种形态的新殖民主义代替另一种殖民主义。"③程锡麟等人认为，盖茨的美国非裔文学批评"并非是一种简单的命名行为，而是一种采纳修正的方式对先前的理论加以重命名"④。

对于美国黑人来说，重命名具有重要意义。美国民权运动的主要人物马尔克姆·X(Malcolm X)原名马尔克姆·利特尔(Malcolm Little)，他之所以将"Little"更改为"X"，是因为"Little"是白人奴隶主强加给他父辈的名字。重命名不但帮助美国黑人得以摆脱他们原来的奴隶名，而且这种行为也体现出黑人的主体意识。"在20世纪60年代，重命名成为美国黑人的明显趋势，这种趋势与黑人民族主义认同有关。重命名过去常被用来描述这一种族在这十年从'黑鬼'到'黑

① GATES H L, Jr. The Signifying Monkey：A Theory of African-American Literary Criticism [M]. Oxford：Oxford University Press, 1988：xxiii.

② 里奇. 20世纪30年代至80年代的美国文学批评 [M]. 王顺珠，译. 北京：北京大学出版社，2013：343 .

③ GATES H L, Jr. Editor's Introduction：Writing "Race" and the Difference It Makes [J]. Critical Inquiry, 1985, 12（1）：15.

④ 程锡麟，王晓路.当代美国小说理论 [M]. 北京：外语教学与研究出版社，2001：205 .

人'的转变。"① 黑人艺术运动中一些有影响力的人，如巴拉卡原名勒罗伊·琼斯（LeRoi Jones），后更名为伊马姆·阿米力·巴拉卡（Imamu Amiri Baraka）。还有一些与该运动有联系的人，如罗兰·斯内林（Roland Snellings）和唐·李（Don Lee）也分别把名字改为阿斯吉亚·穆罕默德·图雷（Askia Muhammad Touré）和哈基·麦得胡布缇（Haki Madhubuti）。在昆廷·米勒（D. Quentin Miller）看来，"通过重命名，黑人艺术运动更加有凝聚力"②。

值得注意的是，在黑人艺术运动中，黑人是对自己进行重命名，是从"被命名"到"自我命名"的转变，体现出与西方传统的决裂，彰显了黑人的独特性。比如，马尔克姆·X就认为："所有黑人艺术的标准都来源于黑人社群生活，都根植于其中。欧裔美国白人的美学与黑人毫不相干。"③ 与此同时，这种重命名还表明美国黑人与非洲文化的认同。例如，1961年，富勒成为《黑人文摘》（Negro Digest）期刊的编辑，1970年，他把该刊物的名称更改为《黑人世界》（Black World），"这一名字的改变标志着非裔美国人和非洲移民社区以及非洲本身等同起来"④。与这类重命名不同，在盖茨的美国非裔文学批评中，重命名的对象是当代文学理论，重命名的目的是命名自身，从而阐释非裔文学文本，体现了从"无名"到"自我命名"的转变。盖茨的"重命名—命名"策略颇有"他山之石，可以攻玉"之意。但是，盖茨向西方传统寻找理论资源阐释黑人文本，必然会面临当代西方理论的水土不服和黑人文本的内在排斥等问题，这也是盖茨遭受批判的原因之一。

二、"影子般的修正"：命名美国非裔文学传统自身的理论

盖茨在其理论建构中表现出自觉的"重命名—命名"意识，这尤其体现在他对喻指理论的核心概念"喻指"的命名上。喻指理论的形成得益于现代语言学转

---

① MILLER D Q. The Routledge Introduction to African American Literature [M]. New York：Routledge，2016：104.

② MILLER D Q. The Routledge Introduction to African American Literature [M]. New York：Routledge，2016：104.

③ 里奇. 20世纪30年代至80年代的美国文学批评 [M]. 王顺珠，译. 北京：北京大学出版社，2013：330.

④ 赵云利. 美国黑人文艺运动研究 [M]. 北京：中国水利水电出版社，2018：127.

向。索绪尔认为语言是一种符号系统，由"能指"（Signifier）和"所指"（Signified）组成，并且能指与所指之间的关系是任意的。"借鉴这种模式，作为一种语言系统的文学的研究终于摆脱了哲学、社会、历史、文化、宗教等一切'所指'的包袱，专心在'能指'层面，在语言系统内部，寻找'文学'的根本之所在。"[①]索绪尔的语言学理论为盖茨的美国非裔文学批评及理论建构提供了重要依据。

"重命名—命名"最突出的例证就是黑人土语"喻指"对标准英语"表意"的重命名。用盖茨的话来说就是，"喻指是对白人术语影子般的修正"[②]。德里达的新词"延异"与"差异"之间的关系体现了一种带有差异的重复，盖茨参照德里达的方法表现黑人土语的修辞策略"喻指"与符号学"表意"之间能指的同一性以及由它们所代表的不同所指所产生的差异性游戏。为了强调与标准英语的"表意"（signification）不同，盖茨把黑人语言符号"喻指"写成首字母大写的"Signification"；为了表明能指的差异，他把黑人术语中的"g"括起来写成"Signifyin（g）"以区别于白人术语"signifying"。同时，盖茨也指出，"被括起来或在听觉上被抹去的'g'代表着非常精妙并且令人着迷的（重）命名仪式中黑人差异的踪迹"[③]。

在盖茨看来，喻指与表意之间的复杂关系浓缩地展现了美国非裔文化和主流文化在政治层面和形而上学层面的冲突。盖茨把标准英语（表意＝所指／能指＝概念／声音–形象）和黑人土语（喻指＝修辞象征／能指）进行了对比。在标准英语中，"表意"可以用所指／能指来表示，它所指代的是一个或多个概念，而在黑人的同音同形异义词"喻指"中，修辞关系替换了符号学关系。盖茨在说明黑人语言符号"喻指"和标准英语符号"表意"之间的关系时指出，"'喻指'这一能指被用来再现一个和标准英语的能指'表意'极为不同的概念……标准英语单词 signification 和美国非裔土语单词 Signification 同音同形而意义不同。它们之

---

① 李龙 ."文学性"问题研究：以语言学转向为参照［M］. 北京：人民出版社，2011：11.

② GATES H L, Jr. The Signifying Monkey: A Theory of African-American Literary Criticism［M］. Oxford：Oxford University Press，1988：49.

③ GATES H L, Jr. The Signifying Monkey: A Theory of African-American Literary Criticism［M］. Oxford：Oxford University Press，1988：46.

间有着千丝万缕的联系，同时又完全没有关系"①。确切地说，"黑人'喻指'与英语的'表意'之间的关系是一种矛盾关系，是同一性中的差异性"②。

"表意"是标准英语语义秩序中的一个基本术语，盖茨将"表意"重命名为"喻指"，是对意义本身提出的挑战。在盖茨看来，针对这一术语的这种重命名是有意为之。也就是说，黑人土语传统创造了一个最深刻的同音同形异义词，从而标识自己与其他英语族群的差异性意识。在这个重命名的过程中，"黑人腾空了能指，然后不可思议地用一个代表他们自己土语传统所特有的修辞策略体系的所指来代替这个能指的概念"③。在盖茨的美国非裔文学批评中，他尤其强调喻指所依赖的能指游戏。他将之具体表述为："喻指主要指向的并不是所指，而是语言风格，是把日常话语转化为文学的东西。"④

盖茨对"喻指"与"表意"之间差异的强调尝试把词语被压抑的意义释放出来，进而将美国非裔文学的研究重点从语义层面转向修辞层面。在习传进看来，"这实际上表明盖茨从黑人语言入手来证实黑人文学和文学理论与白人文学和文学理论之间的差异性"⑤。盖茨的这种做法也意味着"喻指不但是拉康意义上的话语的他者，也构成了黑人他者的话语"⑥。在盖茨的论述中，喻指与表意互为主体。虽然盖茨着力突出两者的差异，但是他也不得不承认喻指对表意的修正显示出当代西方理论对美国非裔文学批评如影随形般的影响。

盖茨不但在命名上凸显黑人土语"喻指"与标准英语"表意"之间的差异性，而且他也注意到两者的共生性。盖茨用坐标轴标识出标准英语和黑人土语这两个话语世界的关系："黑人不用白人表意的横轴（语义轴）上的东西，而是用体现

---

①　GATES H L, Jr. The Signifying Monkey: A Theory of African-American Literary Criticism [M]. Oxford: Oxford University Press, 1988: 45.

②　GATES H L, Jr. The Signifying Monkey: A Theory of African-American Literary Criticism [M]. Oxford: Oxford University Press, 1988: 45.

③　GATES H L, Jr. The Signifying Monkey: A Theory of African-American Literary Criticism [M]. Oxford: Oxford University Press, 1988: 47.

④　GATES H L, Jr. The Signifying Monkey: A Theory of African-American Literary Criticism [M]. Oxford: Oxford University Press, 1988: 78.

⑤　习传进. 走向人类学诗学：二十世纪八九十年代非裔美国文学批评转型研究 [M]. 北京：中国社会科学出版社，2007：122.

⑥　GATES H L, Jr. The Signifying Monkey: A Theory of African-American Literary Criticism [M]. Oxford: Oxford University Press, 1988: 50.

黑人性的纵轴（修辞轴）上的东西来表意。"①白人表意的秩序性和连贯性依赖于将特定词语在特定时段生成的无意识联想排除在外；而喻指却把体现联想的修辞和语义关系的随意性游戏包含进来。朱小琳指出，"横轴和纵轴交点所指之处则意味着黑人英语与标准英语在处理同一个表意概念时存在的关系。在标准英语横轴上微观的每一个语言点上都有黑人英语喻指的可能性：也就是说，黑人英语随时可以切入标准英语，以添加转义的方式表达和标准英语相同的意义"②。在盖茨的美国非裔文学批评中，通过喻指和表意这两个术语之间的关系，黑人与白人之间，组合轴与聚合轴之间，黑人土语话语与标准英语话语之间的共生关系得到了强调和展现。

盖茨将"表意"重命名为"喻指"，试图确立美国非裔文学的主体地位。在索绪尔的所指和能指的二元对立中，"所指和能指的地位是不平等的。能指的存在是为着指向所指，使意义显现。也就是在这两者中，所指（观念、思想、意义）是中心，是目的，居于统治地位，在每个能指后面，我们总能找到这样一个确定的所指。这就是索绪尔思想中的观念中心主义。……这种对某种中心的确认德里达称之为'逻各斯中心主义'"③。在盖茨看来，"喻指"不同于"表意"，标准英语中的"表意"指的是意义，而黑人传统的"喻指"指的是产生意义的方法。循着盖茨的分析，我们可以看出，确定的意义并不是喻指的目的。从某种意义上来说，喻指是为了迷惑对方，是故意"言此意彼"。在喻指的撞击下，中心、秩序、权威都不断地被瓦解。黑人土语"喻指"与白人术语"表意"有完全相同的能指，"这证明最尖锐的黑—白差异是意义的差异"④。盖茨认为："喻指行为是美国非裔的修辞策略，它作为一种修辞实践，并不是要去参与信息传达的游戏。喻指行为取决于能指的游戏以及能指链，而不是某些所谓超越性的所指。"⑤

"喻指"对"表意"的差异性重复彰显出美国非裔文学自身的传统和特点。

① GATES H L, Jr. The Signifying Monkey: A Theory of African-American Literary Criticism [M]. Oxford: Oxford University Press, 1988: 47.

② 朱小琳. 回归与超越：托妮. 莫里森小说的喻指性 [D]. 北京：中国社会科学院研究生院，2003：9.

③ 谭德生. 所指/能指的符号学批判：从索绪尔到解构主义 [J]. 社会科学家，2011（9）：153.

④ GATES H L, Jr. The Signifying Monkey: A Theory of African-American Literary Criticism [M]. Oxford: Oxford University Press, 1988: 49.

⑤ GATES H L, Jr. The Signifying Monkey: A Theory of African-American Literary Criticism [M]. Oxford: Oxford University Press, 1988: 52.

玛丽·克拉格斯（Mary Klages）对于盖茨区分"喻指"与"表意"的做法大加赞赏。她这样说道："盖茨对喻指的分析将这一术语的主流文化语境和美国非裔从属文化语境联系起来。他讨论了索绪尔和经典修辞学来支持自己的观点，即美国非裔的喻指习惯和主流文化语言习惯同样复杂并且具有历史意义。喻指活动来自非洲或美国非裔传统，就像经典修辞学来自希腊和拉丁语的语言模式一样。"[①]

　　"重命名—命名"的做法搭建了喻指理论与主流理论之间的桥梁。与此同时，"重命名—命名"又难免给人一种缺乏原创之感和模仿他人之嫌。周春指出，"在盖茨看来，黑人批评家确实模仿西方理论，但是大多数时候是意在戏仿"[②]。盖茨从黑人语言的喻指性差异入手阐释美国非裔文学和文学批评的原创性问题。黑人作家过去经常被判定为缺乏创新能力，黑人作品也被视为简单的模仿。盖茨认为，这是因为以往的批评家更多地强调所指，这是以能指为代价的。对此，他这样说道："黑人传统的原创性强调重复与差异，或者说转义，强调对能指链的凸显，而不是对某个新颖内容的模仿性再现。"[③]盖茨明确指出，"重复和修正对黑人艺术形式而言是根本性的。我决定分析喻指的本质和功能正是因为它是重复和修正，或者说是含有明显差异的重复"[④]。就原创性而言，"黑人经常用带有显著差异的重复来'声明'他们的差异意识"[⑤]。

　　盖茨在建构美国非裔文学批评理论时多次提到赫斯顿（Zora Neale Hurston）关于模仿的观点。甚至可以说，盖茨的"重命名"就是对赫斯顿强调的"重新阐释"（reinterpret）的深化和发展。赫斯顿认为："真正意义上的原创就是对观点的修正。黑人极具原创性，他们对所遇到的白人文明中的一切按照自己的方式重新

① KLAGES M. Literary Theory：A Guide for the Perplexed［M］. Shanghai：Shanghai Foreign Language Education Press，2009：150.

② 周春.美国黑人文学批评研究［M］.上海：上海人民出版社，2016：325.

③ GATES H L，Jr. The Signifying Monkey：A Theory of African-American Literary Criticism［M］. Oxford：Oxford University Press，1988：79.

④ GATES H L，Jr. The Signifying Monkey：A Theory of African-American Literary Criticism［M］. Oxford：Oxford University Press，1988：xxiv.

⑤ GATES H L，Jr. The Signifying Monkey：A Theory of African-American Literary Criticism［M］. Oxford：Oxford University Press，1988：66.

阐释。"① 在《黑人的表述特点》(*Characteristics of Negro Expression*)一文中，赫斯顿对原创性和模仿做了这样的解释："黑人经常被认为缺乏原创性，但若仔细分析，就会发现这种看法是'有误的'。对于任何一个人类群体来说，回到原创性的最初根源都是极其困难的。"② 她认为黑人擅长模仿丝毫不损害其原创性，因为"模仿本身就是一种艺术。黑人模仿并不是因为自卑心理，也不是因为他们想成为被模仿的样子，而是因为他们热爱模仿"③。赫斯顿对原创性和模仿的阐释，为喻指理论的"重命名—命名"策略指引了方向。

第三节 "重命名—命名"在盖茨文学批评中的运用

盖茨不但在理论上阐释了"重命名—命名"的重要性及其价值，而且他也在美国非裔文学批评实践中运用这一策略。这种运用主要表现在两方面：其一，通过重命名主流文学理论的批评原则，命名黑人批评原则，并将其运用于分析黑人文本；其二，不时地在西方理论中寻找对应物，以此突出黑人批评原则的有效性。盖茨表示，"我并不是把当代文学理论套用于黑人文本，而是试图将之转换为一个新的修辞领域"④。然而，需要注意的是，在这些具体的运用中，盖茨的喻指理论很难摆脱源自当代文学理论的"影响的焦虑"。

一、"重命名—命名"在文本分析中的体现

盖茨不但没有回避美国非裔文学批评受到主流文学理论影响的客观现实，而

---

① HURSTON Z N. Characteristics of Negro Expression [M] // NAPIER W. African American Literary Theory：A Reader. New York：New York University Press，2000：37.

② HURSTON Z N. Characteristics of Negro Expression [M] // NAPIER W. African American Literary Theory：A Reader. New York：New York University Press，2000：37.

③ HURSTON Z N. Characteristics of Negro Expression [M] // NAPIER W. African American Literary Theory：A Reader. New York：New York University Press，2000：38.

④ GATES H L，Jr. Figures in Black：Words，Signs，and the "Racial" Self [M]. Oxford：Oxford University Press，1989：xx.

且他还综合了美国非裔文学土语传统与当代文学理论，并借批评家的责任表明自己的态度。在他看来，"这是美国非裔文学批评家面临的挑战：不要回避文学理论，而是要将其转化为黑人习语，在适当的时候重命名批评原则，尤其是命名本土的黑人批评原则，并将这些原则运用于阐释我们自己的文本"①。盖茨在其具体的美国非裔文学批评实践中奉行着他所主张的"重命名—命名"策略，这在他对《他们眼望上苍》（*Their Eyes Were Watching God*）（以下简称《上苍》）的分析中体现得尤为突出。

在分析《上苍》的叙述模式时，盖茨采用了两种方式重命名当代文学理论的批评原则。第一，将当代理论术语直接转换为符合黑人口语表述传统的习语。比如，为了表明与主流理论的不同，盖茨重命名了叙事学中的一些核心概念，然后命名美国非裔文学批评的相关元素，从而突出非裔文学文本的特点。他将叙事学中的"故事讲述者"（storyteller）与"喻指者"（Signifier）联系起来，并明确指出，"《上苍》中充满了故事讲述者，黑人传统将之命名为喻指者"②。盖茨把"视角"（point of view）重命名为"声音"（voice）。在他看来，《上苍》是典型的喻指性文本，体现了黑人的故事讲述模式，"'声音'在这儿不仅暗含传统定义中的'视角'，它还表示一个文学传统的语言学在场"③。他甚至多次使用"声音"来分析《上苍》的叙述策略。例如，"《上苍》的开篇和结束都是第三人称全知声音，这种做法提供了最大限度的信息给予"④。第二，保留当代理论的术语名称，但赋予它们新的意义。比如，自由间接话语是《上苍》文本修辞的一个核心方面，它不但通过书面语来追求口语的效果，而且是一种表达主人公分裂自我的戏剧性方法。盖茨认为自由间接话语与《上苍》文本中的"声音"密切相关："珍妮用环形的、嵌入式的叙述给菲比讲述她的故事，这个叙述把她的声音与全知叙述者的

---

① GATES H L, Jr. Figures in Black：Words, Signs, and the "Racial" Self [M]. Oxford：Oxford University Press, 1989：xxi.

② GATES H L, Jr. The Signifying Monkey：A Theory of African-American Literary Criticism [M]. Oxford：Oxford University Press, 1988：183.

③ GATES H L, Jr. The Signifying Monkey：A Theory of African-American Literary Criticism [M]. Oxford：Oxford University Press, 1988：183.

④ GATES H L, Jr. The Signifying Monkey：A Theory of African-American Literary Criticism [M]. Oxford：Oxford University Press, 1988：185.

声音用自由间接话语融合了起来。"①在盖茨眼中，赫斯顿所使用的自由间接话语就是对格雷厄姆·霍夫（Graham Hough）自由间接话语的重命名。他表示，"格雷厄姆·霍夫把自由间接话语定义为一种过激的'被纹饰的叙事'，或者是像简·奥斯丁（Jane Austen）小说中的叙事兼对话。赫斯顿使我们得以给自由间接话语重命名"②。

　　盖茨认为赫斯顿在《上苍》中对自由间接话语的创新性使用具有重要意义。《上苍》中的自由间接话语体现了黑人文本的语言特点，展示出黑人传统中个人和族群的声音。通过使用自由间接话语，"《上苍》化解了标准英语和黑人方言之间暗含的张力"③。在《上苍》中，赫斯顿的叙述策略依赖于融合叙述评论和人物话语这两个处于极端的叙事模式。叙述评论刚开始是标准英语用词，而人物话语往往通过引号和黑人措辞彰显出来。但是，随着珍妮接近自我意识，黑人人物话语的措辞逐渐影响了叙述评论声音的用词。对赫斯顿来说："对自我的追寻依赖于对语言讲述形式的追寻，事实上也就是对黑人文学语言本身的追寻。"④对于《上苍》中的主人公珍妮来说，自由间接话语表现了她在自我意识方面的成长并最终成为言说的黑人主体。更重要的是，"赫斯顿找到了一个响亮的、真正的叙述声音，它呼应并追求黑人土语传统的非个人性、匿名性以及权威性"⑤。林元富指出，自由间接话语"是赫斯顿对黑人文学内部（如詹姆斯·威尔顿·约翰逊和吉恩·图默间）关于黑人方言是否合适作为书面文学语言的疑惑和争论的直接回应"⑥。赫斯顿使用自由间接话语，"不但用它来表现个体人物的言谈和思想，而且

---

① GATES H L, Jr. The Signifying Monkey: A Theory of African-American Literary Criticism ［M］. Oxford: Oxford University Press, 1988: 207.

② GATES H L, Jr. The Signifying Monkey: A Theory of African-American Literary Criticism ［M］. Oxford: Oxford University Press, 1988: 209.

③ GATES H L, Jr. The Signifying Monkey: A Theory of African-American Literary Criticism ［M］. Oxford: Oxford University Press, 1988: 192.

④ GATES H L, Jr. The Signifying Monkey: A Theory of African-American Literary Criticism ［M］. Oxford: Oxford University Press, 1988: 183.

⑤ GATES H L, Jr. The Signifying Monkey: A Theory of African-American Literary Criticism ［M］. Oxford: Oxford University Press, 1988: 183.

⑥ 林元富. 非裔文学的戏仿与互文：小亨利·路易斯《表意的猴子》理论述评 ［J］. 福建师范大学学报（哲学社会科学版），2008（6）：101.

也用它来表现黑人社区集体的言谈和思想"①。

在盖茨看来，《上苍》为美国黑人文学的叙述策略开辟了一个修辞空间，是黑人文学传统中的第一部"可说文本"（speakerly text）。赫斯顿的"可说文本"修辞策略在黑人小说中扮演着中介角色，即"一方面是被赋予特权的黑人口语传统，另一方面是已获得但尚未被充分吸收的标准英语文学传统"②。盖茨认为："通过使用赫斯顿自己的黑人口语叙述理论，我们可以理解《上苍》的叙述模式，从而证明为什么我选择称其为'可说文本'。这个短语是我从罗兰·巴特（Roland Barthes）的'可读文本'（readerly text）和'可写文本'（writerly text）的对立中得出的——我在这喻指了这种双分法；这个短语也来自说话书本的转义，它不仅是美国黑人传统中最基本的重复转义，而且也是赫斯顿和伊什梅尔·里德用来定义他们自己叙事策略的一个短语。"③

盖茨对"可说文本"的论述休现了当代文学理论与美国非裔文学传统的"综合"。一方面，盖茨的美国非裔文学批评深度借鉴主流文学理论，"可说文本"喻指了罗兰·巴特的"可读文本"和"可写文本"；另一方面，这个短语来自盖茨梳理的黑人奴隶叙事中有关说话书本的转义。同时，"可说文本"也定义了赫斯顿和伊什梅尔·里德的叙事策略。但是，盖茨在这里忽视了一个重要问题，也就是芭芭拉·哈洛所说的："佐拉·尼尔·赫斯顿和罗兰·巴特之间有明显的距离——无论这被理解为政治的、种族的还是历史的。"④ 由此不难看出，盖茨淡化黑白种族差异而去重命名当代文学理论术语的做法有一定的局限性。

二、寻找对应物："理论焦虑"与"理论抵抗"之间的矛盾

为了突出与主流批评理论的差异，盖茨在其理论建构中不时寻找其对应物。

---

① GATES H L, Jr. The Signifying Monkey: A Theory of African-American Literary Criticism [M]. Oxford: Oxford University Press, 1988: 214.

② GATES H L, Jr. The Signifying Monkey: A Theory of African-American Literary Criticism [M]. Oxford: Oxford University Press, 1988: 174.

③ GATES H L, Jr. The Signifying Monkey: A Theory of African-American Literary Criticism [M]. Oxford: Oxford University Press, 1988: 198.

④ HARLOW B. The Signifying Monkey: A Theory of Afro-American Literary Criticism by Henry Louis Gates, Jr. (Book Review) [J]. Research in African Literatures, 1989, 20 (3): 576.

为了论述方便，以下仅列举一些典型例子。

在追溯美国非裔文学传统的源头时，盖茨就在寻找西方理论的"对应物"。他煞费周折地找到了约鲁巴神话中的"逻各斯"。埃苏雕像手中拿着约鲁巴最高神灵用来创造宇宙的阿斯（ase），盖茨坦言："阿斯有很多种译法，但我把这个创造宇宙的阿斯译成了'逻各斯'（logos）。"①在他看来，正是因为埃苏手里握着阿斯，所以他拥有巨大的力量。可见，盖茨的批评思想很难摆脱"逻各斯"的影响。随后，盖茨又给埃苏找到了他在西方理论中的对应物——"赫尔墨斯"（Hermes）。和埃苏一样，赫尔墨斯也是天神的信使和阐释者，所以"埃苏最直接的西方亲属就是赫尔墨斯"②。不难看出，为了建立与西方理论的对应关系，盖茨也是耗尽心思，他不但将阿斯翻译成"逻各斯"，而且从埃苏的阐释功能将之与赫尔墨斯对应起来。他甚至将艾发文本与《圣经》进行类比："正如《圣经》是基督徒的神圣文本，艾发构成了约鲁巴人的神圣文本。"③在探寻拉巴（Legba）的特点时，盖茨参照了杰弗里·哈特曼的观点。盖茨指出，"在约鲁巴族和芳族人的阐释体系中，意义既是多重的，也是不确定的。这一点从整个体系所包含的那种模棱两可的修辞性语言中得到了强调，拉巴控制着芳族人的意义不确定性。如果像哈特曼所说，'不确定性是分隔理解和真理的栏杆（bar）'，那么，我们终于可以确定拉巴居于这个栏杆之上。事实上，就像不确定性一样，拉巴就是这个栏杆"④。

盖茨不但始终不忘在西方理论中寻找对应物，而且他也将其用来印证喻指理论的说服力。从喻指这一概念本身来说，盖茨就认识到："喻指是作为标准英语的书面用法中那个'影子般'术语的对照物出现的。"⑤所以自"命名"起，喻指就是表意的对应物。在指明喻指的内涵时，他也表示，"喻指就是参与到特定

---

① GATES H L, Jr. The Signifying Monkey: A Theory of African-American Literary Criticism [M]. Oxford: Oxford University Press, 1988: 7.

② GATES H L, Jr. The Signifying Monkey: A Theory of African-American Literary Criticism [M]. Oxford: Oxford University Press, 1988: 8.

③ GATES H L, Jr. The Signifying Monkey: A Theory of African-American Literary Criticism [M]. Oxford: Oxford University Press, 1988: 10.

④ GATES H L, Jr. The Signifying Monkey: A Theory of African-American Literary Criticism [M]. Oxford: Oxford University Press, 1988: 25.

⑤ GATES H L, Jr. The Signifying Monkey: A Theory of African-American Literary Criticism [M]. Oxford: Oxford University Press, 1988: 46.

的修辞游戏中，我将其比作标准英语中的修辞转义"①。在阐释美国非裔文学文本的喻指特征时，盖茨专门用图表将约鲁巴人以及非裔美国人的转义喻指与哈罗德·布鲁姆的误读之图（map of misprision）进行对比。他指出，"就黑人传统自身有关喻指的分类而言，我们很容易就能把它们与源自古典和中世纪修辞中的表意修辞等同起来。就像布鲁姆对'误读之图'所做的那样，我们有充足的理由给这些分类贴上'误读之说唱'（rap of misprision）的标签"②。此外，盖茨直言，"伊斯特霍普（Easthope）对英国民谣结构的分析和我对喻指的猴子故事结构的分析完全契合"③。值得注意的是，盖茨在界定美国非裔文学中的"可说文本"时，特意引述了一段"斯卡兹"（Skaz）的定义，他认为"俄国形式主义的这一概念与可说文本类似"④。

盖茨向西方传统借用理论资源既是时代所需，也是无奈之举。寻找对应物的做法一方面体现了理论的可通约性；另一方面，也表明他在"理论焦虑"与"理论抵抗"之间的矛盾。在盖茨的论述中，美国非裔文学的文本语言与标准英语的差异说明美国非裔文学的独特性；喻指理论与当代理论的差异证明了美国非裔文学理论的主体性。可见，盖茨试图从差异入手纠正美国非裔文学作品缺乏文学性的偏见，并以此摆脱美国非裔文学"无理论"的束缚。但是，就像阿黛尔所指出的那样，"盖茨的'差异'概念其实是一个相同的概念。他对解构做了无数的姿态，最后却以一种重建告终"⑤。

---

① GATES H L, Jr. The Signifying Monkey：A Theory of African-American Literary Criticism［M］. Oxford：Oxford University Press，1988：48.

② GATES H L, Jr. The Signifying Monkey：A Theory of African-American Literary Criticism［M］. Oxford：Oxford University Press，1988：52.

③ GATES H L, Jr. The Signifying Monkey：A Theory of African-American Literary Criticism［M］. Oxford：Oxford University Press，1988：59.

④ GATES H L, Jr. The Signifying Monkey：A Theory of African-American Literary Criticism［M］. Oxford：Oxford University Press，1988：xxvi.

⑤ ADELL S. A Function at the Junction［J］. Diacritics，1990，20（4）：53.

本章小结

通过"重命名—命名"的策略，盖茨试图回答美国非裔文学与当代批评理论能否结合起来的问题。重命名标识了差异，而非体现敌对。对于美国非裔文学批评而言，"重命名—命名"的做法能够从更高的层面并以发展的眼光重新审视非裔文本；对于主流理论来说，该策略可以从更广的层面扩展当代批评理论的适用性和发展空间。但是，"重命名—命名"既是喻指理论的特色也是其硬伤。盖茨的研究重点并不在于美国非裔族群生活的社会历史背景和作家个人的生活经历等外在因素，他注重的是文本在形式方面的重复与修正，以及作家在创作领域的继承与创新。喻指理论强调回归黑人传统，但回归后的理论并不是完全自足的主体，在解释美国非裔文学文本时还需要不断重命名西方理论的批评原则。他对西方理论的修正是以对该理论的理解和接受为前提的，盖茨并不是西方批评理论的偏激修正论者，重命名也不是无视西方传统的极端修正行为。在建构喻指理论时，与其说重命名是对主流理论的防御手段，不如说是对它的依赖策略。

首先，盖茨的"重命名—命名"策略在一定程度上体现出西方理论与非裔理论之间的不对等关系。一方面，不是每个当代西方理论的批评原则都能恰好被重命名来阐释美国非裔文学文本，这是一个"有选择"的重命名；另一方面，对于美国非裔文学批评而言，重命名也是一种约束。那些能够体现非裔特色却无法对西方理论做出回应的"无名"的异质部分就容易被忽视，这是一个"有限"的命名。同时，那些恰好能够被"重命名—命名"并运用到美国非裔文学批评的术语又有可能使非裔文学丧失自身的传统。盖茨试图通过喻指理论说明黑人文学在结构上的复杂性和层次上的丰富性，但是，"重命名—命名"的做法难免会出现迎合西方理论的情况，造成以削弱黑人传统为代价的自我命名。阿黛尔指出，"盖茨想去确认并定义源于美国非裔传统内部的批评理论。……但是，当盖茨等人用结构主义、后结构主义和解构主义的方法时，人们却对他们所说的立足黑人土语并体现'真正的'美国非裔文学传统的真实性产生了怀疑"[①]。

其次，"重命名—命名"影响下的美国非裔文学批评与主流理论看似有"共同语言"，可以展开对话，但是，即使双方能够对话，也只是"局部对话"。这集中体现在西方文学批评话语在美国非裔文学批评中的可行性问题上，这也是乔伊斯和盖茨等人论争的核心问题之一。虽然盖茨强调他对当代西方理论的运用是建立在对其进行重命名的基础之上，但这种重命名之后的适用性依然遭到学者的质疑和批评。"在乔伊斯等批评家看来，西方结构主义、解构主义等形式主义批评方法，注重的是文本的形式研究。这种将黑人文化和历史语境、作者经历等文本之外的因素排除在外的批评方法无法更为深入全面地阐释黑人文本。"[②]美国非裔文学批评要想得到主流的认可，需要与西方文学理论进行对话，但如果忽视自身的历史文化背景，那么在一定程度上也很难做到真正意义上的对话。

再次，不容忽视的是，在"重命名—命名"的过程中，如果找不到两者的平衡点就很难做到"有效命名"，甚至会陷入逻各斯中心主义。这也就是批评家们所指出的，"盖茨对'黑人性'的兴趣越大，就越陷入'欧洲中心主义'。在复活埃苏的神话时，他必须运用后现代主义和后结构主义的研究方法。在术语上，它们实际上取代了埃苏和他的美国非裔亲戚——喻指的猴子。在这个过程中，他们被去非洲化了（de-Africanized）"[③]。

总体来看，盖茨通过采用"重命名—命名"的策略借鉴当代文学理论，促进了美国非裔文学批评的创新和发展。这对于颠覆主流话语霸权，建构美国非裔理论来说具有重要意义。随着美国非裔作家有意识地"弘扬种族自豪感和自信心，

---

① ADELL S. The Crisis in Black American Literary Criticism and the Postmodern Cures of Houston A. Baker，Jr.，and Henry Louis Gates，Jr.［M］// NAPIER W. African American Literary Theory：A Reader. New York：New York University Press，2000：525.

② 周春. 美国黑人文学批评研究［M］. 上海：上海人民出版社，2016：319.

③ ADELL S. The Crisis in Black American Literary Criticism and the Postmodern Cures of Houston A. Baker，Jr.，and Henry Louis Gates，Jr.［M］// NAPIER W. African American Literary Theory：A Reader. New York：New York University Press，2000：534.

反击白人种族主义的偏见"①，美国非裔文学批评也要彰显自身的独特性。但是，"重命名"阴影下的"命名"加深了喻指理论源自当代文学理论的"影响的焦虑"。盖茨越想通过重命名来修正和抵抗西方理论，就难免越陷入对它的依赖。

① 李珺，徐志强. 后现代视域中的种族、性别和文化政治：以贝尔·胡克斯的自传《黑骨：少女时代的回忆》为例［J］. 外语教学，2013，34（6）：87.

第四章

《诺顿美国非裔文学选集》与经典建构

经典之争，无论其地域、本质和范围……都是文化的冲突。①

——托尼·莫里森

虽然美国非裔文学选集至少从1845年就开始出版了，但是我们的文选是第一部诺顿非裔文选。对于我们这一代人而言，诺顿和其他几家出版商一起成为经典形构的同义词。②

——小亨利·路易斯·盖茨

盖茨的美国非裔文学批评理论为阐释黑人文本提供了新的视角。同时，他也在收集、整理黑人文本方面做了大量的工作。正如他所说的那样，"收集和复活黑人文本与阐释文本一样困难——并且是阐释的先决条件"③。值得注意的是，盖茨不但意识到文本收集的重要性，而且他还看到编纂黑人文学选集的必要性。1996年，由盖茨、麦凯和另外9位知名学者编辑的《诺顿美国非裔文学选集》（本章以下简称《诺顿非裔》）出版。这部选集在美国非裔文学史上具有重要意义。学者们曾这样说道："文学选集既能体现某一民族或国家的文学成就，也能推动文学经典与文学传统的形成，因此，美国黑人学者尝试以编辑、出版黑人文学选

① MORRISON T. Unspeakable Things Unspoken: The Afro-American Presence in American Literature [M] // GATES H L, Jr, MCKAY N Y. The Norton Anthology of African American Literature [M]. New York: W W Norton & Company Inc., 1997: 2299-2321.

② GATES H L, Jr, MCKAY N Y. The Norton Anthology of African American Literature [M]. New York: W W Norton & Company Inc., 1997: xxix.

③ GATES H L, Jr. The Art of Slave Narrative: Original Essays in Criticism and Theory by John Sekora and Darwin T. Turner (Book Review) [J]. Black American Literature Forum, 1983, 17 (3): 132.

集的形式，证明黑人的文学才能与天赋，修正所谓黑人民族'低劣的'负面形象，为'黑人研究'等提供教材，当下最具影响力的黑人文学选集当推哈佛大学盖茨教授主编的《诺顿非裔美国文学选集》。"①

《诺顿非裔》共分为七章。每一章都由专业学者做导论，每位作家也都有传记文章对之进行评论介绍，盖茨认为这有利于帮助学生摆脱对参考书的需求。在《诺顿非裔》中，除了第一章《土语传统》之外，其他章节均按时间顺序编排。其中包括《奴隶制与自由时期的文学：1746—1865》《从重建到新黑人复兴时期的文学：1865—1919》《哈莱姆文艺复兴：1919—1940》《现实主义、自然主义和现代主义：1940—1960》《黑人艺术运动：1960—1970》以及《1970年代以来的文学》。

盖茨强调文选编纂对美国非裔文学经典建构②的影响。对于非裔文学而言，文选承载着一代又一代人的文学遗产。在盖茨看来，"每部文选都定义了一种经典，因此在被指定为其最具代表性的部分中，它有助于保留传统"③。《诺顿非裔》

---

① 王玉括. 新文选，新方向：吉恩·贾勒特教授访谈录［J］. 当代外语研究，2014（8）：71.

② （一）canon 常见的翻译有：
1. 经典. 佛克马，蚁布思. 文学研究与文化参与［M］. 俞国强，译. 北京：北京大学出版社，1996；佛克马，李会方. 所有的经典都是平等的，但有一些比其它更平等［J］. 中国比较文学，2005（4）：51-60；童庆炳，陶东风. 文学经典的建构、解构和重构［M］. 北京：北京大学出版社，2007；阎景娟. 文学经典论争在美国［M］. 北京：社会科学文献出版社，2010.
2. 典律. 单德兴. 重建美国文学史［M］. 北京：北京大学出版社，2006；李有成. 逾越：非裔美国文学与文化批评［M］. 杭州：浙江大学出版社，2015.
3. 正典. 布鲁姆. 西方正典：伟大作家和不朽作品［M］. 江宁康，译. 南京：译林出版社，2011；何燕李. 盖茨的黑人文学正典论研究［J］. 兰州大学学报（社会科学版），2018，46（1）：110-116.
（二）canon formation 常见的翻译有：
1. 经典构成. 佛克马，蚁布思. 文学研究与文化参与［M］. 俞国强，译. 北京：北京大学出版社，1996. 2. 经典形构. 阎景娟. 文学经典论争在美国［M］. 北京：社会科学文献出版社，2010.
3. 经典形塑. 王玉括. 新文选，新方向：吉恩·贾勒特教授访谈录［J］. 当代外语研究，2014（8）：71-73. 4. 典律形成. 单德兴. 重建美国文学史［M］. 北京：北京大学出版社，2006.
（三）在《诺顿非裔》中，盖茨多次提及 construct a canon，本书将之译为建构经典。
（四）有关"经典的词源及含义演变""经典（canon）与古典（classic）的区别"以及"经典与文学经典的关系"等问题，参见阎景娟. 文学经典论争在美国［M］. 北京：社会科学文献出版社，2010. 有关"经典是怎样形成的？""经典的内容应当由哪些人依据何种标准来确定？"等问题，参见童庆炳，陶东风. 文学经典的建构、解构和重构［M］. 北京：北京大学出版社，2007.

③ GATES H L, Jr. Reading Black, Reading Feminist: A Critical Anthology［M］. New York: Plume Books, 1990: 5.

促进了美国非裔文学的经典化，被称之为"黑人文学的新版圣经"[①]，盖茨也成为"建构大写的黑人正典的第一人"[②]。结合盖茨的美国非裔文学批评思想，我们发现这里需要注意两个隐含的关键问题：第一，收录文本、编纂文选与建构经典之间的关系；第二，经典建构与文本阐释之间的关系。就前者来说，是否搜集到的所有美国黑人创作的文学文本都可以编入文选并成为经典；就后者而言，收集了黑人文本之后，从何种角度对之进行有效阐释。同时，我们也不能忽视"确认经典的机构和权威"[③]这类问题。毕竟，"在文学经典成因中，个人意见、时代要求、机构制度、文化体系常常纠葛在一起发挥着综合作用"[④]。本章聚焦长期存在的政治偏好如何影响美国黑人文选的编纂、喻指理论指导下的《诺顿非裔》怎样将侧重点转移到黑人文学的形式审美特征以及《诺顿非裔》对先前美国黑人文选的继承与修正等问题上。同时，鉴于"经典的遭遇，正是文化与文学之间的张力相互较量的表现。文学经典论争是文化战争的一个主要部分"[⑤]，因此，本章也从美国非裔文选的角度将非裔文学经典化问题放置在文化战争的宏大背景下加以考察，在多元文化视角下思考《诺顿非裔》的价值和意义。

第一节　"通过编辑文选重新定义经典"：从文选到经典

美国黑人文学选集的编纂在肯定黑人作家的艺术才能、保护黑人文本以及扩大黑人文学的影响力等方面功不可没。与此同时，盖茨也意识到"通过编辑文选重新定义经典"[⑥]的重要性。

---

① MARABLE M. The New Bible of Black Literature [J]. The Journal of Blacks in Higher Education, 1998(19)：132.

② 何燕李. 盖茨的黑人文学正典论研究 [J]. 兰州大学学报（社会科学版），2018，46（1）：110.

③ 佛克马，李会方. 所有的经典都是平等的，但有一些比其它更平等 [J]. 中国比较文学，2005（4）：53.

④ 阎景娟. 文学经典论争在美国 [M]. 北京：社会科学文献出版社，2010：3.

⑤ 阎景娟. 文学经典论争在美国 [M]. 北京：社会科学文献出版社，2010：71.

⑥ GATES H L, Jr. Loose Canons：Notes on the Culture Wars [M]. Oxford：Oxford University Press，1993：19.

一、《诺顿美国非裔文学选集》的特征

盖茨在《诺顿非裔》的引言中毫不吝啬地称赞该文选全面、广泛和包容的特征，并从文本形式的角度定义经典。对此，他这样说道：

> 它不是第一部试图定义美国非裔文学经典的选集。但它是最全面的；它的广泛性和包容性使读者能够追溯定义传统的重复、转义和喻指。①

以上论述表明盖茨试图通过《诺顿非裔》建构美国非裔文学经典的意图。此外，我们也可以看出，他尝试通过"重复、转义和喻指"等形式要素把该文选与美国非裔文学传统联系起来。

《诺顿非裔》较为全面地收录了美国黑人作家及其作品。比如，相对于其他的美国黑人文选，《诺顿非裔》收纳了更早时期的黑人文学作品。以第二章《奴隶制与自由时期的文学：1746—1865》为例，该章并没有把菲利斯·惠特莉及其诗歌作为开篇进行介绍，而是将露西·特里（Lucy Terry）创作诗歌《草地之战》（*Bars Fight*，1746）②的时间定为该部分的起始时间。《草地之战》是目前已知最早的美国非裔文学作品，却很少有人了解或研究。

《诺顿非裔》具有广泛的包容性。例如，它包括加勒比作家牙买加·金凯（Jamaica Kincaid），这延续了接纳克劳德·麦凯（牙买加人）和埃里克·沃尔隆德（Eric Walrond）（圭亚那人和巴拿马人）等人进入美国非裔文学经典的传统。米汉指出，"《诺顿非裔》有很多可以被视为非裔美国人国际的、多语言遗产的体现。值得一提的是，《诺顿非裔》收录了《混血儿》（*Mulatto*）的译本，这是维克多·斯库尔（Victor Skjour）最初用法语写的短篇小说。斯库尔的小说于1837年发表在法国杂志《殖民地评论》（*La Revue des Colonies*）上，并在《诺顿非裔》中首次被翻译成英文，现在被认为是已知最早的美国非裔小说"③。

---

① GATES H L, Jr, MCKAY N Y. The Norton Anthology of African American Literature［M］. New York：W W Norton & Company Inc.，1997：xlv.

② GATES H L, Jr, MCKAY N Y. The Norton Anthology of African American Literature［M］. New York：W W Norton & Company Inc.，1997：186.

③ MEEHAN K. Spiking Canons［J］. Nation，1997，64（18）：43-44.

《诺顿非裔》共收入123位美国黑人作家的作品，其中包括52位女性作家。该文选之所以收纳如此众多的美国黑人女性文学作品，一方面与女性运动的发展以及黑人女性自身所取得的文学成就有关；但另一方面，这也表明编辑们对黑人女性作家的重视。我们在文选中不但可以看到当今著名美国非裔作家托妮·莫里森、艾丽丝·沃克和丽塔·德芙（Rita Dove）等人的作品，也能读到由美国非裔女作家创作的第一部小说——哈里特·威尔逊的《我们黑鬼》，更不乏杰西·福塞特（Jessie Redmon Fauset）、佐拉·赫斯顿、内拉·拉森、安·佩特里（Ann Petry）和格温多琳·布鲁克斯（Gwendolyn Brooks）等人的作品节选。

二、《诺顿美国非裔文学选集》与非裔文学传统

盖茨一直都很关注美国非裔文学的传统问题。就传统与经典的关系而言，他曾这样说过：

> "西方传统"一词所隐含的霸权，主要反映的是物质关系，而不是所谓普遍的、超越的规范价值。价值在文化和时间上都是特定的。有时庸俗的民族主义隐含在文学范畴中……是文学以外的控制，象征物质关系和相伴的政治关系，而不是文学关系。作为这个职业的学者，我们必须避开这些统治和意识形态的范畴，坚持从根本上重新定义什么是"经典"。[①]

这一论述表明，盖茨不但没有简单地将美国非裔文学经典与西方传统直接关联起来，而且，他还否定了以往美国非裔文学研究偏重外部功能或意识形态的做法。就像学者们所说的那样，"传统在根本上不是一种'自然的'传承，而是积极建立、保存、维护的结果。文学经典的形构过程，就是对传统进行选择、建立和维护的过程"[②]。相对于种族，盖茨更多地从文学研究的专业化角度重新审视美国非裔文学的内部形式特征，并在此基础上确定美国非裔文学经典与传统的关系。

---

① GATES H L, Jr. Figures in Black：Words，Signs，and the "Racial" Self ［M］. Oxford：Oxford University Press，1989：xx.

② 阎景娟. 文学经典论争在美国 ［M］. 北京：社会科学文献出版社，2010：199.

盖茨并不认可黑人性与美国黑人文学经典的相关性。在他看来，黑人经典的存在是一种历史偶然现象，它不存在于"黑人性"之中，也不是由某些与种族相关的形而上学所赋予。相反，他把美国非裔文学传统与文学的形式联系起来。盖茨认为，"由于历史实践的原因，美国非裔文学传统作为一个形式实体而存在"①。他指出，"我们通过重印许多非裔美国人历史上最重要和美学上最复杂的作品，公正地代表了美国非裔文学传统。这些作品的作者以不同的方式让西方字母组成的文本以'黑人'的声音言说。综合起来，它们形成了一种文学传统，在这一传统中，美国非裔作家集体确认了这一点——权力意志就是写作意志，并以审美形式雄辩地证明写作从未远离音乐语言和口语节奏"②。的确，在盖茨的非裔文学批评中，他一直着重于追溯并阐明以往被忽视和被压抑的黑人声音。这里需要注意的是，盖茨并没有完全脱离黑人性。他只是将黑人性转化为一种隐喻，并从形式角度寻找黑人性的文本谱系。如果说，黑人艺术运动强调黑人性，关注黑人创造性表达的独特方面，那么盖茨也明确表示，"我的作品是对黑人艺术运动理论的直接回应"③。

盖茨搭建了美国黑人文学经典与文本的喻指特征之间的桥梁，并强调从黑人自己的传统界定黑人文学经典。他认为："就像我们可以而且必须在更大的美国传统中援引黑人文本一样，我们可以而且必须在黑人自己的传统中援引黑人文本……这个过程将黑人传统的标志性文本结合成一部经典，就像把独立的环连接在一起形成一个链条那样。"④ 在这里，盖茨所说的黑人自己的传统就是黑人土语传统，即"土语塑造了我们的书写传统"⑤。经典与传统关系密切，"文学经典的成

---

① GATES H L, Jr, MCKAY N Y. The Norton Anthology of African American Literature [M]. New York: W W Norton & Company Inc., 1997: xlv.

② GATES H L, Jr, MCKAY N Y. The Norton Anthology of African American Literature [M]. New York: W W Norton & Company Inc., 1997: xxxiii.

③ GATES H L, Jr. "What's Love Got to Do with It?": Critical Theory, Integrity, and the Black Idiom [J]. New Literary History, 1987, 18 (2): 359.

④ GATES H L, Jr. Loose Canons: Notes on the Culture Wars [M]. Oxford: Oxford University Press, 1993: 39.

⑤ GATES H L, Jr, MCKAY N Y. The Norton Anthology of African American Literature [M]. New York: W W Norton & Company Inc., 1997: xxxi.

型过程就是文学传统的梳理过程"①。通过对《上苍》《紫色》等经典文本的分析，盖茨指出，"方言不仅不局限于幽默与悲悯这两个极端，而且完全可以作为一种文学语言来使用，甚至可以用来写小说。方言——黑人英语土语及其习语——作为一种文学手段，不仅是一种口语修辞，确切地说，它是修辞的仓库"②。

盖茨确定了美国黑人文学传统的土语之根，并在此基础上定义黑人文学经典。他明确表示，"在我们的传统中，土语或口头文学有自己的经典"③。与此同时，盖茨尝试摆脱种族主义和民族主义的狭隘视角，重建美国非裔文学经典。他的这种重建也是建立在追溯美国非裔文学土语传统之上的。在盖茨看来，土语具有重要价值："用土语表达的非裔美国人形成了他们看待世界、历史和意义的方式；在土语中，人们记住并评价过去的经历；通过土语，非裔美国人努力用诚实、坚韧和幽默使这个常常严酷的世界人性化。"④编纂文选不可避免地会涉及文学传统的问题，具体到《诺顿非裔》，米汉认为它"提升了对口语传统的研究"⑤。

在《诺顿非裔》中，盖茨不但多次强调黑人土语传统的重要性，而且他还将"土语传统"作为该文选的第一部分，从而突出其显著地位。也就是说，"土语传统不仅是书写传统的基础，而且它还通过辩证、互惠的关系不断滋养、评论和批评着书写传统，这种关系在历史上每一个主要文学传统中都有体现"⑥。在梅丽艾玛·格雷厄姆等人看来，"20世纪80年代，土语批评的兴起让人们重新认识到，语言差异保证了黑人文学创作的独特性，这种独特性也成为新大陆和非洲黑人表述文化的特征"⑦。

为了进一步把握黑人土语的独特之处，盖茨考证了土语的意义。土语这个词

---

① 阎景娟. 文学经典论争在美国 [M]. 北京：社会科学文献出版社，2010：31.

② GATES H L, Jr. The Signifying Monkey: A Theory of African-American Literary Criticism [M]. Oxford: Oxford University Press, 1988: 251.

③ GATES H L, Jr. Loose Canons: Notes on the Culture Wars [M]. Oxford: Oxford University Press, 1993: 33.

④ GATES H L, Jr, MCKAY N Y. The Norton Anthology of African American Literature [M]. New York: W W Norton & Company Inc., 1997: 4.

⑤ MEEHAN K. Spiking Canons [J]. Nation, 1997, 264 (18): 42.

⑥ GATES H L, Jr, MCKAY N Y. The Norton Anthology of African American Literature [M]. New York: W W Norton & Company Inc., 1997: xlvii.

⑦ GRAHAM M, WARD J W, Jr. The Cambridge History of African American Literature [M]. Cambridge: Cambridge University Press, 2011: 738.

来自拉丁语——方言，它的意思是"在家里出生，本地的"。他自己设问并回答："什么是非裔美国人的土语？它是由神圣的形式——歌曲、祈祷文、布道——和世俗的——工作歌曲、布鲁斯、爵士乐以及各种各样的故事组成。"[1] 对于非裔美国人来说，土语传统不仅具有历史价值和现实意义，而且土语传统存在于群体和表演之中，其中即兴创作是黑人土语备受推崇的一方面。由于土语传统并非主要表现在纸页之上，因此《诺顿非裔》还随附了一张CD，并在其中提供了包括说唱、福音、工作歌曲以及布道在内的诸多例子。值得注意的是，在盖茨关于非裔美国人如何创作的复杂阐述中，"土语既符合正式艺术，也符合学术批评的世界"[2]。

　　美国黑人土语的形成有其特殊的社会历史背景。黑人被贩卖到美洲大陆为奴，为了在恶劣的环境中生存下来，他们中的很多人信奉白人的宗教，同时也不得不使用主人的语言进行基本的言说。就这样，他们逐渐与非洲的部落文化割裂开来，处于文化被殖民状态。与此同时，在美国历史上的奴隶制社会中，黑人被剥夺了读书识字的权利，在无法获得正式教育的情况下，他们不可能真正掌握白人的语言。因此，他们仍然保留着一部分非洲语言的特征，并且把非洲语言和英语混杂在一起。不难理解，美国黑人对造成他们奴隶处境的白人所使用的语言会有所抵触，他们在运用主人语言的同时必然会对其进行改造，这也在一定程度上保存了黑人文化。就像程锡麟等人所指出的那样，"黑人'土语'文化对其文化的延续和文学的生成有着特殊的重要意义"[3]。

　　《诺顿非裔》的引言——"说话书本"这一标题来源于格罗涅索的《非洲王子》中出现的早期对书籍和读写能力的比喻，并在1770年至1815年间出版的五本奴隶叙事中重复出现。值得注意的是，盖茨甚至将《诺顿非裔》的CD称之为一本电子版的"说话书本"，并认为它具体化了美国黑人传统的第一个结构隐喻。盖茨不但强调黑人文本的土语传统，而且他还提到黑人文本与白人文本的关系。他

---

① GATES H L, Jr, MCKAY N Y. The Norton Anthology of African American Literature ［M］. New York：W W Norton & Company Inc., 1997：6.

② GATES H L, Jr, MCKAY N Y. The Norton Anthology of African American Literature ［M］. New York：W W Norton & Company Inc., 1997：7.

③ 程锡麟，王晓路. 当代美国小说理论 ［M］. 北京：外语教学与研究出版社，2001：200.

表示："毫无疑问，白人文本为黑人文本提供信息并对其产生影响（反之亦然）。因此，一个完全融合的美国文学经典不仅在政治上是合理的，而且在理智上也是合理的。"①

从传统的角度讨论经典的特征对于美国非裔文学来说至关重要。比如，阎景娟在《文学经典论争在美国》一书中指出，"20世纪80年代文学经典论争以来，作为论争的成果，女性作家、少数群体作者和有色人种作家的作品逐渐进入英美大学课堂，但其产生的效果远远低于人们的期待。这很大程度上是因为，由于长期的被忽视，没有一个传统或者说不曾有人为他们描述和建造一个传统——更不用说'伟大'的了——在他们上下左右支撑他们，他们像一群散兵游勇，难以形成凝聚力"②。由此可以看出，盖茨明确定义美国非裔文学的土语传统并在此基础上确立非裔文学经典的做法不失为明智之举。

第二节 《诺顿美国非裔文学选集》与经典认知：对话以往的黑人文选

《诺顿非裔》与其他美国黑人文学选集是一种回应和对话的关系。它是对以往黑人文选的继承与超越，并且尝试借此"重建美国非裔文学的遗产"③。

盖茨梳理了19世纪黑人文学选集与黑人文学经典的关系，并认为黑人文选自始就带有较强的政治意图。他说道："我发现，第一次试图定义黑人经典的是阿尔芒·拉努斯（Armand Lanusse）。他编辑的《山楂》（*Les Cenelles*）于1845年在新奥尔良出版，我相信这是迄今出版的第一本黑人诗选。"④ 在该诗选中，拉努

---

① GATES H L, Jr. Loose Canons：Notes on the Culture Wars［M］. Oxford：Oxford University Press, 1993：39.

② 阎景娟.文学经典论争在美国［M］. 北京：社会科学文献出版社，2010：65.

③ GATES H L, Jr, MCKAY N Y. The Norton Anthology of African American Literature［M］. New York：W W Norton & Company Inc., 1997：xxxiii.

④ GATES H L, Jr. Loose Canons：Notes on the Culture Wars［M］. Oxford：Oxford University Press, 1993：24–25.

斯为黑人诗歌进行了辩护，并主张通过诗选达到一种政治效果，即种族主义的终结。确切地说，《山楂》最后要证明的是："我们就像法国人一样——请把我们当作法国人来对待，而不是把我们看成黑人。"[1] 在盖茨眼中，拉努斯的文选将政治性的用途赋予了一种非政治性的艺术。

1846年，西奥多·帕克（Theodore Parker）在一次演讲中，首次将经典一词与美国非裔文学传统联系起来。值得一提的是，威廉·艾伦（William G. Allen）于1849年出版的黑人文学选集把菲利斯·惠特莉和乔治·霍顿（George Moses Horton）纳入了经典。在艾伦看来，普希金（Pushkin）、普拉西多（Placido）和奥古斯丁（Augustine）的成就是非裔美国人要继承的伟大的"非洲"传统。他声称惠特莉和霍顿是这一传统中的典范。盖茨认为，拉努斯和艾伦的共同之处是"试图通过经典形构来驳斥知识的种族主义"[2]。这也就意味着，"他们开启了美国黑人正典的建构之路，即编辑黑人文学选集，并定位了文选构型的主基调，即以文学的姿态表达政治的诉求。自此，黑人编辑文学选集承担了一项厚重的政治责任：既反抗压迫又言说平等理据的责任"[3]。此外，盖茨认为，艾伦的诗歌文选注意到黑人经典形构的两极及其带来的困惑，即"'黑人'诗歌是主题上与种族有关，还是'黑人'诗歌是黑人写的诗歌？自此以后，这种困惑一直在传统中发挥作用"[4]。

就20世纪20年代的美国黑人文选而言，盖茨主要提到了詹姆斯·约翰逊的《美国黑人诗选》（*The Book of American Negro Poetry*，1922）、阿兰·洛克（Alain Locke）的《新黑人》（*The New Negro*，1925）和克尔佛顿（V. F. Calverton）的《美国黑人文学选集》（*Anthology of American Negro Literature*，1929）。通过总结这几部文选的特征，盖茨认为这些文选通过展示黑人传统的存在以对抗种族主义，是种族自我的政治防御。比如，约翰逊在《美国黑人诗选》的序言中对黑人文学政

---

[1] GATES H L, Jr. Loose Canons: Notes on the Culture Wars [M]. Oxford: Oxford University Press, 1993: 25.

[2] GATES H L, Jr. Loose Canons: Notes on the Culture Wars [M]. Oxford: Oxford University Press, 1993: 25.

[3] 何燕李. 盖茨的黑人文学正典论研究 [J]. 兰州大学学报（社会科学版），2018，46（1）：115.

[4] GATES H L, Jr. Loose Canons: Notes on the Culture Wars [M]. Oxford: Oxford University Press, 1993: 26.

治性的表述就极具代表性：

> 一个民族可以通过多种途径成为伟大的民族，但只有一个标准可以使它的伟大得到承认和认可。衡量伟大与否的终极标准，是他们所创作的文学艺术的数量和水平。只有一个民族创作了伟大的文学艺术，世界才知道这个民族是伟大的。任何一个创作了伟大文学艺术的民族，都不会被世人认为是明显地低人一等。[1]

我们再以《美国黑人文学选集》为例，在这本文选的引言中，克尔佛顿就表示，"美国黑人文学和艺术的起源与经济有关"[2]。这也就是说，在克尔佛顿眼中，黑人文学主要反映了黑人在历史上所遭受的经济剥削。

美国黑人文学选集的编选思路与当时主要的黑人文学研究方法是同向的。更确切地说，黑人文学选集代表了编选者所倡导的文学研究方法。同时，这些美国黑人文选也让我们看到了黑人文学经典的延续和变化特征。以下就以20世纪最具影响力的三部美国黑人文学选集——《黑人行旅》(*The Negro Caravan*, 1941)、《黑火：美国非裔文学选集》(*Black Fire: An Anthology of Afro-American Writing*, 1968)(以下简称《黑火》)和《诺顿非裔》为例，阐释美国黑人文学选集的演变对黑人文学经典建构的影响。

一、《黑人行旅》：凸显融合特征的黑人文选

斯特林·布朗(Sterling Brown)、阿瑟·戴维斯(Arthur Davis)和尤利西斯·李(Ulysses Lee)合编的《黑人行旅》是一部影响深远的美国黑人文学选集。相对于先前的其他黑人文选，《黑人行旅》是"真正的经典"[3]。编辑们在该文选的序言中明确表述了他们的目标："(一)呈现美国黑人作家在艺术上有效的作品；

---

① JOHNSON J W. Preface [M] // JOHNSON J W. The Book of American Negro Poetry. London: The Floatig Press, 2008: 6.

② CALVERTON V F. Introduction: The Growth of Negro Literature [M] // CALVERTON V F. Anthology of American Negro Literature. New York: The Modern Library, 1929: 5.

③ KINNAMON K. Anthologies of African-American Literature from 1845 to 1994 [J]. Callaloo, 1997, 20 (2): 461–481.

（二）真实地呈现美国黑人的性格和经历；（三）收集对美国黑人思想有重大影响，并在一定程度上也影响整个美国人思想的重要文学作品。"[1]

《黑人行旅》依据美国黑人文学的类型进行编排，并被划分为短篇小说、小说、诗歌、民间文学、戏剧、演讲、小册子以及书信、传记、随笔八个部分。其中，每一部分都以评论性的介绍开始，并解释黑人作家使用这种文学类型的历史。每位作家及其作品也都有传记和书目注解作为序言。《黑人行旅》尤其关注民间文学，它有关黑人民间文学的部分，比以往的同类黑人文选都要丰富。值得注意的是，在文选编纂的过程中，编辑们也意识到在选取作品时存在着"收纳与排除"方面的遗憾，他们将之归因于主客观两方面的因素，即"由于篇幅和兴趣的原因，一些选文被省略了"[2]。

在菲利普·理查兹看来，"布朗的《黑人行旅》由他自己对文学现实主义的坚守所塑造。他将之视为对早期受意识形态驱动的黑人生活描写的一种急需的对抗"[3]。相对而言，盖茨的评价更为具体，他认为《黑人行旅》形构了主题统一的经典："对于这些编辑来说，黑人经典是那些最雄辩地驳斥白人种族主义刻板印象的文学作品，体现了'黑人表述中普遍存在的斗争主题'。换句话说，他们的经典是主题统一的经典。"[4]就该文选的受众群体和相关价值而言，编辑们明确表示："《黑人行旅》不仅对研究美国文学的学生有用，而且对研究美国社会历史的学生也是有用的。"[5] 由此可见，《黑人行旅》的编辑们不但尝试呈现美国最大的少数族裔群体的文学记录，而且希望以此阐释美国文化和少数族裔问题。

《黑人行旅》的编辑们不但从种族融合的视角出发反对种族主义，而且他们还排斥"黑人文学"这一概念。盖茨指出，"编辑们希望展现一部融合的美国文学经典"[6]。具体来说，"尽管他们编纂了一套与众不同的研究体系的作品，但编辑

---

① BROWN S A, DAVIS A P, LEE U. The Negro Caravan [M]. New York: The Dryden Press, 1941: v.

② BROWN S A, DAVIS A P, LEE U. The Negro Caravan [M]. New York: The Dryden Press, 1941: vi.

③ RICHARDS P M. The Norton Anthology of African American Literature by Henry Louis Gates, Jr. and Nellie Y. Mckay (Book Review) [J]. Comentary, 1998, 105 (6): 68–72.

④ GATES H L, Jr. Loose Canons: Notes on the Culture Wars [M]. Oxford: Oxford University Press, 1993: 29.

⑤ BROWN S A, DAVIS A P, LEE U. The Negro Caravan [M]. New York: The Dryden Press, 1941: vi.

⑥ GATES H L, Jr. Loose Canons: Notes on the Culture Wars [M]. Oxford: Oxford University Press, 1993: 30.

们明确质疑这一结论，即他们创造了一个独立的领域"①。事实上，我们从《黑人行旅》的引言中可以清楚地看出这部文选的编辑们对待黑人文学的态度：

> 尽管黑人的写作有统一的纽带，如普遍拒绝流行的刻板印象以及共同的"种族"事业，但在编辑们看来，黑人的作品似乎并不属于一种独特的文化模式。黑人作家接受了对他们的目的有用的文学传统……文学传统的联系似乎比种族更强大。
>
> 编辑们并不认为"黑人文学"这个词是准确的。尽管它简明方便，他们还是避免使用它。如果"黑人文学"意味着结构上的特殊性，或者说是一种黑人写作流派，那么它就没有应用价值……编辑们认为黑人作家是美国作家，美国黑人文学是美国文学的一部分……反对这个词的主要原因是"黑人文学"太容易被某些白人和黑人批评家放置在分开的壁龛里，然后就会带来双重评价标准，这对黑人作家的未来是危险的。②

如果上述引文所说的双重标准是危险的，那么《黑人行旅》倡导的非双重评价标准又是什么呢？编辑们在该文选的引言部分对这个关键问题也进行了解答："他们必须要求把他们的书当作书来评价，不能掺杂感情因素。在他们自己的辩护中，他们必须要求一个单一的批评标准。"③不难看出，这里的"单一标准"就是白人批评家的标准，这也是"这些标准的拥护者被20世纪60年代的黑人发言人称为'白人文学批评机构'的小而排外的群体"④的主要原因。

针对学者们对待美国黑人文学的这类融合态度，盖茨也结合赖特的观点表达了自己的不同看法，"理查德·赖特曾颇有争议地争论说：'如果白人种族主义不存在，那么黑人文学就不存在。'他预言后者将随着前者的停止而消亡。的确，美国非裔文化中的某些元素是与白人种族主义跨文化接触的产物。但是，黑人文

---

① GRAHAM M, WARD J W, Jr. The Cambridge History of African American Literature [M]. Cambridge: Cambridge University Press, 2011: 710.

② BROWN S A, DAVIS A P, LEE U. The Negro Caravan [M]. New York: The Dryden Press, 1941: 6-7.

③ BROWN S A, DAVIS A P, LEE U. The Negro Caravan [M]. New York: The Dryden Press, 1941: 7.

④ BAKER H A, Jr. Generational Shifts and the Recent Criticism of Afro-American Literature [J]. Black American literature forum, 1988, 15 (1): 3-21.

化也存在于白人种族主义的社会因素之外"①。不可否认,《黑人行旅》对待黑人文学的融合态度在肯定美国黑人的"美国人"身份方面具有重要作用。学者们指出,"布朗和他的学术同事们强烈反对种族主义……他们要求承认黑人的国家公民身份——或者说基本归属"②。但是,就如盖茨所说的那样,美国黑人文化有自己独特的一面,这种对待黑人文学的融合态度难免会造成忽略甚至掩盖美国黑人文学独特性的弊端。

作为著名的美国非裔文学批评家以及《黑人行旅》的主编之一,戴维斯一再寻求证据来支持他的论点,那就是美国人的同一性以及不同艺术形式的和谐融合是即将到来的社会现实。戴维斯的文学批评似乎暗含着一种呼吁,即"美国非裔作家应该为这种无阶级、无种族的文学做出贡献,从而加速这种现实的出现"③。20世纪五六十年代,戴维斯继续倡导融合主义。在《融合与种族文学》(*Integration and Race Literature*,1959)一文中,他从传统的角度进一步深化了融合的批评思想:"黑人在美国的一系列社会和政治危机突出了美国黑人文学的进程……危机反过来又在我们的文学中产生了一种新的传统;危机过后,黑人作家抛弃了当时所要求的社会传统,走向美国文学的主流。我们希望黑人能从此永久地全面参与美国的社会、经济、政治和文学生活。"④贝克认为,这种观点暗示出"戴维斯从一个特定的哲学和意识形态角度看待历史和社会问题:与其他少数族裔文化一样,非裔美国人及其表述传统一直都在不断地走向与美国主流文化的统一。因此,他像赖特一样预言,产生可以被认定为'黑人'或'美国非裔'文学艺术作品的社会条件最终将会消失"⑤。不难理解,美国黑人文学作品产生的社会条件的消失带来的结果就是具有黑人种族特点的作品的消失。也就是说,"赖特

---

① GATES H L, Jr. Introduction: "Tell Me, Sir, What Is 'Black' Literature?" [J]. Pmla, 1990, 105 (1): 20.

② GRAHAM M, WARD J W, Jr. The Cambridge History of African American Literature [M]. Cambridge: Cambridge University Press, 2011: 711.

③ BAKER H A, Jr. Generational Shifts and the Recent Criticism of Afro-American Literature [J]. Black American literature forum. School of Education, Indiana State University, 1981: 4.

④ BAKER H A, Jr. Generational Shifts and the Recent Criticism of Afro-American Literature [J]. Black American literature forum. School of Education, Indiana State University, 1981: 4.

⑤ BAKER H A, Jr. Generational Shifts and the Recent Criticism of Afro-American Literature [J]. Black American literature forum. School of Education, Indiana State University, 1981: 4.

和戴维斯代表了一代人，他们的哲学、意识形态和伴随而来的诗学支持美国非裔
文学的消失"①。

二、《黑火》：黑人艺术运动的权威文选

1968年，阿米里·巴拉卡（Leroi Jones）和拉里·尼尔（Larry Neal）编辑出
版了美国黑人文学选集《黑火》。盖茨指出，在《黑火》中，"艺术和行动是合二
为一的"，是"最黑的经典"（the blackest canon of all）②。

《黑火》的出版反映了美国当时社会环境的变化，这种变化也体现在美国非
裔文学以及文学批评之中。1954年，最高法院关于"布朗诉托皮卡教育委员会"
（Brown vs. Topeka Board of Education）一案的判决裁定："分离但平等"的原则在
本质上是不平等的。鉴于此，赖特认为，这一裁决确保了未来美国黑人和白人
经验的"平等"，而这种社会经验将在文学领域转化为再现经验的同质性。赖特
乐观地预测，美国非裔文学可能很快就变得与美国主流艺术和文学难以区分了。
从20世纪50年代末到60年代中期，民权运动者为了争取平等的权利举行了非暴
力的抗议活动，而逮捕和暗杀成为一些白人对这些抗议活动的反应。这时，即
使是最坚定的乐观主义者也很难认为种族融合是即将到来的美国社会现实。20
世纪60年代中期以后，美国黑人民众在哈莱姆区和全国其他地区展开暴力行动，
"他们的行为标志着一种新的意识形态的诞生。1966年，斯托克利·卡迈克尔
（Stokely Carmichael）将其命名为'黑人权力'"③。在这种社会背景之下，"美国非
裔作家把艺术重新定义为具有深刻政治意味，并能对抗白人至上、经济不平等和
种族压迫的武器"④。

斯托克利·卡迈克尔和查尔斯·汉密尔顿（Charles Hamilton）在1967年
出版的《黑人权力：美国的解放政治》（*Black Power*：*The Politics of Liberation in*

---

① BAKER H A, Jr. Generational Shifts and the Recent Criticism of Afro-American Literature [J]. Black American literature forum. School of Education, Indiana State University, 1981：4.

② GATES H L, Jr. Loose Canons：Notes on the Culture Wars [M]. Oxford：Oxford University Press, 1993：30.

③ BAKER H A, Jr. Generational Shifts and the Recent Criticism of Afro-American Literature [J]. Black American literature forum. School of Education, Indiana State University, 1981：5.

④ JARRETT G A. The Wiley Blackwell Anthology of African American Literature. Volume 2：1920 to the Present [M]. Hoboken：Wiley-Blackwell, 2014：649.

America）一书中写道："黑人必须重新定义自己，而且只有他们才能做到这一点。在这个国家，绝大多数的黑人社区开始意识到需要坚持自己的定义，重新找回自己的历史和文化，创造他们的社区意识和归属感。"① 贝克指出，"伴随着新的意识形态取向的诗学最初是由阿米里·巴拉卡在一篇题为《"黑人文学"的神话》（*The Myth of a "Negro Literature"*）的演讲中提出的"②。巴拉卡颠覆了上一代文学批评家的乐观主义和价值论，否定了"黑人文学"不应该作为一种独特的表述主体而独立存在的观点。贝克表示："巴拉卡在他的文章中严厉地谴责黑人作家对非裔美国人生活的抛弃，因为正是非裔美国人的生活培养了黑人表述的独特性和真实性。"③ 不少批评家认为巴拉卡过于强调美国黑人文学的政治性而忽略了其艺术性。的确，与种族融合主义完全不同，黑人权力强调黑人的自主性，关注黑人历史文化并从黑人视角出发重新定义黑人形象。值得注意的是，黑人权力也带有明显的抗争精神。具体来说，"黑人权力号召美国黑人团结起来，承认自己的传统，建立一种社区意识。它呼吁黑人开始定义自己的目标，领导自己的组织并支持这些组织。这是拒绝种族主义制度和价值观的号召"④。

黑人艺术运动与黑人权力运动密切相关。尼尔在《黑人艺术运动》（*The Black Arts Movement*）一文中直言不讳地表示："黑人艺术是黑人权力概念的美学和精神姐妹。因此，它设想了一种直接反映美国黑人需求和愿望的艺术。为了完成这一任务，黑人艺术运动提议对西方文化美学进行彻底的重新排序。它提出了一个单独存在的象征主义，神话，批判和图像学。"⑤ 黑人艺术运动关注黑人与白人在种族、历史和文化等方面的差异，宣扬"黑色即美"，倡导文化民族主义。不难理解，这一时期的批评家大多都忽略了黑人文学的艺术价值。

---

① CARMICHAEL S, HAMILTON C V. Black Power: The Politics of Liberation in America [M]. New York: Random House, 1967: 38.

② BAKER H A. Generational Shifts and the Recent Criticism of Afro-American Literature [J]. Black American Literature Forum, 1981, 15（1）: 5.

③ BAKER H A. Generational Shifts and the Recent Criticism of Afro-American Literature [J]. Black American Literature Forum, 1981, 15（1）: 5.

④ CARMICHAEL S, HAMILTON C V. Black Power: The Politics of Liberation in America [M]. New York: Random House, 1967: 43-44.

⑤ NEAL L. The Black Arts Movement [M] //GAYLE A. The Black Aesthetic. New York: Doubleday & Company, Inc, 1971: 272.

佛克马和蚁布思在《文学研究与文化参与》一书中谈到，"机构性支持、作品的主要内容和形式特点"等因素都会影响人们对作品的阅读和评论，从而"经典的标准是文学史中最令人感兴趣的问题之一"①。就黑人艺术的标准而言，黑人美学的代表人物小艾迪生·盖尔认为："为了在一个压迫社会里培养一种美学的敏感性，首要条件就是要结束压迫……更具体地讲，在地球上大多数人能够看到、感觉到、听到和欣赏到美之前，一个新的世界必须诞生；必须使地球适合所有人居住，所有人都获得自由。这是黑人美学思想的核心并且这一点构成了评价艺术的主要标准……"②

黑人艺术运动的批评家拒绝采用白人的批评标准阐释和评价美国黑人文学，他们多从黑人的现实生活以及抗争角度解读黑人文学的社会意义。贝克指出：

> 黑人艺术运动，就像它所对应的意识形态黑人权力运动一样，关注的是在城市黑人民众中找到他们本质特征的经验表述。……这种批评研究的结果……将是发现"黑人美学"——一种独特的黑人艺术创作和评价准则。从一个假设的美国非裔表述文化的"结构特殊性"出发，新一代的知识分子开始主张一种与之相适应的美国非裔艺术传统和适合其阐释的独特"批评标准"。③

结合上述观点，我们可以比较出融合主义批评家提出的"单一"批评标准与黑人美学的"独特"批评标准之间的区别。前者认为"双重评价标准"对黑人作家的未来是有害的，从而倡议在黑人文学批评中采用白人的批评标准；后者从美国非裔表述文化的特殊性出发，强调"独特的黑人艺术创作和评价准则"。同时，与融合主义者忽视种族和阶级因素不同，黑人美学批评家强调黑人文学的"黑人性"及其阶级特征。具体来说，"融合主义者认为艺术是美国成就的一个领域。在这个领域中，种族和阶级并不构成重要的变量。然而，对于新一代的批评家来说，发现、肯定或给一部富于表现力的作品贴上'黑人身份'（Negro-ness）或'黑

---

① 佛克马，蚁布思.文学研究与文化参与 [M].俞国强，译.北京：北京大学出版社，1996：53.

② 程锡麟.一种新崛起的批评理论：美国黑人美学 [J].外国文学，1993（6）：76.

③ BAKER H A. Generational Shifts and the Recent Criticism of Afro-American Literature [J]. Black American Literature Forum, 1981, 15（1）：6.

人性'（Blackness）的标签，作为其'艺术性'（artistic-ness）的基本条件，就要'颠覆'融合主义者的视野"①。罗良功指出，"20世纪60至70年代的黑人艺术运动将黑人性与美国性的对立推向了顶峰，以极端民族主义立场推行文化分裂主义，将黑人文化与白人文化对立"②。黑人美学排斥西方文学传统，寻求黑人性，贝克将其称之为"浪漫的马克思主义"③。

《黑火》与《黑人行旅》的编选者心目中所设定的读者群并不相同。《黑火》是黑人艺术运动影响下的美国黑人文学选集，"同黑人权力运动一样，黑人文艺运动倡导文化民族主义，其参与和组成人员的主体结构也从民权运动时期的白人和黑人中产阶级变成黑人下层阶级，其价值观也从白人的传统规范和标准转变为以黑人文化传统为自豪的非洲中心主义"④。尼尔在《黑火》中明确表示：

> 我们试图通过这里呈现的艺术和政治作品，从一种必须称之为激进的视角来面对我们的问题。因此，这本书的大部分内容都可以被当作是对西方政治、社会和艺术价值观的批判性重新审视。它也可以被解读为一种拒绝——拒绝任何我们认为对我们人民有害的东西。⑤

> 黑人艺术家必须把他的作品与解放他和他的兄弟姐妹的斗争联系起来……艺术家和政治活动家是一体的。他们都是未来现实的塑造者。他们都理解并使用种族的集体神话。他们是战士、牧师、爱人和毁灭者。最初的暴力将是内在的——为了更完美的自我而摧毁一个脆弱的精神自我。这将是一场必要的暴力。⑥

① BAKER H A. Generational Shifts and the Recent Criticism of Afro-American Literature [J]. Black American Literature Forum, 1981, 15（1）: 6.

② 罗良功. 中心的解构者：美国文学语境中的美国非裔文学 [J]. 山东外语教学, 2013, 34（2）: 11.

③ BAKER H A. Generational Shifts and the Recent Criticism of Afro-American Literature [J]. Black American Literature Forum, 1981, 15（1）: 3.

④ 赵云利. 美国黑人文艺运动研究（1965—1976）[D]. 济南：山东师范大学, 2015.

⑤ NEAL L. And Shine Swam On [M] // JONES L, NEAL L. Black Fire: An Anthology of Afro-American Writing. New York: William Morrow & Company, Inc., 1968: 638.

⑥ NEAL L. And Shine Swam On [M] // JONES L, NEAL L. Black Fire: An Anthology of Afro-American Writing. New York: William Morrow & Company, Inc., 1968: 656.

吉恩·贾勒特（Gene Andrew Jarrett）在其主编的《威利·布莱克威尔美国非裔文学选集》（ *The Wiley Blackwell Anthology of African American Literature* ）中指出，"《黑火》曾经是，现在仍然是黑人艺术运动的权威文选，尼尔在他的文章中提供了对黑人美学最有力的理论阐述"[①]。的确，"很少有作家能用一部作品来定义一个时代，并且影响一个运动。然而，拉里·尼尔在1968年与阿米里·巴拉卡合编的《黑火》中完成了这两项任务"[②]。

《黑火》与《黑人行旅》在分离主义与融合主义这样两种不同的意识形态指导下关注黑人文学的不同侧面。如果我们结合《黑人权力：美国的解放政治》中对黑人称呼的辨析来思考这两部文选标题的话，就不难发现《黑火：美国非裔文学选集》（ *Black Fire: An Anthology of Afro-American Writing* ）从标题开始就与《黑人行旅》（ *The Negro Caravan* ）存在显著差异。在《黑人权力：美国的解放政治》中有这样一段表述：

> 人们对"黑人"（Negro）这个词越来越反感，因为这个词是我们的压迫者发明的；它描述的是压迫者关于我们的形象。许多黑人（blacks）现在称自己为美国非裔或黑人（Afro-Americans or black people），因为这是关于我们自己的形象。当我们开始定义自己的形象时，我们的压迫者从白人社区开始形成的刻板印象——谎言——也将在那里结束。黑人社区将拥有自己创造的积极形象。这意味着我们将不再称自己懒惰、冷漠、愚笨和无能，这些都是美国白人用来定义我们的词语。如果我们接受这些形容词，就像我们中的一些人过去所做的那样，那么我们就只能以消极的方式看待自己，而这正是美国白人希望我们看自己的方式。从现在起，我们将把自己看作是精力充沛、意志坚定、聪明、美丽、热爱和平的非裔美国人和黑人（African-Americans and as black people）。[③]

① JARRETT G A. The Wiley Blackwell Anthology of African American Literature. Volume 2：1920 to the Present [M]. Hoboken：Wiley-Blackwell，2014：649.

② JARRETT G A. The Wiley Blackwell Anthology of African American Literature. Volume 2：1920 to the Present [M]. Hoboken：Wiley-Blackwell，2014：649.

③ CARMICHAEL S，HAMILTON C V. Black Power：The Politics of Liberation in America [M]. New York：Random House，1967：38.

　　结合上述引文，我们可以看出《黑火》对《黑人行旅》的修正与超越是再明显不过了。如果说这两部文选的标题体现出编选者对待美国黑人文学的不同态度和立场，那么《诺顿非裔》又给我们提供了思考美国黑人文学经典特征的另一种选择。

三、《诺顿美国非裔文学选集》："我们的"经典

　　盖茨并不完全赞同美国非裔文学是纯粹的种族社会的产物。就像王家湘所说的那样："黑人文学肩负着黑人种族在文学以外的期望，这虽然促进了黑人文学的发展，但也制约了其在文学上的更大成就。"[1] 盖茨的美国非裔文学批评更加看重的是非裔文学文本自身的美学特征，这一点在《诺顿非裔》中表现得尤为突出。

　　1984年，盖茨在《丛林中的批评》一文中援引了约翰·阿什贝利（John Ashbery）的观点："经典正在一个接一个地坠落。"[2] 接着，盖茨表示："我们无意中听到一个批评家的声音。他说到'经典'一词时提到的是一套主要由西方和白人男性书写的封闭文本；一个最有用的教学组织概念成为另一种政治控制机制。"[3] 1987年，乔伊斯发表文章《黑人经典：重建美国黑人文学批评》（*The Black Canon: Reconstructing Black American Literary Criticism*）。这篇文章将黑人文学批评与黑人经典联系起来，并着力谴责盖茨等人的黑人文学研究方法。不过，在该文中，乔伊斯侧重的是美国黑人文学的政治功能。

　　事实上，在《松散的经典》一书中，盖茨就总结了先前美国黑人文选的特点。同时，他也提到自己通过编辑文选展现美国非裔文学经典的计划：

　　　　我一直在思考黑人经典形构中的类型（strains），因为我们一群人将编辑另一本文选，这将构成对经典形构的另一次尝试。诺顿出版社将出版《诺顿美国非裔文学选集》。编辑这本文选是我长久以来的梦想。经过一年的读者

---

① 王家湘. 黑色火焰：20世纪美国黑人小说史［M］. 杭州：浙江文艺出版社，2017：2.

② GATES H L, Jr. Criticism in the Jungle［M］// GATES H L, Jr. Black Literature and Literary Theory. New York and London：Methuen. 1984：1–24.

③ GATES H L, Jr. Criticism in the Jungle［M］// GATES H L, Jr. Black Literature and Literary Theory. New York and London：Methuen. 1984：1–24.

报告、市场调查和草案建议，诺顿已经热情地开始出版我们的文选。①

在该书中，盖茨也曾这样表达过自己对文学经典的认识：

> 我想，文学经典就是我们共同文化（our shared culture）的札记簿。在札记簿中，我们写下了我们想记住的文本和标题，这对我们有着特殊的意义。我们这些教授文学的人不都是通过我们自己的札记簿爱上我们的科目的吗？在这些札记簿中，我们偷偷地、私下地，就像可以在日记里做的那样，把我们长久以来深有感触，却无法说出的东西写在里面……就像你们的札记簿为你们所做的那样，我那本札记簿里的段落形构了我自己的经典。经典，就像它在每一个文学传统中所起的作用一样，已经成为我们共同文化的札记簿。②

结合上述表述，李有成指出，"盖茨的话旨不在界定典律——事实上他从未给典律下过定义。对他而言，典律的建构始于个人的阅读经验，终于阅读群体的共同文化。至于如何形成共同文化，又如何透过共同文化建构典律，盖茨则语焉未详"③。

在盖茨看来，以往美国非裔文学选集的编辑们过于强调非裔文学的政治性。在前人研究的基础上，盖茨从文本形式的角度重新审视美国非裔文学经典。他认为："我们的任务是将经典中的'基本'文本、'位居中心的重要'作家——那些我们认为在理解传统的形态和形成时不可或缺的人——整合在一起。经典通常被视为传统的'本质'，甚至被视为传统的精髓。经典中众多文本之间的关联意味着传统内在或隐藏的逻辑，它的内在原理。"④ 就文选编纂与经典形构的关系而

---

① GATES H L, Jr. Loose Canons：Notes on the Culture Wars［M］. Oxford：Oxford University Press, 1993：1–24.

② GATES H L, Jr. Loose Canons：Notes on the Culture Wars［M］. Oxford：Oxford University Press, 1993：1–24.

③ 李有成. 逾越：非裔美国文学与文化批评［M］. 杭州：浙江大学出版社，2015：188.

④ GATES H L, Jr. Loose Canons：Notes on the Culture Wars［M］. Oxford：Oxford University Press, 1993：32.

言，盖茨也有明确的阐述："编辑文选并不是理论化经典形构的过程；相反，它就是形构经典本身。"[①] 可见，盖茨意识到编辑文选有利于形构美国非裔文学经典，同时，这一过程也带有理论化经典的特征。

盖茨总结了经典归纳与经典演绎在美国非裔文选编纂过程中如何取舍的问题。他在《诺顿非裔》中这样写道："我们的任务不是把遗失或无名的文本重新印刷出来。准确地说，我们要在一本有代表性的文选中提供传统中的主要文本，通过文本接着文本，时期接着时期的方式归纳地建构文学经典。也就是说，这不是演绎的，它并不依赖于对我们的选择起约束作用的那种事先商定的先验意识形态或主题原则。"[②] 不难看出，就编纂美国非裔文学选集而言，盖茨的态度是"取归纳"而"舍演绎"。但是，对于《诺顿非裔》来说，也存在一个不容回避的问题，那就是编辑们如何在现有文选的基础上将收集到的文本增删以入选这部文选。更确切地说，《诺顿非裔》的编辑们是否存在戴着"喻指"的眼镜筛选黑人文本的情况。

不可否认，文学选集在收录文本时会受到选编者的影响。"英语的'canon'一词来自希腊语的'kanon'，其原意是用于度量的一根芦苇或棍子，后来意义延伸，用来表示尺度。"[③] 在《诺顿非裔》中，美国非裔文学作品的土语传统和文本之间的喻指修正关系发挥着规范和尺度的考量作用。虽然盖茨多次强调黑人文学有自己的经典，但是，这种经典如何体现出来就是他要着手回答的问题。盖茨的做法是将《诺顿非裔》与其喻指理论联系起来。在他看来，《诺顿非裔》的核心功能就是确定美国非裔经典文学作品之间具有喻指特征的形式联系：

> 如果弗吉尼亚·伍尔夫（Virginia Woolf）声称"书与书对话"的说法是正确的，那么非裔美国人创作的文学作品在结构和主题上经常延伸或喻指黑人传统中的其他作品也是正确的。追踪这些形式联系是教师的任务，几乎也

---

① GATES H L, Jr, MCKAY N Y. The Norton Anthology of African American Literature［M］. New York: W W Norton & Company Inc., 1997: xxx.

② GATES H L, Jr, MCKAY N Y. The Norton Anthology of African American Literature［M］. New York: W W Norton & Company Inc., 1997: xxx.

③ 李玉平. 互文性与文学经典：一个视角主义的研究［M］// 童庆炳，陶东风. 文学经典的建构、解构和重构，北京：北京大学出版社，2007：71.

是这部文选的一个核心功能。①

菲利普·理查兹指出，"根据盖茨的计划，整个黑人文学经典本身可以被理解为一种被称为'喻指'的民间仪式的延伸"②。方红也认为《诺顿非裔》体现了喻指理论的文学史观，即"美国非裔文学史是黑人说话书本的历史，是黑人口语与文本彼此交融的文学传统，是黑人文本彼此重复与修正的历史，体现了黑人喻指修辞与文本喻指传统"③。可见，尽管盖茨主张"归纳地建构文学经典"，但在其喻指理论的影响下，《诺顿非裔》仍然不可避免地隐含着"演绎"的特征。

盖茨一直都很关注"文选——经典——教学"之间的关系。毕竟，"文学经典与大学教育息息相关，现代大学教育的发展促成了文学研究的专业化和职业化，在大学课程大纲、阅读书目和文选那里，文学经典获得了可见的栖息地"④。需要注意的是，在历史上，美国非裔文学被忽视和排斥，而非裔文学的经典化不但可以促进大学的课程改革，而且能够加大美国非裔文学的接受力度。比如，威廉·凯恩（William E. Cain）在提及其学习经历时说道："我在大学和研究生院都接受了良好的教育，但我现在清楚地认识到，我的阅读还不够广泛。在本科和研究生期间，我选修了25门英美文学课程，但没有读过一位美国非裔作家的诗歌、戏剧、故事、小说或评论文章。"凯恩尤其提到《土生子》的接受情况。赖特的《土生子》发表于1940年，并且很快就成为畅销书。凯恩表示："《土生子》是自然主义的杰作，但是在我20世纪70年代所修的课程中，甚至都没有提到这一点。"⑤可见，建构经典在一定程度上有助于满足美国非裔文学教学方面的需求。就此而言，盖茨在《松散的经典》一书中这样说过："我想谈的问题是，关

---

① GATES H L, Jr, MCKAY N Y. The Norton Anthology of African American Literature［M］. New York：W W Norton & Company Inc., 1997：xlv.

② RICHARDS P M. The Norton Anthology of African American Literature by Henry Louis Gates, Jr. and Nellie Y. Mckay（Book Review）［J］. Comentary, 1998, 105（6）：68–72.

③ 方红. 喻指理论：《诺顿非裔美国文学选集》的文学史观［J］. 外国文学研究, 2017, 39（4）：117.

④ 阎景娟. 文学经典论争在美国［M］. 北京：社会科学文献出版社, 2010：3.

⑤ CAIN W E. Opening the American Mind：Reflections on the "Canon" Controversy［M］// GORAK J. Canon vs. Culture：Reflections on the Current Debate. New York：Routledge, 2001：3–16.

于经典形构的争论如何影响美国非裔文学作为学院学科教学的发展。"①米汉也曾明确指出诺顿出版社出版的《诺顿非裔》对美国非裔文学教学与研究做出的贡献，"诺顿选集系列是美国文学课程中经典形构的主要工具之一，《诺顿非裔》也不例外。……诺顿文选之所以占有如此重要的地位，很大程度上是因为它们巩固了文化资本。它们汇集了数量惊人的信息，简化了教师的图书订购流程，并将经济拮据学生的购书支出降至最低"②。

通过编纂文选建构经典的做法使《诺顿非裔》与美国非裔文学教学之间建立了良好的互动关系。盖茨曾经说过："一旦我们的文选出版，就再也没有人能以没有黑人文本为借口而不教我们的文学了。一部优秀的文选在学院中的作用是创造、定义并保存一种传统。诺顿文选开启了一个文学传统，就像打开一个精心编辑并且内容丰富的书的封面一样。"③不难看出，《诺顿非裔》在促进美国非裔文学教学方面发挥了积极作用。与此同时，美国非裔文学教学又巩固了非裔文学作品的经典地位。毕竟，"经典的原义是指我们的教育机构所遴选的书"④。就像学者们所指出的那样，"教育体制将文化生产场所生产出来的潜在经典凝固为实际经典"⑤。事实上，《诺顿非裔》的选编者也清醒地意识到美国非裔文学选集"在大学课程中的使用是经典形构的一个必要方面"⑥。

在一定意义上，《诺顿非裔》还发挥了帮助美国黑人了解自己历史文化的作用。盖茨表示："我们想帮助学生了解这些文本是如何相互'言说'或彼此喻指的，就像它们跨越时间、空间和体裁彼此'言说'一样。当作者们阅读并修正彼此作为非洲人后裔的经验、感受和信仰的描述时，他们思索着同时身为黑人、美

---

① GATES H L, Jr. Loose Canons: Notes on the Culture Wars [M]. Oxford: Oxford University Press, 1993: 22.

② MEEHAN K. Spiking Canons [J]. Nation, 1997, 264 (18): 44.

③ GATES H L, Jr. Loose Canons: Notes on the Culture Wars [M]. Oxford: Oxford University Press, 1993: 31.

④ 布鲁姆. 西方正典: 伟大作家和不朽作品 [M]. 江宁康, 译. 南京: 泽林出版社, 2011: 13.

⑤ 朱国华. 文学经典化的可能性 [M] // 童庆炳, 陶东风. 文学经典的建构、解构和重构. 北京: 北京大学出版社, 2007: 102.

⑥ GATES H L, Jr, MCKAY N Y. The Norton Anthology of African American Literature [M]. New York: W W Norton & Company Inc., 1997: xxx.

国人和人的讽刺意味。"① 可以说,《诺顿非裔》不但为美国非裔文学在教育机构中赢得了一席之地,而且在扩大黑人文学的影响力并引导黑人认识他们的历史文化等方面具有重要价值。

盖茨在尝试建构美国非裔文学经典的过程中,也受到各种质疑和批评。比如,一些种族主义者认为黑人没有杰作,更没有经典;一些批评左派起初对于"为什么要建构经典"也感到困惑;更不用说,盖茨还得面对一些保守的西方文化保护者的愤怒反应。值得一提的是,这些保守的西方文化保护者一边将主流文学史呈现为自然、中立的对象,一边指摘黑人学生不懂历史。对此,盖茨这样回应:"我们需要教授的历史的一部分必须是'经典'思想的历史,它涉及文学教育史和学校制度的历史。一旦我们理解它们是如何产生的,我们就不再把文学经典看作是被冲上历史沙滩的漂木。我们开始能够理解文学经典与独特的制度历史之间变动不居的面貌。"② 盖茨意识到教育在价值再生产中的作用,特别是黑人文学经典教学有助于黑人认清"'种族'只是一个社会政治范畴"③。可见,黑人批评家要想扩大黑人文学的影响力就更需要认识到黑人文学经典的独特价值以及黑人文学教学的重要性。

从文选的命名层面来看,《黑人行旅》《黑火:美国非裔文学选集》和《诺顿非裔》既一脉相承,又各有侧重。如果说《黑火:美国非裔文学选集》通过用"Afro-American"代替《黑人行旅》中的"Negro",表明美国非裔学者开始注重自身的主体意识以及美国非裔文学的独特性,那么,在《诺顿非裔》这一书名中,盖茨不仅保留了"African American"一词,而且选用"Norton"进行冠名。这一富有深意的结合表明,盖茨不但尝试通过主流的经典品牌突出《诺顿非裔》与以往黑人文选有所不同,而且就此强调美国非裔文选编纂与非裔文学经典建构的关系。

盖茨一直都在强调美国非裔文学的经典化问题,这不免让我们思考"canon"

---

① GATES H L, Jr, MCKAY N Y. The Norton Anthology of African American Literature [M]. New York: W W Norton & Company Inc., 1997: xxx.

② GATES H L, Jr. Loose Canons: Notes on the Culture Wars [M]. Oxford: Oxford University Press, 1993: 33-34.

③ GATES H L, Jr. Loose Canons: Notes on the Culture Wars [M]. Oxford: Oxford University Press, 1993: 37.

与 "classic" 之间的差异 ①。布莱恩·拉根（Brian Abel Ragen）在《非正典的经典：〈诺顿选集〉的政治学》（*An Uncanonical Classic: The Politics of the Norton Anthology*）② 一文中犀利地指出：

> "正典"（the canon）意味着一组有限的作品。这是一个封闭的群体，被挑选出来的少数作品可以进入官方的文选。这些作品被选中与数量少一样重要。因为正典的概念意味着存在某种权威，这种权威有能力决定哪些作品将被作为经文（Scripture），哪些作品将被视为旁经（apocrypha）。旁经也许适合作为个人教化来阅读，但不值得作为论据。文学旁经不会定期分配给学生，也不会由那些知道什么对他们的职业有好处的助理教授撰写。教会声称有权威制定圣经的正典（the scriptural canon）。我们自己的专业和它所支持的出版商声称有权利设定文学正典。正典和经典（the classic）的不同之处就在于权威的问题。在经典的旧观念中，文学价值来自所有读者，而经典必须尊重它……今天的学术界不太关注普通读者……我提出正典与经典之间的区别，是因为我希望我们倾听普通读者的声音。……普通读者并不是学术时尚的奴仆，而这些一般性或政治性的学术时尚形构了正典。③

如果我们借鉴拉根在正典（canon）与经典（classic）之间所做的区分的话，盖茨在论述美国非裔文学经典时就无法回避两个问题。其一，《诺顿非裔》靠近主流权威的事实；其二，拉根所说的"正典"远离普通读者的问题。就前者来说，

---

① 江康宁是哈罗德·布鲁姆的《西方正典》（*The Western Canon*）一书的中文版译者。他曾就"正典"与"经典"的关系以及"canon"的翻译等问题这样说过："'canon'现在往往指特定的作品或文本，具有重大的学术价值和文化权威性，与'现在'的时间关联更强。在西方文化语境中，'canon'译成'正典'可以指称那些代表民族文化精髓并包含人类普遍价值观的文学作品，例如，莎士比亚的戏剧和歌德的《浮士德》等，也指《圣经》那样传承宗教教义的经典文本；而译成'经典'则指得到广泛认可，并在历史传承中保留下来的那些优秀作品，当然也包括那些公认的各民族正典之作。"参见江宁康.文学经典的传承与论争：评哈罗德·布鲁姆的《西方正典》与美国新审美批评［J］.文艺研究，2007（5）：130.

② 在这段文字中，本书将 canon 翻译为"正典"，而 classic 被译为"经典"，目的是按照原文之意区别并突出 canon 和 classic 的差异。

③ RAGEN B A. An Uncanonical Classic：The Politics of the Norton Anthology［J］. Christianity and Literature，1992，41（4）：472.

《诺顿非裔》受到白人权力机构的影响；就后者而言，《诺顿非裔》由美国非裔权威学者编纂，并在一定程度上有忽视普通的黑人大众读者之嫌。

盖茨指出，"我并非不了解经典形构的政治与反讽。我们所定义的经典将是'我们的'经典，是众多选择中的一种可能的选择"①。在这里，盖茨试图通过"我们的"经典回答"谁的经典"这一问题。从盖茨的美国非裔文学批评实践和理论建构策略可以看出，他在《诺顿非裔》中超越了"我们"对抗"他们"的思维模式。需要特别注意的是，不同的美国非裔文学批评家在使用"我们"或"我们的"这类表述时暗含的意思是不同的。胡克斯（bell hooks）在《向往：种族、性别与文化政治》（*Yearning: Race, Gender, and Cultural Politics*）一书中表达对黑人历史和文化的眷恋时就用到"我们的"一词。她这样说道："当学校被取消种族隔离后，我成长过程中的黑人世界开始发生根本的变化。关于那个时代我记得最清楚的是一种深刻的失落感。要弃置记忆、'我们的'学校——我们热爱、珍惜和尊重我们的地方——这是一种伤害。"②不难看出，胡克斯在这里所说的"我们的"，是种族隔离制度下黑人内部"我们的"，更多地体现出没有受到白人过多干涉和影响的黑人"自己的"那一部分。换句话说，她是在做"减法"，把不是黑人的部分排除在外；而盖茨所说的"我们的"带有整合和包含的意味，显然已不再体现纯粹"我们的"这样一种特征。可以说，盖茨是在做加法，把有利于美国黑人的都加进来，并试图找到黑白的平衡点。在建构纯粹"黑人的"时代已经不复存在的情况下，盖茨更多地去解构黑白二元对立，并在此基础上强调多元。在下一节，本书就以多元文化主义为背景讨论美国非裔文学的经典建构。

第三节　多元文化主义背景下的美国非裔文学经典建构

从非洲贩卖到美洲大陆的黑人并非来自同一个国家或部落，他们可能有着不

---

① GATES H L, Jr. Loose Canons: Notes on the Culture Wars [M]. Oxford: Oxford University Press, 1993: 32.

② HOOKS B. Yearning: Race, Gender, and Cultural Politics [M]. Boston: South End Press, 1990: 34.

同的文化习俗。黑人到了美国以后，"经过数百年的交叉影响和互为作用，非洲黑人文化和美国白人文化孕育出一种新型黑人——美国黑人。他们身上既保留了一定程度的非洲黑人文化特质，又增添了不少白人文化的因素"①。不难理解，在白人文化占主导地位的美国社会，黑人自身的文化特性和语言表述方式都会受到白人的影响。以美国黑人土语为例，黑人土语不但体现出黑人保存和传承民族文化的渴望，而且兼具黑白两种文化的"混合性"特点。

随着时代的发展，美国非裔文学的创作语境也在不断地发生着变化，非裔文学与美国文学经典的关系亦处于变动之中。江宁康指出，"美国建国伊始就是一个多种族和多族裔的多元化社会，美国文学也在日益变得多元化；它既有艺术创作技巧的多姿多彩，也有主题思想的多重思考，还有文化语境的多元共存。这些创作特征的形成表明了美国文学经典建构的新动向，也对我们全面认识美国文学的历史发展轨迹具有十分重要的标识意义"②。就美国非裔文学的经典建构而言，它不但与非裔文学作品本身的诸多要素相关，而且还受到不少外在因素的影响。同时，"文学经典是时常变动的，它不是被某个时代的人们确定为经典就一劳永逸地永久地成为经典，文学经典是一个不断地建构过程"③。佛克马就曾尖锐地提出"是什么机构或权威负责这些文本的选择和给予这些经典以尊严？"④这一严肃问题。陶东风在《文学经典论争在美国》一书的序言中更是直言："决定什么样的文本能够成为经典，与其说取决于其内在的所谓审美本质，不如说取决于变化不定的权力。西方20世纪六七十年代如火如荼的'文化革命'无疑为这种经典观的流行起到了推动作用。"⑤通过美国黑人长期不懈的斗争和努力，尤其是在民权运动和黑人权利运动的推动下，美国非裔文学传统逐渐受到重视。随着美国黑人文学影响力的不断扩大，黑人文学也从美国文学的边缘走向了中心，为美国黑

① 王恩铭.当代美国社会与文化［M］.上海：上海外语教育出版社，1997：71.

② 江宁康.美国文学经典教程［M］.南京：东南大学出版社，2010：229.

③ 童庆炳.文学经典建构诸因素及其关系［M］//童庆炳，陶东风.文学经典的建构、解构和重构.北京：北京大学出版社，2007：80.

④ 佛克马，李会方.所有的经典都是平等的，但有一些比其它更平等［J］.中国比较文学，2005（4）：51-60.

⑤ 陶东风.经典：变动中的永恒［M］//阎景娟.文学经典论争在美国.北京：社会科学文献出版社，2010：2.

人文学的经典化开辟了道路。

对于盖茨的美国非裔文学研究来说，他所倡导的非裔文学经典建构不仅直接促进了美国非裔文学教学改革，而且在当时的文化战争和多元文化主义浪潮中也涉及"承认的政治"，并产生了一定的社会作用。多元文化主义在20世纪90年代引起学者们的极大关注。以社会学家内森·克莱日尔（Nathan Glazer）的统计为例，"美国主要报刊是在20世纪80年代末才开始使用multiculturalism一词，1989年该词仅出现过33次，两年后增加至600次，到1994年，达到了1500次。它表明了少数民族、'贱民'群体和女性主义对于承认（recognition）的需求"①。就像王顺珠所说的那样，"经典的存在以及解构和重构经典的呼吁毋庸置疑地证明了它们的社会功用：参与文化身份的形成"②。的确，盖茨并不赞成以白人男性为主的西方文化旧经典，他的美国非裔文学批评思想也是在多元文化主义的大背景下逐渐发展起来的。

一、文化战争与多元文化主义

文化是多义、多层面的；同样，文化战争也具有丰富的内涵。学者们从不同角度讨论了他们对文化战争的理解。伊格尔顿（Terry Eagleton）在他的专著《文化的观念》（*The Idea of Culture*）中专门用了一章来论述文化战争。在他看来："'文化战争'这个术语，暗示民粹主义者与精英主义者、经典的监护人与差异的信徒，以及绝对的白人男性与被不公平地边缘化的人们之间的白热战。"③就美国的文化战争而言，阎景娟认为"在美国发生的文化战争是指各种文化的冲突"④。在《文化战争——定义美国的一场奋斗》（*Culture Wars: The Struggle To Define America*）一书中，亨特（James Davison Hunter）分析了文化战争的历史根源、文化战争的状况以及文化战争的平息等问题。期间，他对文化冲突进行了这样的界定："文化冲突就是因道德标准不同而产生的政治、社会对立，这种对立常有的结果是某种文化或道德体系凌驾于其他道德精神风貌之上。"亨特认为，"这些道

---

① 阎景娟.文学经典论争在美国［M］.北京：社会科学文献出版社，2010：78.

② 王顺珠.文学经典与民族身份［M］//童庆炳，陶东风.文学经典的建构、解构和重构，北京：北京大学出版社，2007：205.

③ 伊格尔顿.文化的观念［M］.方杰，译.南京：南京大学出版社，2003：60.

④ 阎景娟.文学经典论争在美国［M］.北京：社会科学文献出版社，2010：72.

德认识的思想体系绝不是可以随意改变的态度，而是基本的理想与信念，是依附者的认同感、目的感、团结感的根源"①。

在美国的社会历史语境中，文化战争与种族认同密切相关。具体来说，"文化战争中，民族和种族问题是关键。把种族与族性（ethnicity）、文化、国家当作一回事一直是文化战争话语的一个特征。有学者证明，'文化'实际上是'种族'的同义词。绝大部分以'文化'为关键词的著述实际上谈论的都是民族话题"②。一个需要注意的问题是文化战争的主要发生场域。比如，在一些学者眼中，"所谓的'文化战争'主要发生在学校和大学的文化领域"③。换句话说，"它的实际意义更多地直接体现在（主要是高等）教育思想、教育改革和教学的内容上，一切演化成'战争'的、围绕那些术语的争论都将在这里落脚。文化战争的主战场在大学教育领域展开"④。

说到文化战争，我们首先想到的就是多元文化主义。圭多·博拉斐（Guido Bolaffi）等人指出，"'多元文化主义'一词是指在一个群体或社会中不同文化经验的共存"⑤。多元文化主义对美国学术界、教育界产生了重大影响，特别是对高等教育带来了强烈的冲击。它让人们把目光投向以往被忽视的少数或弱势群体，反思美国大学及学院所开设课程的合理性，促使相关机构进行课程改革，调整传统教学内容。与此同时，"有关少数民族和族裔的历史、文化和社会生活实践的知识和有关这些的研究项目开始在大学和学院出现"⑥。事实上，学者们对美国多元文化的关注与当时的社会政治背景是分不开的。如果我们把"多元文化主义"聚焦在一些更为具体的议题上，就不难发现，"在美国，'多元文化主义'常常与20世纪80年代和90年代的一些运动联系在一起，这些运动试图通过吸收少数族

---

① 亨特.文化战争：定义美国的一场奋斗［M］.安荻，等译.北京：中国社会科学出版社，2000：43.

② 阎景娟.文学经典论争在美国［M］.北京：社会科学文献出版社，2010：73.

③ WILLETT C. Theorizing Multiculturalism：A Guide to the Current Debate［M］.Hoboken：Wiley-Blackwell，1998：51.

④ 阎景娟.文学经典论争在美国［M］.北京：社会科学文献出版社，2010：117.

⑤ BOLAFFI G，BRACALENTI R，BRAHAM P H，et al. Dictionary of Race，Ethnicity and Culture［M］.London：Sage Publications Ltd.，2002：183.

⑥ 张爱民.美国多元文化主义起源研究［M］.沈阳：沈阳出版社，2003：4.

裔和国际作家的作品和观点来打破教育和文学'经典'的文化同质性"①。

如果说"多元文化主义是文化战争的中心词，而多元文化主义的中心又是'承认'"②，那么，我们必须要认识到，获得这种承认的预设并不是要动摇美国社会的政治根基，而是在维持现有体制的前提下获得"承认"。具体而言，"多元文化主义并没有对美国制度本身提出挑战，没有对造成种族、族裔、阶级和性别间在政治和经济资源的占有和分配方面绝对不平等的资本主义经济制度提出直接严肃的挑战。……换句话说，'多元文化主义'运作的环境将是'一元'的，这个'一元'机制所包含的影响力对于'多元文化'是决定性的，而后者对前者的影响则是非常表面和微弱的"③。不可否认，这种一元与多元的关系正是美国非裔文学经典建构的宏观社会背景。

《诺顿非裔》体现出美国少数族裔文学研究者在民族文化身份认同的基础上融入美国主流社会的倾向，这在客观上促进了美国多元文化的共存以及少数族裔文化与主流文化的交融。在《重写美国文学史：艾里特访谈录》一文中，艾里特④提到了他对"多元化"的看法。他说："我喜欢'多元化'一词的积极面，对我来说这意味着向不同的观点开放，向来自不同阶级背景、不同族裔背景，甚至不同语言背景的美国文学作家开放……同时，'多元的'一词有时也被以批判的、负面的方式来使用，意味着没有能力来做某种决定、某种判断，对任何事都是盲目的、愚蠢的开放，而没有任何对成就的高低上下的判断，没有认清有些文学作品比其他的更值得深入研究等。我不同意'多元的'一词的负面含义，这在我看来和'民主的'观念中某些负面的联想类似。"⑤

盖茨从美国黑人的立场出发表达了自己对"多元主义"的理解。他指出，

---

① GRODEN M, KREISWIRTH M. The Johns Hopkins Guide to Literary Theory and Criticism [M]. London: The Johns Hopkins University Press, 1994: 666.

② 阎景娟. 文学经典论争在美国 [M]. 北京：社会科学文献出版社，2010：81.

③ 王希. 多元文化主义的起源、实践与局限性 [J]. 美国研究，2000（2）：78.

④ 艾里特（Emory Elliott）是《哥伦比亚美国文学史》（*Columbia Literary History of the United States*，1988）的主编。艾里特在该书中彰显了多元的美国文学史观。单德兴在《重写美国文学史：艾里特访谈录》中将其视为自 1948 年史毕乐（Robert E. Spiller）主编的《美国文学史》（*Literary History of the United States*）以来最具代表性的美国文学史。

⑤ 单德兴. 重建美国文学史 [M]. 北京：北京大学出版社，2006：367–368.

"多元主义将文化看作是疏松的、动态的、互动的,而不是特定种族群体的固有属性。因此,一个单一的、同质的'西方'概念本身就受到质疑"①。就如马里鲁·莫拉诺·凯尔(Marylou Morano Kjelle)所说:"盖茨关于文学的大部分学术著作都采取了广泛的、多元文化的视角——既包含西方文学传统,也包括美国非裔传统。"② 在凯尔看来:"盖茨尝试采取中间立场(take a central view),他把黑人文学研究方法上的差异称为'文化战争'。特别是在盖茨对美国非裔文学的写作和批评分析中,他支持西方传统,同时主张广泛和多样的多元文化方法。"③

　　美国的文学经典论争与文化战争以及多元文化主义关系密切。"从文化上看,文学经典论争其实是文化战争在大学人文教育上的反映,是文化战争的一个主战场;狭义的文化战争就是围绕西方文明与文学经典的争夺,保守主义者将文学经典作为文化传统的保留地而进行守卫,而新左派为自己辩护说他们只是要求'拓宽经典',让少数族裔的声音能够被听到,但完全没有推翻西方文明的意思。"④ 凯尔指出,"盖茨深知黑人文化是美国文化的重要组成部分,他致力于将这两个领域联系起来"⑤。加布里埃尔·福尔曼(Gabrielle Foreman)在《松散的经典》的书评中表示,"盖茨的多重风格和复杂性为他的整体视野增添了深度:摒弃多元文化主义就会削弱知识品质和完整性,拒绝参与多样性就会助长各种形式的民族主义"⑥。

　　李有成曾经指出,"《黑人行旅》是统合论(integrationism)的产物,其文学批评的价值论大抵受制于大熔炉意识形态。《黑火》则是20世纪60年代黑权运动卵翼下的黑人美学产品,具有强烈的非洲中心论或黑人文化民族主义的色彩"⑦。通过比较可以看出,如果说《黑人行旅》是大熔炉的结果,《黑火》带有非洲中

---

① GATES H L, Jr. Loose Canons: Notes on the Culture Wars [M]. Oxford: Oxford University Press, 1993: xvi.

② KJELLE M M. Henry Louis Gates, Jr. [M]. Philadelphia: Chelsea House Publishers, 2004: 66.

③ KJELLE M M. Henry Louis Gates, Jr. [M]. Philadelphia: Chelsea House Publishers, 2004: 66-67.

④ 阎景娟. 文学经典论争在美国 [M]. 北京: 社会科学文献出版社, 2010: 2.

⑤ KJELLE M M. Henry Louis Gates, Jr. [M]. Philadelphia: Chelsea House Publishers, 2004: 65.

⑥ FOREMAN G. Loose Canons: Notes on the Culture Wars by Henry Louis Gates Jr. (Book Review) [J]. Criticism, 1994, 36 (1): 158.

⑦ 李有成. 逾越: 非裔美国文学与文化批评 [M]. 杭州: 浙江大学出版社, 2015: 191.

心主义的色彩，那么《诺顿非裔》就是沙拉碗的产物。事实上，盖茨多次提到《黑人行旅》的融合特征。然而，《诺顿非裔》与之最大的不同之处就是与主流求同存异而不是合为一体，这尤其体现于盖茨强调在"对话式"的多元文化论中建构黑人身份这一点上。

二、"身份总是处于对话之中"："对话式"多元文化论中的身份建构

盖茨对多元文化主义满怀信心。他认为："任何一个充满好奇心和积极性的人都可以完全拥有另一种文化，不管它看起来多么'陌生'。"① 在《松散的经典》出版后不久，盖茨在《超越文化战争：对话中的身份》（Beyond the Cultural Wars: Identity in Dialogue）一文中再次强调了多元文化的问题，并进行了这样的总结："对纯粹（purity）的追求——无论我们说的是'种族清洗'，还是原始的'文化真实性'——对文明秩序和人类尊严的威胁要比混乱的文化多样性更大。它让我们记住，身份总是处于对话之中，它们只存在于彼此之间的关系中。身份就像其他一切事物一样，是竞争与谈判、自我塑造与再塑造的场所。正如海厄姆（Higham）所言，'关于美国文化的充分理论必须解决同化的现实以及差异的持续存在'。"② 多元文化主义尊重不同文化之间的差异，而盖茨对差异的强调更多是为了突出文化身份。在他看来，多元文化主义关注的不仅是差异的再现，更是文化身份的再现。他表示："也许我们应该试着把美国文化看作是不同声音之间的对话——即使这是一个我们中的一些人直到最近才能够参与的对话。"③

盖茨不但指出以往美国非裔研究中存在的问题，而且尝试探索真正共同的美国文化。他这样说道："历史告诉我们，盎格鲁—美国文化常常把自己伪装成普世的（universal），冒充我们的'共同文化'（common culture），而把其他不同的文化传统描绘成'部落的'或'狭隘的'。因此，只有当我们能够自由地探索复合式的美国文化的时候，我们才能发现真正共同的美国文化可能是什么样子

---

① GATES H L, Jr. Loose Canons: Notes on the Culture Wars [M]. Oxford: Oxford University Press, 1993: xv.

② GATES H L, Jr. Beyond the Cultural Wars: Identities in Dialogue [J]. Profession, 1993: 11.

③ GATES H L, Jr. Loose Canons: Notes on the Culture Wars [M]. Oxford: Oxford University Press, 1993: 175.

的。"① 他指出，"美国在下个世纪面临的挑战是最终形成一种真正共同的公共文化（a truly common public culture），一种足以回应长期沉寂的有色文化的公共文化"②。李有成认为盖茨放弃了"差异政治"，并表示他这样做"多少是为了在多元文化论中清除支配与被支配文化之间的对立，最终的目的还是为了替他所向往的共同文化的多元文化论铺路"③。在盖茨的美国非裔文学批评及理论建构中，他着眼的是黑人传统和西方传统的并存，这是一种较为兼容全面的文学批评视角。他的这种批评视角和研究策略在突显共同身份的同时也保留了黑人独特的文化身份。在李有成看来，"盖茨所相信的是一个朝向共同文化的多元文化论；对他而言，多元文化论显然只是手段，最终的目的还是在于建立共同的美国文化"④。

多元文化主义与文化相对主义是不相容的。不少学者认为相对主义会让人陷于孤立，使跨文化计划变得难以实施。盖茨也表示，如果相对主义是正确的，那么多元文化主义就是不可能的。相对主义非但不利于多元文化主义，反而会取消它存在的可能性条件。值得注意的是，虽然盖茨强调多元文化主义的重要性，但是他也意识到它的问题。比如，"多元文化主义的边界并不容易确定"⑤ 等。不少学者高度评价了盖茨将美国非裔文学研究和多元文化结合起来的做法。比如，加布里埃尔·福尔曼认为："盖茨能够将他对文化和文学的细读放在广泛的、多种相互联系的复杂性之中，同时又不削弱它们的特殊性，这在很大程度上使他成为一名杰出的学者。他的文学复兴计划和他对文化权利的挑战，使他成为一位伟大的批评家。"⑥

针对盖茨在多元文化论方面的立场，学者们也颇有微词。比如，乔纳森·怀特（Jonathan White）的观点就比较有代表性。怀特并不完全赞同盖茨的看法，他甚至把盖茨描述成"帝国主义者"。在怀特看来："盖茨把美国放在首位。即使

---

① GATES H L, Jr. Loose Canons: Notes on the Culture Wars [M]. Oxford: Oxford University Press, 1993: 175–176.

② GATES H L, Jr. Loose Canons: Notes on the Culture Wars [M]. Oxford: Oxford University Press, 1993: 176.

③ 李有成. 逾越：非裔美国文学与文化批评 [M]. 杭州：浙江大学出版社，2015：202.

④ 李有成. 逾越：非裔美国文学与文化批评 [M]. 杭州：浙江大学出版社，2015：198.

⑤ GATES H L, Jr. Beyond the Cultural Wars: Identities in Dialogue [J]. Profession, 1993: 6.

⑥ FOREMAN G. Loose Canons: Notes on the Culture Wars by Henry Louis Gates Jr. (Book Review) [J]. Criticism, 1994, 36 (1): 159.

在谈到不同文化时，他通常也认为这些文化是属于美国的……'帝国主义者'是我能想到的最后几个形容他的词之一……事实上，这一切都源于盖茨是'两个主人的仆人'。一个主人是多元文化主义，另一个是非裔美国主义（African Americanism）。盖茨自然希望为美国非裔文化达成最好的协议。但是，当盖茨谈到'多元文化主义'这个更大的理想时，它是在严格的美国背景下，而不是在全球化的背景下呈现出来的。"① 从这一论述中，我们也可以看出，盖茨在强调多元文化主义的同时，一定程度上还未能突破"美国至上"的思维模式。

本章小结

作为一位卓越的美国非裔文学批评家，盖茨在推动非裔文学经典化方面发挥了积极作用。1984年，他就在《丛林中的批评》一文中质疑以已故白人男性作家为主的美国文学经典。不难理解，文学经典论争体现出少数族裔和弱势群体的政治和文化诉求。从盖茨所处的时代和他自身的学术背景来看，"他所致力于建构的黑人文学典律就不是一种简单的政治行为和文化改良行为，而是一种争取文化权力的学理范式"②。

《诺顿非裔》依托美国非裔文学的土语传统建构非裔文学经典具有重要意义。这主要体现在以下四方面：第一，《诺顿非裔》加快了美国非裔文学的经典化进程，推动美国非裔文学走向更加广阔的接受领域；第二，《诺顿非裔》为美国大学和学院的文学教学提供了较为全面和权威的非裔文学文本，促进了美国非裔文学教学改革；第三，长期以来，美国非裔文学受制于文学之外的研究方法的束缚，盖茨将《诺顿非裔》与喻指理论联系起来，这不但有利于推进美国非裔文学审美特质的研究，而且能够在一个更大的视野中验证喻指理论的适用性；第四，《诺顿非裔》为其他少数族裔和弱势群体的文学经典建构提供了有益参考。

---

① WHITE J. Loose Canons：Notes on the Culture Wars by Henry Louis Gates, Jr.（Book Review）[J]. Journal of American Studies, 1994, 28（3）：489.

② 程锡麟，王晓路. 当代美国小说理论 [M]. 北京：外语教学与研究出版社，2001：205.

　　学者们也指出了《诺顿非裔》存在一些不容忽视的问题。首先，就是《诺顿非裔》的选编者在文选编辑过程中对美国非裔文学作品的吸收与排除问题。王顺珠指出，"经典是一个不同文化势力聚集的虚拟场所，是一个权力斗争的场所。文学文本的选择与摒弃的过程就是一个价值观的选择与摒弃的过程"①。这也就是说，文选的编辑们会因为社会立场或学术偏好的不同而收录不同的文学作品并促使其经典化。米汉就曾以杰恩·科特斯（Jayne Cortez）创作的诗歌为例，批评《诺顿非裔》的编辑们在选择作品时有回避美国种族问题的倾向。科特斯是黑人艺术运动中一位爵士乐诗人。同时，她也是黑人女性主义者和革命泛非主义者。《诺顿非裔》仅收录了科特斯的一首诗《特兰消失了多久》（*How Long Has Trane Been Gone*）。该诗是为约翰·科尔特兰（John Coltrane）而作的哀歌。米汉指出，"《特兰》确实提出了白人控制黑人文化活动的问题"；但是，"这首诗的张力反映的是权利丧失的黑人社区'黑人消失了多久？'"②。《诺顿非裔》并没有收录科特斯1984年的诗集《凝固》（*Coagulations*）中的诗歌《强奸》（*Rape*）。《诺顿非裔》选取《特兰》而舍弃《强奸》背后隐藏着更为深层的用意。在米汉看来，这两首诗的不同之处在于，《特兰》淡化了对制度的批评，而《强奸》则让人们注意到监狱是一个制度化的种族主义和性别歧视的暴力场所。此外，在《强奸》中，科特斯鼓励对抗和暴力自卫的精神，而《特兰》对悲哀性自我沉思的强调更适合收录在《诺顿非裔》中。同时，米汉又以一些黑人作家的作品出现在别的美国黑人文选之中，却并未被收录于《诺顿非裔》为例，借此讽刺《诺顿非裔》的编辑们向白人妥协的态度。米汉说道："往往是那些被排除在经典之外的文本，它们最主要的责任是对抗制度压迫，获得更多的制度资源，并尽最大努力创造条件，使诸如《诺顿非裔》这样的文选得以出现。"③

　　其次，在《诺顿非裔》中，盖茨虽然关注了美国非裔文学的土语传统，但是，他对英语传统的强调也引起学者们的不满。在一些学者看来，"《诺顿非裔》最保守的方面，可能是它在语言和民族主义方面的立场。盖茨和麦凯大胆地宣称，

①　王顺珠.文学经典与民族身份［M］//童庆炳，陶东风.文学经典的建构、解构和重构.北京：北京大学出版社，2007：206.

②　MEEHAN K. Spiking Canons［J］. Nation，1997，264（18）：45.

③　MEEHAN K. Spiking Canons［J］. Nation，1997，264（18）：46.

'只有英国和美国的黑人奴隶创造了一种文学体裁，这种体裁指控了逮捕他们的人，并见证了他们渴望自由和识字、渴望拥抱欧洲启蒙运动的理性之梦和美国启蒙运动的公民自由之梦。'这样的声明给人的感觉就像是只讲英语的宣言，尤其是考虑到美国非裔的文化历史背景，更是如此。然而，美国非裔的文化历史一直以来都是为了打破殖民政权为分离主体民族而设置的分而治之的语言障碍"①。可见，学者们认为盖茨在强调英语传统时，在一定程度上忽略了美国黑人曾经被剥夺读书识字权利的历史。同时，这也显示出盖茨对白人主流语言文化的肯定和维护。

再次，在《诺顿非裔》的序言中，盖茨更多地从经典角度突出美国非裔文学文本的形式审美特征，忽略了文本主题或内容也是非裔文学作品成为经典的要素之一。虽然美国非裔文学的每个发展阶段都有其特殊的社会历史语境，不同时期的非裔经典作品也都有其自身的特点。但是，经典具有一种向心力。对于美国非裔文学来说，作品的主题、内容和其中所蕴含的情感一直都是非裔作品具有较强吸引力的重要原因。毕竟，"不管一部作品的表达是如何的优美，除非它的主题同时是贴近生活的，否则它就不会在经典中获得一个很高的位置"②。另外，《诺顿非裔》在编排上过于受到白人标准选集的影响而舍弃了以往美国黑人文学选集以体裁划分进行编排的惯例。比如，理查兹就曾指出《诺顿非裔》"按照美国文学史上传统的年代划分进行排列"③的问题。相比较而言，像本杰明·布劳利（Benjamin Brawley）的《早期美国黑人作家：带有传记和评论介绍的选集》（*Early Negro American Writers: Selections with Biographical and Critical Introductions*，1935）、《黑人行旅》和《黑火》等黑人文选都将黑人作品按照其独特的体裁进行排列，这也就意味着，《诺顿非裔》在编排形式上更接近白人编选的标准选集。

最后，《诺顿非裔》体现了美国非裔文学研究的学术化倾向。不可否认的是，"正是由于美国非裔研究的学术化，这些一度默默无闻的文本才成为美国文学的

① MEEHAN K. Spiking Canons [J]. Nation, 1997, 264（18）: 43.

② 佛克马，蚁布思. 文学研究与文化参与 [M]. 俞国强，译. 北京：北京大学出版社，1996: 58.

③ RICHARDS P M. The Norton Anthology of African American Literature by Henry Louis Gates, Jr. and Nellie Y. Mckay（Book Review）[J]. Commentary, 1998, 105（6）: 68–72.

典范。"① 然而，美国非裔文学研究的学术化是一把双刃剑。虽然它促进了《诺顿非裔》的出版并且也是其获得较大影响的推动力，但是，这也是人们诟病《诺顿非裔》偏离黑人路线的主要原因之一。不少学者表示，《诺顿非裔》明显让人感觉到黑人文学研究俨然成为一种大学事务。毕竟，"对于一些黑人教授来说，大学对黑人研究的接纳和'常态化'也带来了问题，因为他们已经习惯于强调美国非裔传统是'颠覆'或反抗白人文化规范的方式"②。

　　不难看出，无论是在建构美国非裔文学批评理论的策略上，还是在编辑美国非裔文学选集和建构非裔文学经典的态度上，盖茨都强调美国非裔文学受到黑人传统和西方传统的双重影响。在盖茨的美国非裔文学研究中，他提倡共同文化的多元文化主义，这既表明他怀有融入主流的愿景，又体现出他在白人机构的支持下渴望突出黑人文学特点的尝试和努力。鉴于盖茨美国非裔文学批评思想的复杂性和矛盾性，本书在下一章从他主持的纪录片《非洲世界奇迹》入手，并将其与《喻指的猴子》进行对比，纵向梳理并反思盖茨在非洲和美国非裔研究中的一贯立场。

---

① RICHARDS P M. The Norton Anthology of African American Literature by Henry Louis Gates, Jr. and Nellie Y. Mckay(Book Review)[J]. Commentary, 1998, 105 (6): 69.

② RICHARDS P M. The Norton Anthology of African American Literature by Henry Louis Gates, Jr. and Nellie Y. Mckay(Book Review)[J]. Commentary, 1998, 105 (6): 69.

第五章

《非洲世界奇迹》中的非洲文化认同与黑人东方主义

　　非洲是一块充满瑰宝和文化的大陆……然而，几个世纪以来，许多这样的非洲奇迹消失在时间、自然和专制政府的蹂躏之下。加入哈佛大学教授小亨利·路易斯·盖茨的行列吧，从桑给巴尔到廷巴克图、从尼罗河流域到大津巴布韦、从几内亚的奴隶海岸到埃塞俄比亚的中世纪修道院，寻找非洲世界失落的奇迹。①

——PBS

　　我把这个系列片看作是对非洲人和非裔美国人解放叙事的一次明确攻击。与其说盖茨的《非洲世界奇迹》是关于非洲的故事，不如说是关于他自己的故事。……这是一部嘲弄非洲文化、歪曲非洲历史、强化刻板印象、将美国种族主义阐释引入非洲局势的纪录片。这是一个真正以欧洲为中心的规划。②

——莫莱菲·阿桑特

　　1999年10月25日至27日，美国公共电视台（PBS）播出了盖茨主持的六集纪录片《非洲世界奇迹》③。该纪录片一经进入大众视野就获得极大关注，并引发

---

① 关于 PBS 对《非洲世界奇迹》的介绍，参见 https://www.imdb.com/title/tt1063030/plotsummary?ref_=tt_ov_pl.

② ASANTE M K. "Wonders of the African World"：A Eurocentric Enterprise [J]. The Black Scholar, 2000, 30(1)：9.

③ 《非洲世界奇迹》包括六部分，它们分别是《尼罗河的黑色王国》（*Black Kingdoms of The Nile*）、《斯瓦希里海岸》（*The Swahili Coast*）、《奴隶王国》（*The Slave Kingdoms*）、《圣地》（*The Holy Land*）、《通往廷巴克图的路》（*The Road to Timbuktu*）和《失落的南方城市》（*Lost Cities of The South*）。

激烈讨论。与主流媒体宣传所洋溢的赞誉之词明显不同，不少学者对之进行了犀利的批判。比如，就该系列片的意识形态而言，批评者认为它虽然被命名为《非洲世界奇迹》（以下简称《奇迹》），但却带有欧洲中心主义色彩。甚至有人认为，盖茨对待非洲和非洲人民那种居高临下和自我中心的态度表现出典型的黑人东方主义（Black Orientalism）倾向。批评家们炮轰了该纪录片中有关奴隶贸易的部分，针对其中隐含的种族政治提出抗议。在他（她）们看来，《奇迹》片面突出非洲人在大西洋奴隶贸易中的作用，而完全忽视了欧洲奴隶贩子的罪行。但是，支持盖茨及其纪录片的也大有人在。罗宾·本内菲尔德（Robin M. Bennefield）指出，"通过盖茨的眼睛，观众体验到祖国的丰富文化；通过他的学术考察，他们见证了这种文化的复杂性。盖茨成功地为所谓的'黑色'大陆带来了可喜的曙光"[①]。支持者们称赞盖茨在《奇迹》中有担当地回应了历史问题，真实地展现了非洲原貌。《西非评论》（*West Africa Review*）电子期刊也提供平台就《奇迹》展开讨论。不少知名学者和批评家，如莫莱菲·阿桑特（Molefi Kete Asante）、阿里·马兹瑞、比奥登·杰伊夫（Biodun Jeyifo）、扎因·马古贝恩、阿梅奇·奥科洛、格温多琳·麦克尔（Gwendolyn Mikell）等人都从不同角度对《奇迹》进行了评论。

　　《奇迹》体现出盖茨从非裔美国人的视角审视非洲历史文化的做法。与《喻指的猴子》一样，该系列片将美国非裔与非洲联系起来。如果说《喻指的猴子》是一本有关美国非裔文学批评理论的学术著作，它更多地面向专业学者，并引发了他（她）们之间的一场笔战，那么《奇迹》作为一部在美国主流媒体播出的纪录片，代表了盖茨用视觉影像吸引大众注意力的一次尝试。相比较而言，影视媒体的受众群体更加广泛多元，产生的影响也更为深远。

　　值得注意的是，伴随着《奇迹》出现了一种对非洲及美国非裔研究有较大影响的新现象，那就是学者和普通大众通过互联网展开对该纪录片的热议，甚至做出冰火两重天的评价。马古贝恩指出："在《奇迹》之后发生的网络辩论代表着黑人研究早期模式的回归，这种模式由社区成员内部和社区成员之间的辩论提供信息和支持。"[②] 如果纵向来看美国的非洲及非裔研究，这种回归的确具有重要

---

① BENNEFIELD R M. Africa: Through Skip Gates' Eyes[J]. Black Issues in Higher Education, 1999, 16(16): 36.

② MAGUBANE Z. "Call Me America": The Construction of Race, Identity, and History in Henry Louis Gates Jr.'s Wonders of the African World[J]. Cultural Studies↔Critical Methodologies, 2003, 3 (3): 256.

意义：

> 20世纪40年代末，非洲研究从历史上的黑人大学和学院分离出来，进入白人大学。从那时起，非洲研究的实践者和认知关注都发生了变化。它转变为由白人学者主导，而白人学者的工作也由早期黑人学者的文化关注转向与冷战时期美国外交政策的国家安全议程紧密相关的领域的政策处方。……伴随着在一个白人主导的领域里引发对欧洲中心主义指控的无尽恐惧，这也许可以解释为什么非洲主义者（Africanists）不愿意涉及与影响流散在美国的非洲人相关的有争议的问题，比如，黑人和犹太人的关系，以及像女性割礼这类非洲敏感的文化问题。对非洲非洲主义者（the African Africanists）而言，他们也同样不愿提到这些话题，因为他们一直都很在意非洲所遭受的文化蔑视。①

可见，盖茨的纪录片不仅吸引了更多的人关注非洲的"奇迹"，而且围绕它所展开的讨论也把人们的视线再一次拉回到本身就容易引起人们警觉的话题。不可否认，这是该纪录片带来较大反响和争议的原因之一。当然，这也从另一个侧面体现出《奇迹》的价值。

就《奇迹》的制作目的而言，盖茨曾说过："作为一名美国黑人，我知道你的历史被人偷走是什么滋味。我想把这个失落的非洲世界带入广大公众（无论是黑人还是白人）的意识中。"②同时，他在该纪录片的配套图书中指出，"通过《奇迹》，非裔美国人可以思考非洲的历史及其与自己过去的关系"③。盖茨也明确表示："我十几岁的时候就喜欢肯尼斯·克拉克（Kenneth Clark）的系列片《文明的轨迹》（Civilization），因此我总是幻想在非洲做同样的事情。"④可见，从主观意愿来看，盖茨受到《文明的轨迹》影响，试图寻找非洲世界失落的奇迹、探寻非

---

① MAGUBANE Z. "Call Me America"：The Construction of Race, Identity, and History in Henry Louis Gates Jr.'s Wonders of the African World[J]. Cultural Studies↔Critical Methodologies, 2003, 3（3）: 265.

② GATES H L, Jr. Dr. Henry Louis Gates, Jr. Reveals Africa's Hidden History in PBS-TV Series: "Wonders of the African World"[J]. Jet, 1999, 96（21）: 58.

③ GATES H L, Jr. Wonders of the African World [M]. New York: Alfred A. Knopf, 1999: x.

④ TOLSON J. Telling the Story of Africa[J]. U.S. News & World Report, 1999, 127（17）: 62.

洲文明的魅力。但是，从客观结果来说，学者们质疑主流媒体赞助并播放《奇迹》的意图以及盖茨制作该纪录片的动机与他们所宣传的并不一致。马古贝恩就言辞犀利地指出，"盖茨教授对目标观众和视频目的的公开阐述与他作为叙述者和作者的'表演'方式之间缺乏'契合'"①。同时，他还认为，"这种公开意图与实际表现之间的分裂不是偶然的"②。这种"非偶然性"引发了一系列相关思考并从整体上拓宽了我们的研究视野。比如，盖茨在非洲和美国非裔研究中处于什么立场？作为黑人知识分子的代表，他发挥的作用是什么？《奇迹》是把非洲当作主体还是客体？该纪录片是在认同非洲文明的基础上寻找非洲灿烂辉煌的历史，还是以转移美国社会矛盾为出发点，为美国的种族问题寻找借口？在《奇迹》的制作过程中，盖茨选择了哪些方面，又排除了哪些内容？《奇迹》主要面向什么受众群体？等等。

不可否认的是，盖茨试图通过该纪录片重现非洲的"奇迹"，引发非洲人和非裔美国人同过去展开对话。但是，对于那些作为奴隶被贩卖到美洲大陆的黑人后代来说，过去是一份有争议的遗产。一些人热情地拥抱、歌颂它，而另一些人则强烈地否定、排斥它。康提·库伦（Countee Cullen）在1925年的诗作《遗产》（*Heritage*）中提到过一个引人深思的话题："非洲对我意味着什么？"或许，《奇迹》能为我们探讨类似问题提供一些思路。更重要的是，它也为我们反思盖茨的美国非裔文学批评思想开辟了一片更为广阔的天地。

第一节 《非洲世界奇迹》中的非洲文化认同

《奇迹》翻开了展现非洲文明的新篇章，有助于改变以往黑人在历史文化宣传方面的失语状态，同时，它也有利于提升黑人的种族自豪感。相应地，这也成

---

① MAGUBANE Z. "Call Me America": The Construction of Race, Identity, and History in Henry Louis Gates Jr.'s Wonders of the African World[J]. Cultural Studies↔Critical Methodologies, 2003, 3（3）: 247.

② MAGUBANE Z. "Call Me America": The Construction of Race, Identity, and History in Henry Louis Gates Jr.'s Wonders of the African World[J]. Cultural Studies↔Critical Methodologies, 2003, 3（3）: 248.

为该系列片的一大亮点。不少媒体都强调并且赞扬《奇迹》在挖掘和宣传非洲文明方面所发挥的积极作用。以往不少关于非洲的报道都关注两个主题：一是非洲令人敬畏的自然环境，二是非洲丰富多彩的部落生活。在《奇迹》中，盖茨向人们展示了非洲大陆被忽视或被否认的成就，从视觉上呈现了第三个令人耳目一新的层面——非洲文明。探索并肯定非洲文明是对白人种族主义偏见的有力回击，《美国新闻与世界报道》（*U.S. News & World Report*）高度评价了盖茨在《奇迹》中的表现："盖茨带着最近的考古研究成果，在古老帝国的废墟中漫步，有条不紊地着手驳斥启蒙运动关于非洲没有本土文明的指控。"[1] 鉴于《奇迹》在弘扬非洲历史文化方面的贡献，该视频也被视为"修正主义历史中的一次实践，旨在改写殖民主义者和白人至上主义者对非洲的叙述"[2]。

与盖茨的美国非裔文学批评强调黑人文化差异性一样，《奇迹》也因认同非洲文化而受到好评。一些学者甚至认为《奇迹》延续了盖茨一贯的"非洲中心主义"观点："从1984年写的一篇题为《丛林中的批评》的文章开始，盖茨的作品就围绕着同样的问题展开。在过去二十年里，盖茨一直试图建构一种可行的历史阐释，把非洲人（包括那些流散在外的人）放在中心位置，并把他们塑造成为主体——在极度受压迫的情况下——积极创造自己的历史。"[3] 的确，盖茨将非洲文化作为其美国非裔文学批评的理论源泉。在《丛林中的批评》一文中，他就着手探索美国非裔文学传统，并强调"从黑人传统本身汲取文学批评的原则，黑人传统……存在于构成'黑人性语言'（language of blackness）的习语中。喻指差异让我们有了自己的传统"[4]。《丛林中的批评》为盖茨的美国非裔文学研究定下了基调，在美国黑人争取平等权利的斗争背景下，突出了非裔文学的独特性。《喻指的猴子》不但确定了埃苏与"喻指的猴子"之间一脉相承的关系，而且明确定义并命名了美国非裔文学理论。如果说"《喻指的猴子》是盖茨第一次尝试全面提

① TOLSON J. Telling the Story of Africa［J］. U.S. News & World Report，1999，127（17）：62.

② MAGUBANE Z. "Call Me America"：The Construction of Race，Identity，and History in Henry Louis Gates Jr.'s Wonders of the African World［J］. Cultural Studies↔Critical Methodologies，2003，3（3）：252.

③ MAGUBANE Z. "Call Me America"：The Construction of Race，Identity，and History in Henry Louis Gates Jr.'s Wonders of the African World［J］. Cultural Studies↔Critical Methodologies，2003，3（3）：251.

④ GATES H L，Jr. Criticism in the Jungle［M］// GATES H L，Jr. Black Literature and Literary Theory. New York and London：Methuen. 1984：1-24.

出'从黑人传统本身自发产生'的'非洲主义'（Africanist）文学批评理论"；那么，按照盖茨的这一研究思路来看，他通过《奇迹》"进一步明确了他的非洲中心主义观点"①。

马古贝恩将盖茨的研究立场与美国非裔学者阿桑特②提出的非洲中心性（Afrocentricity）做了类比。阿桑特于1980年出版《非洲中心性：社会变革理论》（*Afrocentricity：The Theory of Social Change*）一书，并在多种场合阐释了他的非洲中心性思想。阿桑特指出，"非洲中心性是从非洲人的角度来看待各种现象的一种参照模式"③。在他看来，非洲中心性作为一种道德和知识定位，为实现将非洲人视为人类历史的主体而不是客体的理想提供了希望。确切地说，"以非洲为中心就是把非洲人和非洲的利益放在解决问题的中心位置"④。由此，"《黑色的象征》作为一种'命名本土的黑人批评原则并将其应用于解释我们自己的文本'的实践，与阿桑特的观点相差无几"⑤。

在《奇迹》中，盖茨通过旅行主题呈现非洲大陆，这就使该系列片能够灵活地容纳较多内容。更重要的是，这种充满活力的视觉呈现可以用以抗衡一些早期的西方探险家对非洲的种族主义偏见，驳斥他们否认非洲文明的观点。奥科洛曾对话盖茨，并对他录制《奇迹》的做法大加赞扬。奥科洛坦言："你能以一种严肃而又有趣的编排来呈现如此微妙的大量数据，以吸引并保持专业人士和普通大众的注意力，真是太令人惊讶了。这种编排是正确并且值得称赞的。考虑到欧洲中心主义学术研究和大众文化对非洲造成的暴力，真正的非洲史学需要尽可能地广泛传播。"⑥

---

① MAGUBANE Z. "Call Me America"：The Construction of Race，Identity，and History in Henry Louis Gates Jr.'s Wonders of the African World［J］．Cultural Studies↔Critical Methodologies，2003，3（3）：252.

② 莫莱菲·阿桑特是美国非裔研究、非洲研究和传播研究领域的重要人物。关于他的更多介绍参见 http：//www.asante.net/biography/。

③ ASANTE M K. The Afrocentric Idea in Education［J］．The Journal of Negro Education，1991，60（2）：171.

④ ASANTE M K. The Afrocentric Idea［M］．Philadelphia：Temple University Press，1989：215.

⑤ MAGUBANE Z. "Call Me America"：The Construction of Race，Identity，and History in Henry Louis Gates Jr.'s Wonders of the African World［J］．Cultural Studies↔Critical Methodologies，2003，3（3）：252.

⑥ OKOLO A A. My Preliminary Response to "A Preliminary Response to Ali Mazrui's Preliminary Critique"［J］．The Black Scholar，2000，30（1）：35.

第二节　《非洲世界奇迹》中的黑人东方主义

在《奇迹》中，盖茨对待非洲和西方的态度以及学者们对此的论争有助于回溯并反思他的美国非裔文学批评思想。如果我们将《喻指的猴子》与《奇迹》进行对比，就不难发现它们被接受的情况有许多相似之处。就《喻指的猴子》而言，因为盖茨试图"避免把非裔美国人的经验与定义文本的黑人语言行为相混淆"①，他被指责在其文学批评中忽视了黑人性并且远离黑人民众，同时，学者们也质疑他在建构喻指理论时所采用的"重命名—命名"策略体现出他对当代西方理论的依赖。与此类似，《奇迹》在处理非洲和西方的关系问题上也受到严厉批判。一方面，人们期待这部纪录片能够展现非洲新形象，以改变先前对非洲和黑人的偏见。然而，《奇迹》却让格温多琳·麦克尔感到"背叛"。她在《解构盖茨的〈非洲世界奇迹〉》（*Deconstructing Gates' "Wonders of the African World"*）一文中这样说道："尽管影片展现了非洲精彩的图片和丰富的视觉图像，但我们还是感到失望。在我看来，盖茨的视频内容既美化了非洲，又通过投掷成堆的泥浆来诋毁它。"② 另一方面，批评者认为"该系列片以'欧洲为中心'展现非洲人和非裔美国人。盖茨不是代表他们，而是代表美国白人"③。比如，在系列片的第四集《圣地》（*The Holy Land*）中，盖茨与一名埃塞俄比亚妇女之间的交流就极具代表性。当得知她的名字是"埃塞俄比亚"时，盖茨说道："好吧，你可以叫我美国。"或许，盖茨的这句话从侧面回应了《奇迹》所引发的一些争议。那就是，盖茨在纪录片中把自己定位为美国人，更确切地说，他是以美国人的身份与非洲黑人说话。

① GATES H L, Jr. "What's Love Got to Do with It?": Critical Theory, Integrity, and the Black Idiom [J]. New Literary History, 1987, 18（2）: 352.

② MIKELL G. Deconstructing Gates' "Wonders of the African World" [J]. The Black Scholar, 2000, 30（1）: 33.

③ MAGUBANE Z. "Call Me America": The Construction of Race, Identity, and History in Henry Louis Gates Jr.'s Wonders of the African World [J]. Cultural Studies↔Critical Methodologies, 2003, 3（3）: 248.

　　一些学者将盖茨在《奇迹》中的表现与东方主义联系起来。也就是说，"'东方主义'的概念可以用来理解作为文化和政治文本的《奇迹》的产生"①。马兹瑞明确说道："传统的东方主义以欧洲为中心，对非西方文化居高临下。我担心你就是这样出现在电视系列片中的。你像一个友好的西方游客，既渴望发现黑人经历的荣耀，又渴望逼供有关奴隶制的黑人罪行。你想向非洲致敬，同时又想把它妖魔化。"②他继而进一步质问："盖茨的系列片是否意味着黑人东方主义的诞生？"③他也就此给出了肯定的回答："这部电视系列片在新的时代开创了一个传统，即黑人在公众面前对黑人居高临下的传统。它开创了黑人东方主义。"④

　　盖茨说他以自己的方式爱着非洲，但批评者完全不这么认为。毕竟，在纪录片中，相对于事物或现象本身，以何种方式呈现、阐释和评价它们也同样重要。盖茨在《奇迹》中的言行不但让人质疑他制作这部纪录片的意图，而且也让人怀疑《奇迹》的客观性和真实性。学者们对盖茨的批判主要集中在以下五方面：

　　第一，批评者指责盖茨隐藏自己的学识和才能，在节目中表现得好像是一个不具备基本常识的孩童。他们将之归因于盖茨有意遵照西方意愿刻意"简单化"非洲。如果结合富里迪（Frank Furedi）在《知识分子都到哪里去了》中的说法，我们不禁怀疑盖茨的言行有"把民众当儿童"⑤的嫌疑。马兹瑞不无讽刺地问道，"就好像你的电视节目监制人让你伪装自己的天赋一样，监制人建议：简单（simple）是不够的，尽量简单化（simplistic）……在这些特定的镜头前，你为何一定要刻意得像个精力过剩的孩子那样说话？"⑥从总体上看，"简单化"或许是盖茨在面对棘手问题或两难选择时采取的一种微妙的处理方式。一方面，盖茨所接受的精英高等教育、他在美国多所知名大学的工作经历以及他的黑人中产

① MAGUBANE Z. "Call Me America"：The Construction of Race, Identity, and History in Henry Louis Gates Jr.'s Wonders of the African World［J］. Cultural Studies↔Critical Methodologies, 2003, 3（3）：266.

② MAZRUI A A. A Millennium Letter to Henry Louis Gates, Jr.：Concluding a Dialogue？［J］. The Black Scholar, 2000, 30（1）：50.

③ MAZRUI A A. Black Orientalism？Further Reflections on "Wonders of the African World"［J］. The Black Scholar, 2000, 30（1）：15.

④ MAZRUI A A. A Millennium Letter to Henry Louis Gates, Jr.：Concluding a Dialogue？［J］. The Black Scholar, 2000, 30（1）：50.

⑤ 富里迪.知识分子都到哪里去了［M］.戴从容, 译.南京：江苏人民出版社, 2012：113.

⑥ MAZRUI A A. A Millennium Letter to Henry Louis Gates, Jr.：Concluding a Dialogue？［J］. The Black Scholar, 2000, 30（1）：49.

阶级身份等自身因素不可避免地影响了他看待问题的视角以及他对素材的选择。这样看来，这部纪录片就不可能如非洲主义者所希望的那样仅仅聚焦非洲的辉煌成就。另一方面，美国公共电视台和英国广播公司（BBC）等西方主流媒体对《奇迹》的赞助和支持这些外部因素的影响也导致他无法回避非洲存在的问题。

第二，盖茨在《奇迹》中的表现有不尊重非洲文化和传统习俗之嫌。他在镜头前不断挑战非洲黑人对于宗教、首领、长辈和女性等问题的理解。在阿桑特看来："盖茨试图使非洲的传统仪式和惯例变得无足轻重……他对非洲传统领导人的不敬给人留下难以磨灭的自大和傲慢印象，这可能是后现代贬低文化和习俗的结果。"[1] 杰伊夫认为："简单地说，盖茨对阿桑特（Asante）、阿波美（Abomey）和维达（Ouiddah）等王国的首领倾向于流血、活人献祭和残忍的唤起，无非是重新拾起那些'最黑暗的非洲'神话。"[2] 马兹瑞表示："我非常担心《奇迹》的第四集会侮辱埃塞俄比亚，但是我松了一口气，因为它只是不尊重。当盖茨被允许会见一位主要的宗教领袖时，我希望他穿得更礼貌些……我希望他不要说那么多贬低他人价值的话。"[3] 针对第五集《通往廷巴克图的路》，马兹瑞指出，"盖茨谴责了'女性割礼的野蛮行为'，却并没有向观众介绍为什么数百万非洲人从一开始就属于这种女性割礼的文化。毕竟，非洲人不是天生的野蛮人"[4]。

第三，在《奇迹》中，盖茨以白人文化为标准贬低非洲文化，这在一定程度上加强了种族主义者对非洲的偏见。在杰伊夫看来，在这种盖茨式的黑人文化认同的重构中，非洲的过去在西方确立的文明和文化标准下得到了肯定。确切地说："在系列片中，盖茨对非洲过去'辉煌'的定义遵循了西方文明、宗教、文化和人类创造性的等级制度。"[5] 阿桑特也认为《奇迹》强化了一些欧洲旅行者对

---

① ASANTE M K. "Wonders of the African World": A Eurocentric Enterprise [J]. The Black Scholar, 2000, 30 (1): 9.

② JEYIFO B. Greatness and Cruelty: "Wonders of the African World" and the Reconfiguration of Senghorian Negritude [J]. The Black Scholar, 2000, 30 (1): 41.

③ MAZRUI A A. A Preliminary Critique of the TV Series by Henry Louis Gates, Jr. [J]. The Blacks Scholar, 2000, 30 (1): 5.

④ MAZRUI A A. A Preliminary Critique of the TV Series by Henry Louis Gates, Jr. [J]. The Blacks Scholar, 2000, 30 (1): 6.

⑤ JEYIFO B. Greatness and Cruelty: "Wonders of the African World" and the Reconfiguration of Senghorian Negritude [J]. The Black Scholar, 2000, 30 (1): 44.

非洲的刻板印象，即非洲是落后的，不是每个非裔美国人都愿意去的地方。《奇迹》不止一次地呈现出盖茨他们的车出现故障的镜头。阿桑特就以此为例反问盖茨："我在非洲生活过，也去非洲大陆旅行过五十多次，这不是非裔美国人在非洲旅行的普遍经历。既然这不是一个值得注意的事件，为什么它没有被剪辑出视频，难道你想给人留下非洲人效率低的印象？"[1]

第四，在对《奇迹》的质疑中，有一点就是盖茨在细节上犯了一些本来可以通过咨询专家而避免的错误。虽然盖茨不断强调学者的作用和专家的努力，但是他并没有真正接受其他学者的意见，甚至在一些问题上有歪曲历史之嫌。比如，当盖茨说到古尼罗河上游的古什王国（the kingdom of Cush）创造了一种混合文化，将埃及传统与"明显的非洲宗教元素"相融合时，"他似乎暗示埃及文化并不是'明显的非洲文化'，这无意中就为19世纪欧洲考古学家提供了支持，他们几乎把古埃及从非洲划分出去。这也为非洲中心主义者打开了大门，他们坚持认为埃及人是黑人，因而埃及人是非洲人"[2]。马兹瑞表示，"我同意其他学者这样的观点：你通过咨询专家来掩盖自己的学术问题，却忽略了他们大部分人的意见！没有其他理由可以解释你的权威和你的过失之间的差距"[3]。

网络上对盖茨和《奇迹》的批评之声更是不绝于耳。一位作家在网络上谴责盖茨是欧洲中心主义和白人至上的黑人大使，表现出与非洲人民的严重分离。这位作家表示，"作为一位非裔美国人和学者，我发现盖茨的纪录片令人尴尬和失望。盖茨博士经常说他的哈佛黑人研究系是一个由杰出学者组成的'梦之队'。然而，身为黑人并拥有博士学位并不能使一个人顺理成章地成为与相似肤色的人有关的事情的专家。在我看来，盖茨的系列片犯了学术懒惰的错误"[4]。盖茨在《奇迹》中有关奴隶贸易的立场更是给人留下一种偏袒西方的印象。马古贝恩指出，"考虑到他所在的大学中学术观点的多样性，特别是在他自己组建的黑人知

---

① ASANTE M K. "Wonders of the African World"：A Eurocentric Enterprise[J]. Black Scholar, 2000, 30（1）：9.

② TOLSON J. Telling the Story of Africa[J]. U.S. News & World Report, 1999, 127（17）：62.

③ MAZRUI A A. A Millennium Letter to Henry Louis Gates, Jr.: Concluding a Dialogue? [J]. The Black Scholar, 2000, 30（1）：48.

④ MAGUBANE Z. "Call Me America"：The Construction of Race, Identity, and History in Henry Louis Gates Jr.'s Wonders of the African World[J]. Cultural Studies↔Critical Methodologies, 2003, 3（3）：250.

识分子'梦之队'中，人们只能推测为什么盖茨从未想到让他们就奴隶制或流散意识模式等问题发表意见"①。

学者们也注意到盖茨在《奇迹》中的一些选择性失误。也就是说，盖茨不仅因为在《奇迹》中选择了哪些素材受到批评，而且他也因为忽视了哪些内容而受到谴责。比如，《奇迹》没有涉及非洲的重要国家尼日利亚。在马兹瑞看来，尽管盖茨与非洲唯一的诺贝尔文学奖得主沃莱·索因卡关系密切，但是作为非洲最具活力的历史文化中心之一，尼日利亚却未被列入"非洲世界奇迹"。他认为，"盖茨拒绝在他的电视系列片中加入尼日利亚，这在可信度和判断力上都是一个巨大的失误！"②

第五，也是最重要的一点，是《奇迹》难以摆脱西方意识形态干预的局限性，这也是《奇迹》被批评的焦点所在。比如，在纪录片的最后一集《迷失的南方城市》中，盖茨与一位年轻的南非黑人之间的对话发人深省。尽管这名男子从未离开过南非，但他表示自己非常渴望成为一名非裔美国人。马古贝恩指出，"盖茨与这位年轻人交流的最终结果是向美国观众表明，南非黑人只想成为非裔美国人。这种交流的潜台词及其隐含的信息是显而易见的——这也是几个世纪以来，美国白人一直试图告诉非裔美国人的事情——尽管面临屈辱，但他们应该感到幸运，因为他们从非洲生活的屈辱中'获救'了"③。《奇迹》受到白人意识形态的影响在盖茨看待黑人奴隶贸易以及在奴隶制问题上的立场等方面表现得最为突出。我们不禁会思考盖茨作为哈佛大学非洲和美国非裔研究的资深专家为何会在如此敏感的问题上出现这样的"失误"。很明显，这一话题再次体现出他在非洲和美国非裔研究中的矛盾态度。鉴于"奴隶贸易的原因"这一问题的重要性及敏感性，下一节就专门聚焦于此，并结合这一问题引发的争议展开讨论。

---

① MAGUBANE Z. "Call Me America"：The Construction of Race，Identity，and History in Henry Louis Gates Jr.'s Wonders of the African World[J]. Cultural Studies↔Critical Methodologies，2003，3（3）：254.

② MAZRUI A A. Black Orientalism? Further Reflections on "Wonders of the African World"[J]. The Black Scholar，2000，30（1）：15.

③ MAGUBANE Z. "Call Me America"：The Construction of Race，Identity，and History in Henry Louis Gates Jr.'s Wonders of the African World[J]. Cultural Studies↔Critical Methodologies，2003，3（3）：263.

第三节　争议：非洲人在跨大西洋奴隶贸易中的作用

在《奇迹》的第三集《奴隶王国》中，盖茨突出了非洲人在奴隶贸易中的作用。他通过一名非洲人之口表示如果没有非洲人的帮助，就不会有跨大西洋奴隶贸易。不可否认，纪录片《奇迹》通过展示非洲的辉煌成就加强了非裔美国人和非洲的情感联系，并促进了他们的黑人文化认同。但是，盖茨在奴隶贸易问题上的态度和看待这一问题的视角受到强烈质疑。批评者和支持者分别从不同角度展开激烈讨论，从中我们也可以看出相关问题的复杂性和美国非裔研究者在面对此类问题时的两难处境。

一、盖茨在奴隶贸易问题上受到批判

盖茨在奴隶贸易问题上的态度和立场激怒了一些黑人学者。他们主要集中于以下四点对盖茨及其《奇迹》进行声讨和批判：

第一，盖茨在奴隶贸易问题上避重就轻。比如，《奇迹》过于强调非洲人的作用，而忽略了西方掠夺者的罪行。批评者将之上升到意识形态层面，他们认为《奇迹》对历史的歪曲是盖茨故意为之，是主流意识形态输出的必然结果。"许多参加讨论的人推测，《奇迹》的赞助者能够过度影响该系列片的意识形态议程。"[1]麦克尔指出，"盖茨假装西方在前殖民时期和贯穿奴隶贸易的殖民时期与非洲的关系不是霸权主义。他假装造成跨大西洋奴隶贸易的唯一压力来自非洲人的贪婪，来自大陆内部的力量"[2]。也有人猜测："盖茨的意图并不是要探索非洲历史遗产的丰富性，而是要抹杀美国非裔继续与过去和未来的种族主义遗产做斗争的合法性。"[3]值得注意的是，盖茨通过黑人之口说出非洲人对奴隶贸易负责的做

① MAGUBANE Z. "Call Me America"：The Construction of Race, Identity, and History in Henry Louis Gates Jr.'s Wonders of the African World[J]. Cultural Studies↔Critical Methodologies, 2003, 3（3）：259.

② MIKELL G. Deconstructing Gates' "Wonders of the African World"[J]. The Black Scholar, 2000, 30（1）：33.

③ MAGUBANE Z. "Call Me America"：The Construction of Race, Identity, and History in Henry Louis Gates Jr.'s Wonders of the African World[J]. Cultural Studies↔Critical Methodologies, 2003, 3（3）：262.

法，"不但让《奇迹》免受种族主义或东方主义的指控，而且能够用于建构美国非裔——而不是制度化的种族主义——对大多数穷人和工人阶级日益边缘化的状况负责"①。

阿桑特认为盖茨在《奇迹》中对历史的歪曲不仅伤害了黑人之间的感情，而且还否定了之前的研究成果。对此，他这样说道："《奇迹》是重写奴隶制历史的又一次尝试。尽管非洲风景壮丽，现代城市充满活力，盖茨却几乎每次都能找到机会，将非洲的历史简化为小规模的战争，并将数百万非洲人被奴役的历史归咎于非洲人。如果盖茨是一位在非洲旅行的白人，那么NAACP②和人权领导人——杰西·杰克逊（Jesse Jackson）、艾·夏普顿（Al Sharpton）和索因卡——就会认为《奇迹》是对非洲人民的侮辱和攻击。然而，因为他是黑人，我们称其为歪曲。如果不纠正这种说法……那么，关于非洲奴隶问题的学术论述将倒退50年。"③如果说，《奇迹》弱化了欧洲人在非洲奴隶贸易中所扮演的角色，在一定程度上有助于修复美国白人和黑人的关系。那么，盖茨作为一位非裔美国人更多地像是帮助西方开脱而去批评非洲，而没有从非洲的立场批评西方。

第二，在《奇迹》中，盖茨片面地从受害者身上找原因，并自圆其说的做法不具有说服力。众所周知，即使非洲人参与了奴隶贸易，但这也只是问题的一方面。在历史上，不乏非洲人反对奴隶贸易并对之进行抵抗的例子，而盖茨却对此避而不谈。阿桑特不无讽刺地说道："在《奇迹》中，我们看不到非洲人反抗奴役的主题。而事实上，按照欧洲人的报道，非洲人与欧洲的奴隶掠夺者和占领者在非洲内陆和沿海地区进行了300多次战争。"④阿桑特毫不含糊地谴责盖茨在奴隶制问题上站在了白人压迫者一边。他公开宣称："奴隶制是由欧洲人发起并维持的，非洲人总是处于这场灾难的边缘。没有一个非洲社会把奴隶劳动作为一种生产方式。事实上，在人们寻求解放的情况下，你都会看到那些站在压迫者一边

---

① MAGUBANE Z. "Call Me America"：The Construction of Race，Identity，and History in Henry Louis Gates Jr.'s Wonders of the African World［J］．Cultural Studies↔Critical Methodologies，2003，3（3）：267.

② NAACP（全国有色人种协进会）是 National Association for the Advancement of Colored People 的简称。

③ ASANTE M K. "Wonders of the African World"：A Eurocentric Enterprise［J］．The Black Scholar，2000，30（1）：8.

④ ASANTE M K. "Wonders of the African World"：A Eurocentric Enterprise［J］．The Black Scholar，2000，30（1）：8.

的人。这不仅是历史事实，也是当前现实。"①

在《奇迹》中，盖茨从未提及犹太人与奴隶贸易的关系。马兹瑞问道："为什么盖茨挑选阿桑特人作为跨大西洋奴隶贸易的同谋，却从来不提欧洲犹太人是奴隶贸易的同谋？"②或许，盖茨有意在《奇迹》中回避犹太人参与奴隶贸易这一敏感话题，从而避免给自己带来麻烦。毕竟，"当托尼·马丁（Tony Martin）和伦纳德·杰弗里斯（Leonard Jeffreys）等学者提出犹太人的资本在奴隶制中扮演了一个特殊角色时，引发了犹太学者和领袖们的激烈争论"③。马兹瑞还提及一个事例，那就是"盖茨对美国非裔民族主义者和泛非主义者的攻击后来被一个犹太组织广为宣传"④。从中我们可以看出，盖茨或许并不想破坏自己与犹太人之间的关系。就此，马古贝恩不无戏谑地说道："因为盖茨在讨论奴隶制问题时把他们单独挑出来，阿桑特人或他们的后代是否会让盖茨为他在奴隶制问题上的言论'付出代价'。"⑤

第三，盖茨没有从整体上审视大西洋奴隶贸易与美国奴隶制的独特性，仅仅将奴隶贸易归因于非洲黑人的观点是狭隘片面的。奥科洛就此发表了看法。他说："大西洋奴隶贸易和美国奴隶制的独特之处在于，它是工业革命的重要组成部分。……是资本主义和资本主义的力量导致了大西洋奴隶贸易和美国的奴隶制。"⑥也有学者认为盖茨缺乏历史和文化意识，在《奇迹》中传递着不全面甚至错误的信息。其中，麦克尔的观点最具代表性："盖茨的影片传达的是历史上不准确的推论。他给人留下的印象是，阿桑特和达荷美国王的贪婪造成了中间航道的奴隶大部分来自黄金海岸和维达地区，这在历史上是不准确的……现实远比这

① ASANTE M K. "Wonders of the African World"：A Eurocentric Enterprise [J]. The Black Scholar, 2000, 30（1）：9.

② MAZRUI A A. A Preliminary Critique of the TV Series by Henry Louis Gates, Jr. [J]. The Blacks Scholar, 2000, 30（1）：5.

③ MAGUBANE Z. "Call Me America"：The Construction of Race, Identity, and History in Henry Louis Gates Jr.'s Wonders of the African World [J]. Cultural Studies↔Critical Methodologies, 2003, 3（3）：263.

④ MAZRUI A A. Black Orientalism? Further Reflections on "Wonders of the African World" [J]. The Black Scholar, 2000, 30（1）：16.

⑤ MAGUBANEZ. "Call Me America"：The Construction of Race, Identity, and History in Henry Louis GatesJr.'s Wonders of the African World [J]. Cultural Studies↔Critical Methodologies, 2003, 3（3）：263.

⑥ OKOLO A A. My Preliminary Response to "A Preliminary Response to Ali Mazrui's Preliminary Critique" [J]. The Black Scholar, 2000, 30（1）：37.

复杂得多。……许多奴隶被西方奴隶贩子偷走，与家庭和社区分离，使他们比以前更穷。"①

第四，学者们从道德角度批判了盖茨的立场。他们认为盖茨把奴隶制的主要罪责从白人转移到黑人身上的做法虽然有望帮助改善美国的种族关系，但是这更可能会增加非裔美国人对非洲人的敌意。马兹瑞表示，"如果白人和黑人结合的手段是通过破坏非洲与其流散者之间的关系，那么这样做不仅代价太大，而且也不道德（unethical）"②。阿桑特也指出，"盖茨让人以为如果没有非洲人参与，整个奴隶制的计划就不会发生。然而，把被奴役的困境归咎于受害者既不符合历史，在道德上也不成立"③。

二、为盖茨一辩

奥科洛对盖茨在《奇迹》中揭示非洲人参与奴隶贸易的做法持肯定态度。他结合自身的经历这样说道："20世纪70年代初，我在普渡大学读研究生时第一次听到这种说法，当时我感到很尴尬，因为我之前没有考虑过非洲人可能参与奴隶贸易。后来我发现，许多白人学者最喜欢提出这个问题，因为这对他们有用。"④可见，在盖茨的《奇迹》之前，非洲人参与跨大西洋奴隶贸易的说法就已经引起了白人的关注。相对而言，大多数黑人更愿意选择回避这个话题。

奥科洛认为，盖茨不但有能力，而且他也有勇气正面应对历史上非洲黑人参与奴隶贸易的问题。他明确表示：

> 这个问题不但提得好，而且提得很勇敢。这个问题令人烦恼、困惑和尴尬的本质使许多非洲和美国非裔学者回避它。他们希望这个问题不提就能被掩盖起来。然而，你没有试图回避它。你在阿桑特和贝宁的采访不但直接，

① MIKELL G. Deconstructing Gates' "Wonders of the African World" [J]. The Black Scholar, 2000, 30 (1): 34.

② MAZRUI A A. A Millennium Letter to Henry Louis Gates, Jr.: Concluding a Dialogue? [J]. The Black Scholar, 2000, 30 (1): 51.

③ ASANTE M K. "Wonders of the African World": A Eurocentric Enterprise [J]. The Black Scholar, 2000, 30 (1): 8.

④ OKOLO A A. My Preliminary Response to "A Preliminary Response to Ali Mazrui's Preliminary Critique" [J]. The Black Scholar, 2000, 30 (1): 35.

而且信息丰富并具有学术性。因此，你试图让某些人感到内疚的说法是不对的……事实上，你提供了一些关于这个问题的事实。人们可以看到国王的后代公开承认他们在可怕的贸易中的可耻同谋。……一些用来制服、捆绑和出售奴隶的留存设施都在镜头中出现。据我所知，这是第一次向全世界的观众公开展示这些事实，因此无法令人信服地否认这种行为。我认为你的做法是值得称赞的……现在是时候让非洲学者停止就我们祖先在奴隶贸易中的同谋和勾结问题上扮演鸵鸟角色了。①

在奥科洛看来，《奇迹》揭穿历史上非洲首领参与奴隶贸易的罪行不但具有历史价值和现实意义，而且对当前的非洲国家领导人也具有警示作用。对此，他这样说道：

非洲首领的作用是相当明确和令人愤慨的；没有人应该为他们这种骇人的勾结辩护。此外，他们的可耻行为必须受到最严厉的谴责……非洲人和那些离散在外的黑人都是西方资本主义侵略的受害者，而非洲首领却与他们同流合污。当前非洲大陆普遍存在的极度贫困和离散非洲人痛苦的奴隶经历，是源于我们的祖先与邪恶势力和压迫他们的人沆瀣一气。他们本应珍惜和保护他们的人民……为了自己的私利，他们与敌人勾结。其结果是阻碍了非洲大陆的经济增长，给人民带来了贫困和苦难。如果我们今天不尽可能地强烈谴责他们，那么今天与外国人勾结，抽走我们数十亿美元的现任领导人可能就会认为，他们不会受到非洲人的批评。②

值得注意的是，虽然奥科洛肯定盖茨揭露并呈现非洲人参与大西洋奴隶贸易的做法，但是，他也辩证地看待这一问题。事实上，奥科洛更多的是想去斥责那些参与奴隶贸易的非洲首领的龌龊行为，他并没有将之视为是奴隶贸易的主导因

---

① OKOLO A A. My Preliminary Response to "A Preliminary Response to Ali Mazrui's Preliminary Critique" [J]. The Black Scholar, 2000, 30（1）: 35–36.

② OKOLO A A. My Preliminary Response to "A Preliminary Response to Ali Mazrui's Preliminary Critique" [J]. The Black Scholar, 2000, 30（1）: 37.

素。在奥科洛看来，即使这些首领不合作，依然会有大西洋奴隶贸易，因为当时非洲并不具备阻止西方入侵的军事力量。奥科洛指出，"西方的扩张是基于暴力而非和平合作。这意味着，如果他们没有得到和平的勾结，他们就会像对待殖民后期许多抵制他们的非洲首领那样，强迫暴力服从。我对我们祖先的首领感到愤怒的是，他们至少应该与入侵者战斗，让他们为自己的人民战斗而牺牲，而不是我们今天所看到的这种快乐伙伴的和睦画面"[①]。

本章小结

　　盖茨通过纪录片《奇迹》探索了黑人文化的可接受路径。同时，该纪录片也是少数族裔宣传本族文明的经典案例。需要注意的是，在《奇迹》中，盖茨在美国主流机构中的黑人知识分子身份和他的黑人种族身份之间存在矛盾。学者们所批评的盖茨"亲西贬非"的暧昧态度是这一矛盾外在表现的正反两面，这也体现出美国黑人知识分子潜藏着身份归属的焦虑以及内心自我身份认同的错乱感。

　　《奇迹》不但从正面展现了非洲形象，而且也从负面暴露出其存在的问题。从这里我们也可以看到一个"奇怪"现象，那就是美国黑人知识分子在与白人机构的合作中，通过探寻黑人独特历史文化的方式增强种族自豪感，并确保黑人研究的价值以及该研究在主流机构中的地位。但是，在这一过程中，他们又不时展现黑人相对落后的一面。无论是盖茨在他的美国非裔文学批评中既突出非裔文学的黑人土语传统，又倡导借鉴当代西方理论，还是在《奇迹》中既渴望以黑人身份呈现非洲辉煌灿烂的文明，又不得不以美国人的视角审视这片大陆不容忽视的问题，这些都在一定程度上表明盖茨的身份认同策略与身份认同行为的错位。事实上，"怪象"不怪，在下一章，我们就从盖茨的黑人知识分子身份入手详细讨论这一问题。

---

①　OKOLO A A. My Preliminary Response to "A Preliminary Response to Ali Mazrui's Preliminary Critique" [J]. The Black Scholar, 2000, 30 (1): 38.

第六章

黑与白的博弈：从盖茨的黑人知识分子身份审视其文学批评思想

……知识分子是具有能力"向"（to）公众以及"为"（for）公众来代表、具现、表明讯息、观点、态度、哲学或意见的个人。而且这个角色也有尖锐的一面，在扮演这个角色时必须意识到其处境就是公开提出令人尴尬的问题，对抗（而不是制造）正统与教条，不能轻易被政府或集团收编，其存在的理由就是代表所有那些惯常被遗忘或弃置不顾的人们和议题。①

——爱德华·W. 萨义德

对于黑人知识分子来说，即使他们已经获得白人的认可，他们在黑人和白人的现实世界都没有坚实的文化基础……他们是从黑人世界的社会贫困中逃出来的难民，是一个无根的流离失所者阶层。②

——哈罗德·克鲁斯

虽然本书在前面的章节已经涉及盖茨美国非裔文学批评及理论建构的背景，但若要把握盖茨批评思想的现实针对性还需要对他的黑人知识分子③身份进行深

---

① 萨义德.知识分子论 [M]. 单德兴，译.北京：生活·读书·新知三联书店，2016：31.

② CRUSE H. The Crisis of the Negro Intellectual [M]. New York：William Morrow & Company, Inc. 1967；454.

③ 有关"知识分子"以及"公共知识分子"的定义和范围确定，参见波斯纳.公共知识分子：衰落之研究 [M]. 徐昕，译.北京：中国政法大学出版社，2002.
有关"知识分子"词源考及分类等问题，参见王增进.后现代与知识分子社会位置 [M]. 北京：中国社会科学出版社，2003.
有关"怎样才是知识分子"及"知识分子角色"等问题，参见富里迪.知识分子都到哪里去了 [M]. 戴从容，译.南京：江苏人民出版社，2012.

层探讨。"作为一个具有特殊历史背景的少数族裔群体，如何在美国这样一个种族偏见根深蒂固的社会里追求自由、平等和幸福，是非裔，特别是非裔知识阶层备受困扰并不懈思考的问题。"① 的确，人们对美国黑人知识分子所扮演的社会角色的看法值得一提，对盖茨黑人知识分子身份的讨论能够从侧面印证并解释他在文学研究中的主张。他从黑白两种视角分析美国非裔文学文本的审美特征，从而使"以往那些在被边缘化的群体内部和发挥主导作用的外部群体中都看不见的东西变得可见"②。确切地说，追溯黑人土语特征、借鉴当代西方理论是盖茨美国非裔文学批评的两大支柱。需要特别注意的是，这两方面不是相互孤立、彼此绝缘的，而是既各自独立，又互相配合，奏响了盖茨批评思想的双重奏。如果继续深入思考，我们会发现这种结合体现出盖茨作为黑人知识分子既确认黑人传统又靠拢主流体制的两难困境。他所提倡的美国非裔文学内部研究方法与主流机构对非裔文学批评的期待有着契合之处，这自然会引起一些黑人，尤其是黑人民族主义者的强烈不满。在他们看来，处于弱势地位的黑人要么反抗，要么顺从。盖茨在顺从中反抗并尝试"寻找中间路线"③的立场反而更容易让人诟病其自觉让渡了黑人民众的权利。

　　一方面，盖茨的美国非裔文学理论建构与白人机构的干预密不可分。不难理解，多数白人更愿意看到批评家研究美国非裔文学的文本形式特征而不是其抵抗种族压迫的作品内容。喻指理论自身强大的阐释力是它获得广泛关注的原因之一，而另一个不容忽视的因素则是主流社会的接受和支持使之更强大。甚至可以说，没有主流机构的助力，喻指理论不会产生如此规模的影响。另一方面，盖茨也借机证明了美国非裔文学作品的"文学性"，进一步促使学界认可并接纳美国非裔文学及喻指理论。鉴于上述两方面的思考，本章从"异议/冲突与共识""盖茨批评思想对'双重意识'的继承与修正""黑人知识分子的两难选择"等方面入手，选择盖茨的黑人知识分子身份讨论他与黑人民众以及白人主流社会的关系，从而尝试更全面地把握盖茨的美国非裔文学批评思想。

---

① 李蓓蕾.表征与反表征：詹姆斯·W.约翰逊研究［D］. 杭州：浙江大学，2017.

② LUBIANO W. Henry Louis Gates, Jr., and African-American Literary Discourse［J］. The New England Quarterly, 1989, 62（4）：566.

③ GATES H L, Jr. Loose Canons：Notes on the Culture Wars［M］. Oxford：Oxford University Press, 1993：xix.

第一节 异议／冲突与共识

盖茨的美国非裔文学批评思想既体现出非裔文学批评的自身需求，又在一定程度上顺应时代的发展并迎合了主流社会对非裔文学的研究兴趣。20世纪80年代，美国国内形势发生变化。较之先前，黑人的生活状况有了一些改善，黑人知识分子对黑人文学和文化的阐释让人们重新认识到黑人研究的独特之处和它的重要性。盖茨的非裔文学批评及理论建构虽然一再强调淡化政治，但是这一行为本身及其造成的影响仍不可避免地将美国非裔的文化和政治诉求推向了研究的前沿。法比奥·罗哈斯（Fabio Rojas）在《从黑人权力到黑人研究：激进社会运动如何成为学术科目》（*From Black Power to Black Studies: How a Radical Social Movement Became an Academic Discipline*，2007）一书中指出，"有不少关于种族研究的历史记载，黑人研究尤其如此，但很少有研究者考虑黑人研究如何成为运动政治的产物，以及该领域如何融入高等教育体系"[①]。如果说，美国黑人研究出现在学院或学术机构是黑人抗争的结果，那么它在相应机构中的发展则取决于其与主流社会的合作与博弈。

迈克尔·贝鲁贝从"异议／冲突与共识"的角度分析了美国非裔研究在大学或学院中的处境：

> 自1985年《大学里的批评》（*Criticism in the University*）出版以来，格拉夫（Gerald Graff）一直是学院的首席发言人。他主张：只要我们能想象出一种不依赖于知识共识（intellectual consensus）的理想的课程组织形式，我们跨学科和学科内的异议（disagreement）就会有非凡的教学价值。在1992年的《超越文化战争：冲突教学如何重振美国教育》（*Beyond the Culture*

---

① ROJAS F. From Black Power to Black Studies: How a Radical Social Movement Became an Academic Discipline[M]. Baltimore: Johns Hopkins University Press, 2007: xiii.

Wars: How Teaching the Conflicts Can Revitalize American Education）一书中，格拉夫表示，迄今为止，美国大学通过"掩盖事实"，通过简单地在课程中增加有争议的新领域，同时允许其他人照常开展工作，化解潜在的造成——或者说是激发——分裂的知识分子的冲突，设法阻止富有成效的内部辩论。当然，这种附加模式对知识分子也有好处，即在面对根深蒂固的传统主义者的反对时，允许创建妇女研究或美国非裔研究项目。①

可见，对于美国主流社会来说，回应种族文化冲突的方式，不再仅仅是直接对其进行否定和排斥，而是转化为吸收和消解少数族裔的文化威胁。富里迪认为："甚至像哈佛大学这样的精英机构也在忙于制造一种环境，在这种环境下，学生被当作脆弱的儿童，必须保护他们不必面对智力分歧和冲突所构成的危险。"②在这种背景下，盖茨的美国非裔文学批评颇具深意。不可否认，在主流价值观的框架内，他对黑人历史文化的阐释更具对话视野、更显多元性，同时这也有利于人们更好地认识美国非裔文学和文化的价值。但是，盖茨如何在主流"共识"的影响下阐释美国非裔文学和文化的独特性就成了我们不得不思考的问题。

盖茨的美国非裔文学批评思想体现出体制内的抵抗，他的理论是在机构允许并倡导异议的背景下发展起来的。从盖茨的理论建构路径可以看出，美国非裔文学研究的"个性"取决于机构在多大程度上同意/许可他在"共性"的前提下谈"个性"。比如，作为其美国非裔文学批评的关键方法，重命名白人术语既彰显了西方批评标准的普遍性和包容性，也在一定程度上表明盖茨由外在显性地抵抗西方理论霸权滑向对西方现有体制的隐性维护。同时，"机构的作用是孤立和保护成员不受外界影响"③，这就可能会造成主流机构中的美国非裔文学研究脱离非裔民众的倾向。

盖茨意识到当代美国非裔文学研究领域的知识分子所取得的成就与学院机构的支持密不可分。他这样说道，"葛兰西（Antonio Gramsci）有一句著名的评论：

---

① BERUBE M. Beneath the Return to the Valley of the Culture Wars［J］. Contemporary Literature，1994，35（1）：213.

② 富里迪. 知识分子都到哪里去了［M］. 戴从容，译. 南京：江苏人民出版社，2012：110.

③ ALKALIMAT A. eBlack Studies：A Twenty-First-Century Challenge［J］. Souls，2000，2（3）：70.

知识分子可以被定义为合法化的专家，而今天的学院是一个合法化的机构，它确立了什么是知识，什么是文化。在当今学院对多元文化主义运动最激烈的抨击中，有一句古老的打油诗：我们是大学的主人/我们所不知道的/不是知识"①。事实上，盖茨很清楚自己的美国非裔文学研究最终要走向何处。在《黑色的象征》一书中，他就注意到"文学制度"（institution of literature）②的重要性，并明确表达出他的美国非裔文学批评致力于对非裔文学研究和当代批评研究做出贡献的目标，即"通过面向'两种风格'的读者——关注黑人文学的读者和那些关注当今文学制度的读者——有助于美国非裔文学和当代批评的研究"③。

2008年，也就是在《喻指的猴子》出版20周年之际，乔伊斯结合时代发展，突出盖茨在主流学院的声望，重新反思了盖茨批评思想形成的社会文化语境。她指出，"从1966年到1987年，黑人文坛发生了许多事情。到1987年，虽然黑人的比例仍然很小，但是，在白人占主导地位的机构的英语系，黑人学生的数量已经增加了。与此同时，少数黑人文学批评家在以白人为主的机构和黑人大学接受训练，开始享受舒适的薪水，并在他们的部门成为黑人文学问题的'内部'权威"④。值得注意的是，桑塔玛莉娜认为像盖茨这样的黑人知识分子在白人机构中起到了代表黑人种族的作用。同时，她也看到学院内的美国非裔文学研究客观上促进了非裔文学和文化的接受与传播。她表示，"尽管存在保守的阶级政治，但似乎美国非裔文学批评家必须在学院内才能使黑人文学受到尊重"⑤。

学院内的美国黑人知识分子所取得的成就与机构干预密不可分。在桑塔玛莉娜看来，《喻指的猴子》在一定程度上是机构成功。她指出，"今天，《喻指的猴

---

① GATES H L, Jr. The Transforming of the American Mind [J]. New Directions for Teaching and Learning, 1990（44）：35.

② 关于"文学制度"的更多内容，参见威廉斯.文学制度[M].李佳畅，穆雷，译.南京：南京大学出版社，2014.

③ GATES H L, Jr. Figures in Black: Words, Signs, and the "Racial" Self [M]. Oxford: Oxford University Press, 1989: xxx.

④ JOYCE J A. A Tinker's Damn: Henry Louis Gates, Jr., and The Signifying Monkey Twenty Years Later[J]. Callaloo, 2008, 31（2）：371.

⑤ SANTAMARINA X. The Literary Theory of American Afro-centrism [J]. Early American Literature, 2015, 50（3）：855-860.

子》会引发一个问题：我们是否能够——或者应该——将这本书的美学价值与机构成功区分开来。该书25周年纪念版是否仍然与我们的未来相关；尊崇一种过时的理论起源的叙述会不会仅仅是一种怀旧的做法？"①一方面，白人主流机构中的美国非裔文学研究彰显了非裔文学及文学理论的重要性；另一方面，这种研究也受制于白人机构的引导。特别是在一些受到白人支持的黑人学术精英的带领下，单维度的黑人传统研究难免受阻。这也就是桑塔玛莉娜所说的，"通过将黑人文学研究纳入学院，那些受益于盖茨杰出编辑地位的学者已经提出了各种关于著名或不著名的黑人文本的解释框架。这些框架表明单一的黑人'传统'或黑人土语研究势必会受到排斥"②。

阿黛尔指出了学院内的美国非裔文学批评家面临的尴尬境遇："我们在学院的处境迫使我们'掌握大师的语言'，我们作为美国非裔文学批评家的处境迫使我们严格地审视'美国非裔文学与文学理论之间的复杂关系'。"③的确，在主流机构的干预下，美国非裔文学研究很难做到既迎合主流偏好，又不牺牲自身特点。学者们对主流机构中的非裔文学研究的相关思考也引发了他（她）们对盖茨在其专著《喻指的猴子》中所提出的喻指理论的质疑："鉴于批评的异质性，我们如何才能重新建构《喻指的猴子》的批评能力呢？是历史主义者和后结构主义者对盖茨的非时间恶作剧者转义的挑战使'黑'（black）的特殊性过时了，还是最近的批评干预使'黑人性'（blackness）的研究变得无关紧要了？"④值得注意的是，与美国非裔文学研究在主流机构中的发展相对应，学者们强调"从黑人视角出发"⑤进行美国非裔文学研究的呼声也不容忽视。这种对立的研究态度在乔伊斯与盖茨的论战中就能略见一二。

---

① SANTAMARINA X. The Literary Theory of American Afro-centrism [J]. Early American Literature, 2015, 50 (3), 858.

② SANTAMARINA X. The Literary Theory of American Afro-centrism [J]. Early American Literature, 2015, 50 (3), 859.

③ ADELL S. A Function at the Junction[J]. Diacritics, 1990, 20 (4)：44.

④ SANTAMARINA X. The Literary Theory of American Afro-centrism [J]. Early American Literature, 2015, 50 (3), 859.

⑤ CRUSE H. The Crisis of the Negro Intellectual [M]. New York：William Morrow & Company, Inc, 1967; 71.

相对而言，盖茨并没有局限于黑人视角，他也不是简单地套用白人理论。盖茨的美国非裔文学批评涉及的是黑白两种传统。这种对双重传统的强调来源于杜波伊斯提出的著名的美国黑人"双重意识"的观点。以下就从"盖茨批评思想对'双重意识'的继承与修正"入手，探讨盖茨作为黑人知识分子在美国非裔文学研究中的困境。

第二节　盖茨批评思想对"双重意识"的继承与修正

20世纪初，杜波伊斯在《黑人的灵魂》(*The Soul of Black Folk*)一书中阐释了白人主流文化对黑人灵魂的冲击，并从双重意识角度论述了处于文化边缘地位的美国黑人的精神创伤和身份危机。杜波依斯关于美国黑人双重意识的论断为盖茨的美国非裔文学批评奠定了基础，对喻指理论产生了深远影响。杜波依斯指出：

> 黑人生来就戴着面纱，在美国世界被赋予了第二视觉——这个世界使他没有真正的自我意识，只让他透过另一个世界的启示来看自己。这是一种特殊的感觉，一种双重意识，一种总是通过别人的眼睛来看自己的感觉，一种用带着轻蔑和怜悯的世界的尺度来衡量自己灵魂的感觉。人们总能感受到他的双重性——一个美国人，一个黑人；两种灵魂，两种思想，两种彼此不能调和的斗争；两个敌对的理想在一个黑色的身体里，只有顽强的力量才能使它不被撕裂。①

在杜波伊斯的影响下，盖茨意识到美国非裔文学的双重传统和非裔文本中隐含的双重声音。在《喻指的猴子》中，盖茨多次强调美国黑人口头文化向书写文化转变之时，在书写中包含、再现口头表达的悖论在最早的五位黑人自传作家的

---

① BOIS W E B D. The Soul of Black Folk [M]. Oxford：Oxford University Press，2007：8.

作品中显现出来，他们都重复了不说话的"说话书本"这同一个象征。这也就意味着，美国非裔文学的原初形态就自带非洲口语传统和西方书写传统的特征。

在盖茨看来，美国非裔文学具有双重影响源。他认为："美国非裔文学的形式受到非黑人文学的影响……毫无疑问，欧洲文学是现代非裔文学的影响源之一；它的另外一个重要的影响源就是非洲（口头或土语）传统，这是美国非裔文学的根。口头文学如此重要是因为它让黑人作家的创作超越了固定的文学模式而具有一种喻指的黑人差异。黑人口头文学形式与接受的（欧洲）文学形式相结合并形成了全新的（并且是独特的黑人）文学类型。"① 与此同时，这也表明，"对于非洲裔作家来说，他（她）的文本至少有两个传统：一个是欧洲或美国的文学传统，另一个是黑人传统。每一个用西方语言书写的黑人文本的'遗产'都是一种双重遗产，从某种程度上说是两种风格。在视觉上，它们是黑的和白的；在听觉上，它们是标准的和土语的"②。

盖茨认为美国非裔文学既源于非洲文化，又是美国文化的一部分。在美国非裔文学双重影响源、双重传统的作用下，美国非裔文学作品是双重声音的，美国非裔文学批评作品也具有双声特征。盖茨指出，"双声话语的概念是我细读美国非裔文本方法的关键。美国非裔的喻指概念作为形式修正，它在各方面都是双重声音的"③；并且，"黑人比较文学批评家的理论努力也是双重声音的"④。双重声音的概念在盖茨的美国非裔文学理论建构中起着非常重要的作用。在《喻指的猴子》中，盖茨对埃苏的双重声音和喻指性语言的强调贯穿全书，它们为黑人文本内部采用的喻指模式和文本之间的修正方式提供统一性。不难看出，盖茨所说的美国非裔文学的双重声音是非裔美国人双重文化、双重意识在非裔文学中的体现。值得注意的是，如果说，在20世纪初，杜波依斯突出了非裔美国人"既是

---

① GATES H L, Jr. Criticism in the Jungle［M］// GATES H L, Jr. Black Literature and Literary Theory. New York and London：Methuen. 1984：1-24.

② GATES H L, Jr. Criticism in the Jungle［M］// GATES H L, Jr. Black Literature and Literary Theory. New York and London：Methuen. 1984：1-24.

③ GATES H L, Jr. The Signifying Monkey：A Theory of African-American Literary Criticism［M］. Oxford：Oxford University Press, 1988：22.

④ GATES H L, Jr. The Signifying Monkey：A Theory of African-American Literary Criticism［M］. Oxford：Oxford University Press, 1988：215.

黑人又是美国人"的种族和文化身份两难处境，用双重意识这一概念来解释黑人经验，那么，在20世纪末，盖茨强调美国非裔文学双重声音的特点不但体现出盖茨对非裔文学的信心和对民族文化的自豪感，而且也表明他对美国非裔文学与西方主流文学渊源关系的认可。

盖茨在借鉴并吸收杜波依斯观点的同时也对其进行了修正。盖茨"从黑人文化内部界定黑人文学的立场……有力挑战了杜波依斯、乔伊斯从'外部关系'界定黑人性与黑人文学的方式"①，这一点尤其体现在盖茨的话语黑人性对杜波依斯的社会黑人性的继承与创新方面。"杜波依斯提出的社会黑人性认为：黑人身份认同受制于白人种族社会中的双重意识；黑人从白人种族主义视角对自我的反观与厌恶导致黑人的自我分裂。社会黑人性学派倾向以黑人在白人文化主导社会中的体验为核心界定非裔文学。"②与此不同，盖茨的美国非裔文学批评否认了超验的社会黑人性的存在，而肯定了话语黑人性。盖茨表示："在黑人话语中，二元性转义最早在杜波依斯的《黑人的灵魂》第一章《我们的精神斗争》(*Of Our Spiritual Strivings*)中出现。"③盖茨通过论述埃利森对杜波依斯提出的双重意识的转义以及里德对二元性的戏仿，否定了黑人作为局外人的象征。盖茨认为，埃利森和里德批判了黑人性是个否定的实质，是个天然的超验所指以及把黑人性作为在场的观点。在他看来，"在文学中，黑人性只能通过复杂的喻指过程在文本中产生。不存在超验的黑人性，因为它不可能也不会存在于具体的修辞之外"④。

可见，在确定美国非裔文本双重声音的基础上，盖茨在他的非裔文学批评中通过话语黑人性修正了杜波依斯提出的双重意识导致分裂的自我象征这类观点，从而使他的喻指理论更符合时代的发展和美国非裔文学的文本特征。同时，这也表明他从美国非裔文学的内部研究视角确定非裔文学双重传统的立场。但是，盖茨"将黑人经历、黑人性等关乎非裔美国人社会文化现实的外部存在等同于只有通过细读才能理解的语言符号，从根本上抹杀了黑人性的社会历史内涵，带有粉

---

① 方红.喻指理论：《诺顿非裔美国文学选集》的文学史观［J］.外国文学研究，2017，39（4）：119.

② 方红.喻指理论：《诺顿非裔美国文学选集》的文学史观［J］.外国文学研究，2017，39（4）：120.

③ GATES H L, Jr. The Signifying Monkey: A Theory of African-American Literary Criticism［M］. Oxford: Oxford University Press，1988：238.

④ GATES H L, Jr. The Signifying Monkey: A Theory of African-American Literary Criticism［M］. Oxford: Oxford University Press，1988：237.

饰美国种族歧视的嫌疑，容易招致非裔中心主义批评家的攻击"①。

不少美国黑人学者都以不同方式表现出他们的"双重意识"。比如，鲍德温在《土生子札记》(*Notes of a Native Son*)中表达了自己身为黑人却不得不挪用西方遗产的态度："在我的发展过程中，最关键的时刻是我被迫承认自己是西方的私生子。当我追寻我的过去时，我发现自己不是在欧洲，而是在非洲。这意味着我以一种微妙而又深刻的方式，把一种特殊的态度带给了莎士比亚、巴赫、伦勃朗、巴黎的石头、沙特尔的大教堂和帝国大厦。这些不包含我的历史……我是个闯入者，这不是我的遗产。与此同时，我没有其他可以利用的遗产——我当然不适合在丛林或在部落中生活。我必须挪用这些白人的遗产，我必须把它们变成我的——我必须接受我的特殊态度以及我在这个体系中的特殊位置——否则我在任何体系中都没有位置。"②在盖茨看来，"鲍德温对这种受困感进行了有说服力的反思。他把'被剥夺'的修辞转化为'文化再挪用'。这种在任何体系中都没有一席之地的恐惧，与西方作家更为熟悉的现代主义焦虑形成了奇特的对比，这种焦虑是过于容易、过于彻底地融入一个体系"③。

赖特也曾表述过这种游离于黑人和西方人之间的困惑和焦虑。在《白人，听着！》(*White Man*, *Listening!*)一书中，他深刻地描绘出自己在文化心理上的分裂状态："我的立场是分裂的。我是黑人，我也是西方人。在某种程度上，这些严酷的事实必然影响我的观点。我看到并理解西方；但我也看到并理解非西方或反西方的观点。我的这种双重视野既来自我是西方文明的产物，又来自我的种族身份……作为一个生活在西方白人基督教社会中的黑人，我从未被允许以一种自然健康的方式融入西方的文化和文明。这种既是西方人又是有色人的矛盾，可以说在我和我所处的环境之间造成了一种心理距离。"④如果结合赖特自身的经历、他的黑人文学创作实践以及他对黑人文学的批评观点，我们就不难发现，他眼中的西方和非西方文化之间的矛盾关系很难得到圆满的解决。

---

① 水彩琴. 非裔美国文学的修辞策略：小亨利·路易斯·盖茨的喻指理论［J］. 兰州大学学报（社会科学版），2016，44（1）：47.

② BALDWIN J. Notes of a Native Son［M］. Boston：Beacon Press，1955：4.

③ GATES H L, Jr. The Transforming of the American Mind［J］. New Directions for Teaching and Learning, 1990（44）：37.

④ WRIGHT R. White Man, Listening!［M］. New York：Harper Perennial，1995：48-49.

　　盖茨在他的回忆录《有色人民》的前言中这样写道，"想到不能成为其他群体的一部分、不能通过选择亲和性来构建自己的独特性、对于我来说种族必须是最重要的东西，对此我是十分反感的。在自己的墓碑上刻着：这里长眠着一个非洲裔美国人，这是我想要的吗？因此我感到无所适从。我想要做个黑人，了解黑人，尽情享受在任何具体的一刻我会称之为黑人性的一切——但是这样做的目的是要从另一面出现，以感受一种既不是不分肤色又不是简化成仅有肤色的人性"①。显然，在盖茨的回忆录中，他毫不掩饰地流露出对超越种族身份的渴望。盖茨的美国非裔文学批评思想也不时隐现出前辈学者所阐释的双重意识的影响，这突出地体现在他追溯非洲黑人文化以及顺应融汇白人文化方面。

　　盖茨的美国非裔文学批评在非洲神话中追溯本源，致力于发现和阐释黑人的共同文化，反思黑人历史文化的独特价值。盖茨虽然并不持有非洲中心论，但是这毫不影响他强调美国非裔文学中的非洲元素。在他看来，《喻指的猴子》最令人满意之处就是阐述了约鲁巴的恶作剧精灵埃苏与他在新大陆的变体——喻指的猴子之间的联系。也就是说，盖茨的理论建构"意在揭示非洲和美国黑人的共同思想根源，借以证明黑人的语言传统有着早期部落神话的烙印"②。卢比阿诺认为，"喻指是艺术生产的集体模式。"或者，更确切地说，"作为批评理论的关键术语，喻指恢复了语言间接用法的虚构性和政治性，这不仅是奴隶制的留存物，也是非洲文化实践的留存物"③。朱小琳也指出，"盖茨理论的可贵之处在于既包含了黑人土语语言符号微观分析模式，同时也建立了宏观的历史文化心理和文学传承影响分析，将视线投射到了美国非裔文学深厚的文化和历史渊源，从而能够构建更为宏大和丰富的美国非裔文学分析框架"④。

　　出于对美国非裔文学进行内部研究的职业责任，盖茨始终与政治保持一定的距离。他以更加开放和包容的姿态，摆脱了黑人美学批评家的文化民族主义倾向。同时，我们可以明显看到美国主流价值观对他的影响。事实上，我们也不能

---

① 盖茨.有色人民：回忆录［M］.王家湘，译.北京：北京大学出版社，2011：4.

② 尔龄，迪尔班科.论美国的黑人文学：兼评路易斯·盖茨的《象征的猴子》［J］.当代文坛，1995（6）：45.

③ LUBIANO W. Henry Louis Gates, Jr., and African-American Literary Discourse［J］. The New England Quarterly, 1989, 62（4）：570.

④ 朱小琳.视角的重构：论盖茨的喻指理论［J］.外国文学研究，2004（5）：143.

否认，"黑人在美国得以生存下来，几乎总是取决于他们适应，实际上是顺应居于统治地位的文化的能力"①。值得注意的是，盖茨的喻指理论不仅肯定了美国非裔文学的双重传统，他还否定了白人种族主义者对黑人的种族生物学定义和黑人民族主义者所专注的"黑人性"。最重要的是，在这种肯定与否定的辩证关系中，他通过重复与修正讨论了美国非裔文学的喻指特征及其经典建构。正如他所说的那样，"就像我们可以而且必须在更大的美国传统中援引黑人文本一样，我们可以而且必须在黑人自己的传统中援引黑人文本。这种传统不是由种族生物学的伪科学所定义，也不是由一种神秘的、被称为黑人性的共同本质所定义，而是通过对共同主题和修辞手法的重复和修正来定义。这个过程将黑人传统的标志性文本结合成一部经典，就像把独立的环连接在一起形成一个链条那样"②。

盖茨不但从杜波伊斯的双重意识引申出美国非裔文学的双重传统和文本中的双重声音，而且他还注意到美国非裔文学及文学批评的双重读者这一话题。"非裔文学及文学批评为谁而写"的问题一直困扰着美国非裔作家和批评家。该问题不仅涉及美国非裔文学的受众群体，而且它还会引发对美国非裔文学本质和功能的思考。盖茨在这一问题上表现出坚定的双重读者立场。就像"在传统之初，黑人作家就在为黑人和白人或混血读者写作"③一样，盖茨认为"我们必须向两个听众讲话"④。相对于他的黑人身份，盖茨的研究视角更加侧重于文学批评家的责任。他说道："在我看来，我们主要为其他文学批评家写作。"⑤需要注意的是，盖茨的文学批评也显示出黑人批评家的双重任务："他既要修复、传承和创新自身的传统，又要与西方文学理论进行对话和交流，并在互动过程中决定黑人文学批

---

① 富兰克林.美国黑人史［M］.张冰姿，等译.北京：商务印书馆，1988：初版序言2.

② GATES H L, Jr. Loose Canons: Notes on the Culture Wars［M］. Oxford: Oxford University Press, 1993: 39.

③ GATES H L, Jr. "What's Love Got to Do with It?": Critical Theory, Integrity, and the Black Idiom［J］. New Literary History, 1987, 18（2）: 355.

④ GATES H L, Jr. Introduction: Criticism in De Jungle［J］. Black American Literature Forum, 1981, 15（4）: 123-127.

⑤ GATES H L, Jr. Introduction: Criticism in De Jungle［J］. Black American Literature Forum, 1981, 15（4）: 123-127.

评理论的发展方向。"①可见，在盖茨的美国非裔文学批评中，白人读者占据重要地位，特别是在其美国非裔研究后期，"盖茨毫不含糊地选择了以白人为主的精英意见圈作为其主张的论坛。最引人注目的是他是《纽约客》的专职作家"②。

盖茨借助非洲古老神秘的神话文化意象，自主地再现非洲传统。同时，他也自觉地借鉴当代西方理论的框架，从而在两种异质文化的重新组合中实现双向超越。喻指理论的提出表明盖茨的美国非裔文学批评具有一种既立足非裔自身特点又吸收西方传统的立场。也就是说，"由于喻指在后索绪尔语言学和非洲移民文化中具有多重含义，这就为盖茨提供了一个巧妙跨越欧美和美国非裔文化鸿沟的关键词，从而使盖茨形成了一种既非普遍也非狭义排他主义的连贯而反本质主义的文化传统"③。

第三节　黑人知识分子的两难选择

从盖茨的个人微观际遇和宏观的社会情境可以看出，他的美国非裔文学批评立场既是个人选择也是时代选择。选择是多层面的，既有历史层面，又有现实层面，盖茨的研究立场是主流制度下黑人知识分子的自主选择。我们知道，选择涉及挑选和抉择两个方面，这里不免就有选择的范围问题，而选择的范围又受选择的背景制约，即盖茨是在何种条件下做出的选择？他的黑人知识分子身份是否限制了其视野？如果说借鉴西方是一种选择，那么这是消极选择还是积极选择？毕竟，在盖茨的美国非裔文学批评中，黑人传统是最根本的问题。与此同时，当代西方理论又是其理论建构的标杆。通过分析，我们可以看出，盖茨穿梭于黑白世

---

① 习传进.走向人类学诗学：二十世纪八九十年代非裔美国文学批评转型研究［M］. 北京：中国社会科学出版社，2007：133.

② REED A, Jr. Class Notes: Posing as Politics and Other Thoughts on the American Scene［M］. New York: The New Press, 2000: 86.

③ BERUBE M. Beneath the Return to the Valley of the Culture Wars［J］. Contemporary Literature, 1994, 35（1）: 223.

界，游走在提升种族与顺从主流的两难选择之间。

盖茨的选择塑造了喻指理论。总体来说，美国黑人文学研究者在面临"黑还是白？这是一个问题"时会遭遇三种选择情况：第一，没有选择的"自由"。这里指的是美国黑人遭受压迫与奴役时没有选择的能力，黑人文学完全按照白人主流标准进行衡量继而被忽略和否定。第二，可以有限选择的自由。这意味着美国黑人文学按照单维度的标准进行评价，但这种选择带有一些极端倾向。比较有代表性的就是融合主义诗学和黑人权力运动时期的黑人美学。第三，别无选择的选择。这种情况暗示出美国黑人批评家在强调黑人文学独特性的同时对限制选择的条件采取妥协的态度，而这种状况又体现了当代一些黑人知识分子的自我发展途径和美国黑人文学研究的生存策略。

迈克尔·贝鲁贝曾评论说："盖茨知道——并以多种方式说到——他生活和写作在黑人知识分子前所未有的机遇中。非裔美国人的艺术和文学从未像现在这样受欢迎，进步的黑人知识分子正逐渐从边缘走向我们国家生活的中心。"[1] 作为黑人知识分子的杰出代表，盖茨的美国非裔文学批评及理论建构为非裔文学从边缘走向中心作出了重要贡献。与此同时，这也有利于他顺利融入美国主流社会。李有成指出了盖茨的这种跨越行为："美国黑人在种族隔离的围墙崩塌之后进入白人的世界，并进一步与世界主要文明对话并携手合作。"[2] 值得注意的是，在这种合作中，盖茨选择"旨在通过将黑人文学置于低文化或民间文化的基础上，以一种胜利的反抗姿态来宣称黑人文学在美国高文化中的地位"[3]。但是，学者们对他的这种研究思路提出了质疑："事实上，没有证据表明美国早期的黑人作家受到民间文化的影响；在19世纪的大部分时间里，民间文化也没有在美国非裔文学的主线中扮演重要角色。"[4] 由于盖茨的美国非裔文学批评思想与其黑人知识分

---

① BERUBE M. Beneath the Return to the Valley of the Culture Wars[J]. Contemporary Literature, 1994, 35(1): 226.

② 李有成. 楷模：杜波依斯、非裔美国知识分子与盖茨的《十三种观看黑人男性的方法》[J]. 当代外语研究, 2010 (8): 4.

③ RICHARDS P M. The Norton Anthology of African American Literature by Henry Louis Gates, Jr. and Nellie Y. Mckay(Book Review)[J]. Commentary, 1998, 105 (6): 68–72.

④ RICHARDS P M. The Norton Anthology of African American Literature by Henry Louis Gates, Jr. and Nellie Y. Mckay(Book Review)[J]. Commentary, 1998, 105 (6): 68–72.

子身份之间的关系比较复杂，以下就从"美国黑人知识分子发挥的积极作用""对盖茨黑人知识分子身份的消极看法"和"知识分子无法独立于阶级之外"三个方面来讨论这一问题。

一、种族提升：黑人知识分子的积极作用

美国黑人群体的进步与发展离不开黑人知识分子的努力，他们往往被视为黑人的代言人和"十分之一杰出人士"而备受推崇。就像萨义德（Edward Wadie Said）所说的那样，"知识分子与政治责任之间的关系显然很重要"[1]。就美国的黑人知识分子而言，这种政治责任与种族提升直接相关。种族提升赋予黑人知识分子一份使命感，这也与他们在黑人社区自我标榜的社会角色有关。

在盖茨看来，美国非裔文学传统由于缺乏成熟的学术关注而受到忽视，因此，他要做的就是"将喻指话语从土语提升（lift）至文学批评话语"[2]。"提升"的说法在黑人，尤其是受过教育的中产阶级黑人中并不陌生。在这里，"盖茨援引了19世纪末黑人精英意识形态的一个关键隐喻'提升'（uplift），这是黑人中产阶级十分之一杰出人士'文明使命'的支柱"[3]。毫无疑问，盖茨努力把自己的理论建构融入黑人之中，从而为其找到精神归宿。他的文学批评也是从非裔文学自身的需求出发，突出非裔文学及文化的独特性，从而扩大非裔文学的影响力，进而为种族提升铺路。但是，盖茨从学术角度考察黑人文学传统，却忽略了"学院的文学研究方法和意识形态是建立在白人种族特权（和阶级）的结构之中"[4]。不难看出，盖茨所谓的"提升"是一种在相对封闭的学术视角下的有限"提升"。

1903年，杜波依斯在《十分之一杰出人士》（*The Talented Tenth*）一文中写道："与其他种族一样，黑人种族将被其杰出人士所拯救……他们可以引领民众远离污秽和死亡，……从一开始，就是由受过教育并且有智慧的黑人领导和提升

---

① 萨义德.知识分子论［M］.单德兴，译.北京：生活·读书·新知三联书店，2016：122.

② GATES H L, Jr. The Signifying Monkey: A Theory of African-American Literary Criticism［M］. Oxford: Oxford University Press, 1988: xxi.

③ SANTAMARINA X. The Literary Theory of American Afro-centrism［J］. Early American Literature, 2015, 50（3）, 856.

④ SANTAMARINA X. The Literary Theory of American Afro-centrism［J］. Early American Literature, 2015, 50（3）, 856.

民众。"①1948年，杜波依斯在《十分之一杰出人士纪念演说》(*The Talented Tenth Memorial Address*) 中重新审视了自己对"十分之一杰出人士"的认识。他看到杰出人士中的黑人知识分子存在不少问题，并认为在他们中间不乏粗心懒惰和自私自利之人。随后，杜波伊斯又提出"新十分之一杰出人士"这个概念。在他看来，"新十分之一杰出人士"必须无私、有远见并且具有领导力。他表示，"我对'十分之一杰出人士'有了新的想法：群体领导的概念 (the concept of a group-leadership)。他们不仅受过教育，勇于自我牺牲，而且对当今世界的形势和危险有着清晰的认识，能够引导美国黑人与欧洲、美洲、亚洲和非洲的文化群体结盟，并展望一种新的世界文化"②。在这篇文章中，杜波伊斯尤其强调了"文化群体"这一概念。他在文中所倡导的不仅仅是种族的骄傲，更是文化群体的骄傲。这一群体在发展理想的基础上整合并扩展，从而形成一种进步的力量。

1996年，盖茨和科内尔·韦斯特合著的《种族的未来》是对杜波伊斯《十分之一杰出人士》和《十分之一杰出人士纪念演说》的回应。与杜波依斯所处的时代不同，盖茨和韦斯特面对的现实是：黑人中产阶级规模不断扩大；与此同时，黑人贫困阶层人数也在增加。他们在《种族的未来》一书的序言中指出，"对于黑人中产阶级——杜波依斯'十分之一杰出人士'的继承者来说，这是最好的时代；对于我们社区中同样多的另一些人而言，这是最坏的时代"③。盖茨和韦斯特认为黑人知识分子需要为黑人社区承担责任。他们意识到："只有面对白人种族主义和我们自己未能抓住主动权并打破贫困恶性循环的双重现实，我们这些十分之一杰出人士的后代，才能为 (for) 黑人社区并在 (within) 黑人社区承担起新的领袖角色。"④盖茨在《杰出人士的寓言》(*Parable of the Talents*) 一文中谈到了他对种族和黑人贫困等问题的看法，"美国黑人需要一种政治，其首要任务不是强化美国黑人这个概念，我们需要的话语所关注的中心不是要维护种族这个概念或维护种族一致性。我们需要的目前还未获得：一种言说黑人贫困的方式，这种

① BOIS W E B D. The Talented Tenth[M]// GATES H L,Jr,WEST C. The Future of the Race. New York：Alfred A. Knopf，1996：133–134.

② BOIS W E B D. The Talented Tenth Memorial Address ［M］// GATES H L，Jr，WEST C. The Future of the Race. New York：Alfred A. Knopf, Inc.，1996：168.

③ GATES H L，Jr，WEST C. The Future of the Race ［M］. New York：Alfred A. Knopf, Inc.，1996：xii.

④ GATES H L，Jr，WEST C. The Future of the Race ［M］. New York：Alfred A. Knopf, Inc.，1996：xv.

方式不会歪曲黑人进步的现实；一种言说黑人成就的方式，它也不会扭曲黑人贫困的持续现实"①。

盖茨的美国非裔文学批评有一个显著的特点，那就是他深刻地认识到教育对黑人发展的影响，并把美国非裔文学与非裔美国人的人文教育联系起来。事实上，斯特普托在《教学重建》中就强调了美国非裔文学教学的重要性。相比较而言，盖茨从一个更加宏观的维度阐释了美国非裔文学教学和教学改革的问题。他指出，"文化民族主义一直是西方教育的组成部分。作为人文主义者，我们今天面临的挑战就是学会在没有它的情况下生活……我相信我们可以重新思考通识教育（liberal education）的作用，而不需要文化民族主义或遗传主义的概念残余"②。一方面，对通识教育的强调源于美国非裔学生对自身文化传统的需求；另一方面，这也与教育本身的责任有关，即"民主社会的教育必须包括与少数群体相关、出自少数群体和为了少数群体的教育"③。值得注意的是，盖茨意识到教育机构在黑人教育方面发挥的重要作用。他倡议以机构的通识教育为突破口发展黑人教育，并从通识教育这一更大的目标谈高等教育改革。

盖茨强调学科教学中比较的重要性，并将其与学院的课程体系改革联系起来。就此，他这样说道："我们需要重新思考比较文学的整体概念……我认为，除了传统的西方文明史课程之外，我们还应该设计一门真正以人为本的必修人文课程，这样学生就能够以比较的方式来了解文明史本身。"④盖茨表示，"在某种程度上，美国人对世界历史和文化知之甚少，这是因为美国高中和大学的核心课程主要集中在欧洲和美国社会。美国是自希腊以来文明的逻辑结论或总结……我们对自然地理的无知是对更广泛的世界文化无知的症状"⑤。迈克尔·贝鲁贝指出，

① GATES H L, Jr. Parable of the Talents [M] // GATES H L, Jr, WEST C. The Future of the Race. New York: Alfred A. Knopf, 1996: 38.

② GATES H L, Jr. The Transforming of the American Mind [J]. New Directions for Teaching and Learning, 1990 (44): 37.

③ GATES H L, Jr. The Transforming of the American Mind [J]. New Directions for Teaching and Learning, 1990 (44): 33.

④ GATES H L, Jr. The Transforming of the American Mind [J]. New Directions for Teaching and Learning, 1990 (44): 40.

⑤ GATES H L, Jr. Loose Canons: Notes on the Culture Wars [M]. Oxford: Oxford University Press, 1993: 112–113.

"正如福柯学派和葛兰西学派所说，这种症状性的美国人的无知并不是被动的；它必须被生产和维持。但我认为，像盖茨这样的批评家越频繁地出版像《松散的经典》这样的书供公众消费，这种文化就越难准许和宽恕公众对国内外多元文化的无知"①。

　　盖茨把种族提升与多元文化主义结合在一起。在谈到自己倡议以多元文化主义取代民族中心主义的立场时，他认为种族研究部门发挥了积极作用："我谈了很多关于多元文化主义本身的好处，它是不受狭隘的民族中心主义束缚的学术的自然形态，也是对校园里持续存在的种族主义的一种回应。最优秀的种族研究部门为学术多样性的理想作出了真正的贡献。"②但是，盖茨所说的这种理想的多元状态在源头上就存在不少问题。一方面，主流机构在多大程度上允许多元就很有弹性。比如："虽然数百本忽略或诋毁少数族裔的教科书现在都包含了对他们准确和富有同情心的材料，但有关和平、正义和自由的旧故事不允许改变。"③此外，杰瑞·沃茨认为："多元文化主义除了仅在学院的少数几个学科存在之外，盖茨和其他人可能夸大了多元文化课程在减少种族和性别狭隘主义方面的价值。"④另一方面，机构的支持本身也很有限。盖茨自己也意识到这一点："针对招收少数族裔教师的平权行动计划只有在有强大种族研究项目的机构才能取得成功。"⑤如果换一个角度来思考，按照盖茨的这种表述，我们也可以推断出他所取得的成就和其美国非裔文学理论的影响力无疑受益于这种强大机构的支持。

二、脱离黑人民众：对盖茨黑人知识分子身份的消极看法

　　盖茨的美国非裔文学批评遭受质疑和声讨的一个重要原因在于他作为黑人知

---

① BERUBE M. Beneath the Return to the Valley of the Culture Wars [J]. Contemporary Literature, 1994, 35 (1): 227.

② GATES H L, Jr. The Transforming of the American Mind [J]. New Directions for Teaching and Learning, 1990 (44): 41.

③ RIGGENBACH J. Why American History Is Not What They Say: An Introduction to Revisionism [M]. Charleston: Createspace Independent Publishing Platform, 2009: 184.

④ WATTS J G. Response to Henry Louis Gates, Jr.'s "Good-Bye Columbus?" [J]. American Literary History, 1991, 3 (4): 739.

⑤ GATES H L, Jr. The Transforming of the American Mind [J]. New Directions for Teaching and Learning, 1990 (44): 41.

识分子脱离黑人民众并向白人权力机构靠拢的做法。

事实上，广义上的知识分子与社会机构的关系一直受到学者们的密切关注。例如，在《知识分子论》（*Representations of the Intellectual*）一书中，萨义德就借用德布雷（Regis Debray）的论点表述自己对这个问题的看法，即"知识分子与社会公共机构结盟，并从那些机构中得到权力和权威"[①]。王增进在《批判知识分子的批判》"译序"中提到霍夫斯塔特（Richard Hofstadter）的专著《美国生活中的反智主义》（*Anti-Intellectualism in American Life*）中总结性的一章《知识分子：疏离与顺从》时表示，"霍氏指出，美国知识分子与社会的关系并不是一开始就是疏离的……直到1890年以后，美国知识分子才明确了自身疏离的立场，并投身于为言论自由和批判自由而进行的斗争。'二战'之后，美国知识分子又纷纷摒弃疏离立场，融入体制"[②]。值得注意的是，霍夫斯塔特在《知识分子：疏离与顺从》一文中引用了犹太移民后裔欧文·豪的观点，即"知识分子已深深滑入文化适应的泥淖"。霍夫斯塔特论述道："他（欧文·豪）说，资本主义'在最近时期已为知识分子找到体面的位置'，这些知识分子不仅没有抵制被收编，反而因重新投入'国家的怀抱'而欣欣然。'从某种程度上说，我们都是顺从者。'即使那些仍旧试图保持批判姿态的人，也已变得'负责、中庸和温顺'。"[③] 还有不少关于知识分子追求权威和地位的看法。比如，埃里克·霍弗（Eric Hoffer）认为知识分子有一种内在的被认可并获取权威的需求。他指出，"几乎所有种类的知识分子都有一种共同的、内在的渴求，这种渴求决定着他们对现行秩序的看法。那便是对获得认可的渴求，对超越芸芸众生的显赫地位的渴求"[④]。

相比较而言，美国黑人知识分子与主流社会的关系就更为复杂。如果说，广义上的知识分子疏离或融入体制的参照维度是单极的，那么，黑人知识分子不仅涉及与白人主流体制的疏离与融入问题，同时，他们还面临与黑人民众的关系问

---

① 萨义德.知识分子论［M］.单德兴，译.北京：生活·读书·新知三联书店，2016：77–78.

② 王增进.《批判知识分子的批判》译序［M］//布伦蒂埃，等.批判知识分子的批判.王增进，译.北京：中国社会科学出版社，2007：8.

③ 霍夫斯塔特.知识分子：疏离与顺从［M］//布伦蒂埃，等.批判知识分子的批判.王增进，译.北京：中国社会科学出版社，2007：148.

④ 霍弗.文人［M］//布伦蒂埃，等.批判知识分子的批判.王增进，译.北京：中国社会科学出版社，2007：20.

题。哈罗德·克鲁斯（Harold Cruse）在《黑人知识分子的危机》（*The Crisis of the Negro Intellectual*）一书中就集中讨论了美国黑人知识分子脱离黑人民众的倾向。在他看来，"具有创造力的黑人知识分子从来没有因为他们的社会角色而对黑人世界负责"①。皮洛·达格博维（Pero Gaglo Dagbovie）指出，"克鲁斯坚信，自20世纪30年代以来，美国非裔知识分子就不再独立思考，而是寻求美国白人社会的接纳，即使这意味着逃离自己非裔美国人的历史文化之根"②。

韦斯特结合"成功"的黑人知识分子与"不成功"的黑人知识分子之间的差异，一针见血地指出了美国黑人知识分子面临着严峻的挑战。他表示，大多数黑人知识分子都容易陷入两个阵营：成功者——远离（通常居高临下）黑人社区；不成功者——蔑视白人知识分子的世界。"成功"的黑人知识分子往往不加批判地屈从于白人学院的主流范式和研究方案，而"不成功"的黑人知识分子则封闭在自己的狭隘话语中。在韦斯特看来，美国黑人知识分子有两种选择，一种是俗气的伪世界主义，另一种是带有倾向性和宣泄性的地方主义。然而，多数黑人社区对这两类知识分子都持不信任的态度，因为他们都没有对黑人社区产生积极影响。甚至可以说，"选择成为一名黑人知识分子是一种自我强加的边缘化行为，这就确定了黑人知识分子在（in）黑人社区和对（to）黑人社区的边缘地位"③。

盖茨为什么要建构美国非裔文学批评理论？这一问题的答案看起来似乎再简单不过：因为美国非裔文学没有理论，而西方理论又不适合直接运用于非裔文学。这内外双重原因引发了盖茨的美国非裔文学研究及理论建构。但也有不少人对此提出异议。他（她）们认为，盖茨的研究动机并非像他所宣称的那样。在他的美国非裔文学批评反霸权的表象背后，潜藏着融入主流体制的意图。熊彼特（Joseph Alois Schumpeter）在1942年出版的《资本主义、社会主义与民主》（*Capitalism, Socialism and Democracy*）一书中指出，"知识分子之所以热衷于批判，是因为他们靠批判为生，只有批判才能显示他们的存在价值，才能获得他们想要的社会位置。而之所以资本主义社会盛产知识分子，是因为资本主义社会为他们

① CRUSE H. The Crisis of the Negro Intellectual［M］. New York: William Morrow & Company, Inc., 1967; 454.

② DAGBOVIE P G. History as a Core Subject Area of African American Studies: Self-Taught and Self-Proclaimed African American Historians, 1960s-1980s［J］. Journal of Black Studies, 2007, 37（5）: 615.

③ WEST C. The Dilemma of the Black Intellectual［J］. Cultural Critique, 1985（1）: 110.

这种动机的满足提供了各种有利条件"①。参照这种观点,我们也可以联想到,受到西方文化熏陶的黑人知识分子,如果接受主流机构的吸纳与收编,他们就很难成为现有体制的反对者。盖茨并没有重点批判美国社会系统性的种族歧视。比如,在《有色人民》一书中,他就淡化了20世纪五六十年代美国种族冲突的状况,甚至在一定程度上表现出种族隔离被取消之后的伤感。他这样写道:"只是在后来我才逐渐认识到,对于皮德蒙特的许多有色人来说——特别是对于许多老一代的科尔曼家族的人——种族隔离的取消给他们的感觉是遭受到了一种损失。那种犹如子宫般温暖和滋养的有色人世界在缓慢而不可避免地消失,这个过程其实在1956年他们最后一次关闭霍华德学校大门的那一天就开始了。"②

众所周知,盖茨美国非裔研究的目标受众并没有仅仅局限于黑人群体,他也是《纽约时报》《纽约客》和《时代周刊》等美国主流刊物的撰稿人。如果结合萨义德在《知识分子论》中有关《纽约时报》与通俗小报之间差异的说法,我们就不难理解盖茨作为黑人知识分子的代表在主流社会所发挥的作用。萨义德认为:

> 一家通俗小报和《纽约时报》的差异在于《纽约时报》期许成为(而且经常被认为是)备案的全国性报纸,它的社论反映的不只是少数人士的意见,也被认为是整个国家所认知的真理。相对的,小报的设计是通过煽情的文章和抢眼的排版来攫取立即的注意。在《纽约时报》上刊登的任何文章都带有严肃的权威,暗示着长期的研究,缜密的思索,审慎的判断。社论中所用的"我们"当然直指编辑自己,但同时也暗示民族集体的认同,如:"我们美国人"。③

不少黑人知识分子在白人占主导地位的机构从事教学和研究,他们潜移默化地吸收了西方传统的诸多要素。当这些黑人知识分子忽略较低阶层的生活状况,

---

① 王增进.批判知识分子的批判:回顾与思考[M]//布伦蒂埃,等.批判知识分子的批判.王增进,译.北京:中国社会科学出版社,2007:258.

② 盖茨.有色人民:回忆录[M].王家湘,译.北京:北京大学出版社,2010:154-155.

③ 萨义德.知识分子论[M].单德兴,译.北京:生活·读书·新知三联书店,2016:45.

不再代表黑人底层利益的时候，这种分化就会使他们与黑人民众之间形成紧张关系，并产生距离感。

在回顾《喻指的猴子》出版20周年的一篇文章中，乔伊斯把自己与盖茨等人的论争归因于像盖茨这样的黑人精英在已经获得认可和安全感的情况下排斥其他黑人。她认为，由于盖茨等人在主流学术界的地位，"他们的论文主要不是作为对我的答复而写的……在一个白人男性主导的领域／世界里，当黑人达到职业生涯的顶峰时，他们的这些论文就是为了缓解自己的不安全感"①。乔伊斯把盖茨对安全感的渴求和《喻指的猴子》中猴子在喻指时对安全的需求进行了类比。她指出，"在《喻指的猴子》中，猴子利用话语的力量操纵狮子和大象，以确保自己的生存。猴子的生存依赖于它与狮子和大象对语言的共同理解。猴子就是利用和破坏这种共性的。此外，猴子必须待在树上直到狮子离开——也就是说，直到猴子的环境安全。对安全的需求，即黑人生活的政治和社会安全，是盖茨的后结构主义意识形态不允许他探索的'本质点'"②。乔伊斯的这番言论折射出美国非裔文学批评家在选择和确定研究范围时的尴尬和困窘。事实上，乔伊斯所说的盖茨寻求安全感的研究态度在很大程度上是由他的阶级身份所决定的。的确，知识分子的阶级属性一直是相关研究领域的关注焦点，以下就重点讨论黑人知识分子的中产阶级身份对盖茨批评思想的影响。

三、"知识分子无法独立于阶级之外"

在葛兰西看来，"作为一个特殊的社会范畴，知识分子无法独立于阶级之外"③。费迪南·布伦蒂埃更是明确指出，"知识分子对所有非知识分子充满了一种不温不火却根深蒂固、超验却无法抗拒的蔑视"④。詹姆斯·拉尔夫（James

---

① JOYCE J A. A Tinker's Damn: Henry Louis Gates, Jr., and The Signifying Monkey Twenty Years Later[J]. Callallo, 2008, 31（2）: 373.

② JOYCE J A. A Tinker's Damn: Henry Louis Gates, Jr., and The Signifying Monkey Twenty Years Later[J]. Callallo, 2008, 31（2）: 379.

③ GRAMSCI A. Selections from the Prison Notebooks of Antonio Gramsci[M]. HOARE Q, SMITH G N, trans. London: ElecBook, 1999: 131.

④ 布伦蒂埃. 案发之后［M］// 布伦蒂埃，等. 批判知识分子的批判. 王增进，译. 北京: 中国社会科学出版社, 2007: 16.

Ralph）曾以凯文·盖恩斯（Kevin K. Gaines）的《种族提升：20世纪的黑人领导力、政治和文化》（*Uplifting the Race：Black Leadership，Politics，and Culture in the Twentieth Century*，1996）一书为例，强调黑人中产阶级精英脱离黑人民众的状况。他说："盖恩斯总结了黑人精英对那些行为方式和家庭生活偏离中产阶级规范的普通黑人缺乏深切的同情。黑人精英的思想和行为加强了种族和性别的等级制度。"[1]朱利叶斯·阿明（Julius A. Amin）在《种族提升：20世纪的黑人领导力、政治和文化》的书评中也对中产阶级黑人进行了尖锐的批判："中产阶级黑人是普遍受过教育的精英。他们提倡'占统治地位的英美资产阶级的价值观'。他们呼吁融合，但又担心其他黑人融入主流社会可能导致竞争……盖恩斯认为黑人中产阶级已经'内化了种族主义'。他们不加批判地接受'黑人问题'的概念，指责黑人穷人和贫民窟居民对他们的状况负有部分责任……他们没有考虑奴隶制、私刑和种族隔离对城市贫民的长期影响。"[2]

一些学者把盖茨的黑人知识分子身份和他在美国主流机构中的职业风格联系起来，并借此讨论他在美国非裔研究中的立场。比如，菲利普·理查兹就曾结合盖茨的黑人知识分子身份这样说过："在哈佛任教的多产的盖茨已经形成了一整套完整的职业风格（professional style），旨在象征性地表达黑人知识分子的情绪。这些知识分子有意以对抗的姿态留在'体制'（the system）内。"[3]如果按照这种说法，我们不难推断出，盖茨并不是美国主流社会的反叛者，他更多的是着眼于学术研究，而不是促成相应的社会变革。

理查兹提到的职业风格也就是贝克所概括的职业化。贝克从阶级利益的层面论述了美国黑人知识分子的职业化倾向。他表示，"我们可以描述出自第二次世界大战以来美国非裔不断上升的阶级利益。一方面，这迫使学者们从民众的角度评价美国非裔的表述文化；另一方面，这又迫使他们采用一种似乎与民众利益相

---

①　RALPH J. Uplifting the Race：Black Leadership，Politics，and Culture in the Twentieth Century by Kevin K. Gaines（Book Review）[J]. Journal of American History，1996，83（3）：1045.

②　AMIN J A. Uplifting the Race：Black Leadership，Politics，and Culture in the Twentieth Century by Kevin K. Gaines（Book Review）[J]. History：Reviews of New Books，1997，25（2）：55.

③　RICHARDS P M. The Norton Anthology of African American Literature by Henry Louis Gates，Jr. and Nellie Y. Mckay（Book Review）[J]. Commentary，1998，105（6）：68-72.

悖的批评的'职业化'（professionalism）态度"[1]。贝克的这种说法让我们联想到萨义德关于知识分子"职业化"[2]的论断：

> 今天对于知识分子特别的威胁，不论在西方或非西方世界，都不是来自学院、郊区，也不是新闻业和出版业惊人的商业化，而是我所称的专业态度（professionalism，也可译为职业态度）。我所说的"专业"意指把自己身为知识分子的工作当成稻粱谋，朝九晚五，一眼盯着时钟，一眼留意什么才是适当、专业的行径——不破坏团体，不逾越公认的范式或限制，促销自己，尤其是使自己有市场性，因而是没有争议的、不具政治性的、"客观的"。[3]（括号中对professionalism的注释为该书的翻译原文所标注。）

贝克认为像盖茨这样的"重建主义者被文学批评的'职业化'所阻碍，而这受到他们新兴的阶级利益的影响"[4]。

如果说黑人权力和黑人艺术运动代表了底层黑人民众的利益，那么，在贝克眼中，"新黑人中产阶级"[5]就是美国非裔文学批评家的标签。他明确指出，"非裔美国人的纵向流动导致20世纪70年代出现了所谓的'新黑人中产阶级'。在过去20年，由于激进政治的影响，白人学院的大门、人员名册和金库向少数族裔群体开放，这就为美国非裔批评家的出现提供了条件，他们采用白人竞争对手的姿态、标准和词汇。近年来……出现了一批美国非裔发言人，他们的阶级地位和

---

① BAKER H A. Generational Shifts and the Recent Criticism of Afro-American Literature[J]. Black American Literature Forum, 1981, 15（1）: 3.

② 本书把professionalism译为"职业化"。单德兴在翻译萨义德的专著《知识分子论》时，将之译为"专业态度"或"职业态度"，本书在此处的引用保留了原译。另外，该词还有一些其他译法。比如，赵建红在其博士论文《赛义德的文学与文化批评理论研究》中将它译为"专业化"，参见赵建红. 赛义德的文学与文化批评理论研究[D]. 北京：北京语言大学，2007.

③ 萨义德. 知识分子论[M]. 单德兴，译. 北京：生活·读书·新知三联书店，2016: 82.

④ BAKER H A. Generational Shifts and the Recent Criticism of Afro-American Literature[J]. Black American Literature Forum, 1981, 15（1）: 11.

⑤ BAKER H A. Generational Shifts and the Recent Criticism of Afro-American Literature[J]. Black American Literature Forum, 1981, 15（1）: 21.

特权取决于他们是否遵守公认的（白人）职业标准"①。随着美国非裔文学批评的逐步发展，非裔批评家在学术机构中的职业化倾向日趋明显。然而，美国非裔文学批评家以阶级为导向的职业化的一个结果是，他们有时会不加批判地把从白人学者那里借来的文学理论强加给美国非裔文学。在贝克看来，这种借用对美国非裔文学研究是灾难性的。比如，借用当代西方理论虽然有助于美国非裔文学批评的理论化，但同时也带来了一些晦涩甚至对非裔文学研究毫无意义的术语。他表示，"新兴的一代在呼吁对美国非裔文学进行严肃的文学研究方面是正确的。但我相信，在大量采用术语和对白人'职业'批评家的含蓄假设方面，他们是被误导的"②。

　　职业化的美国非裔文学研究逐渐成为主流机构的事务。与此同时，职业化带来的一个问题就是精英化。阿卜杜尔·阿尔卡利马特（Abdul Alkalimat）指出，"精英们通常是以一种非常不民主的方式进行黑人研究。少数人往往主导着每个意识形态网络的活动……这是一个垂直的结构，一个等级制度。它通过维持权威来源来保护意识形态，并通过知名度创建一个更易于管理的市场"③。盖茨的美国非裔文学批评带有明显的精英化特征，他对当代主流理论的借鉴以及他与一些著名机构的联系无疑使他"有别于乔伊斯等贬损者所理解的美国非裔文学批评的另一种传统"④。如果参照萨义德所说的"对有权势的人发言的知识分子，而他们自己也成了有权势的知识分子"⑤，那么我们也可以就此推断——通过与主流机构的对话与合作，盖茨也成为有权势的黑人知识分子。

　　盖茨与美国主流机构的关系，特别是他所表现出来的向白人权力阶层靠拢的妥协意识为他招致更多的批评。哈佛大学教授马丁·凯尔森（Martin Kilson）认为："几乎没有证据表明盖茨的知识分子人格（intellectual persona）受到与激进的

①　BAKER H A. Generational Shifts and the Recent Criticism of Afro-American Literature［J］. Black American Literature Forum, 1981, 15（1）: 11.

②　BAKER H A. Generational Shifts and the Recent Criticism of Afro-American Literature［J］. Black American Literature Forum, 1981, 15（1）: 11.

③　ALKALIMAT A. eBlack Studies: A Twenty-First-Century Challenge［J］. Souls, 2000, 2（3）: 71.

④　WERNER C. The Signifying Monkey: A Theory of Afro-American Literary Criticism by Henry Louis Gates, Jr.（Book Review）［J］. The Journal of English and Germanic Philology, 1991, 90（2）: 267.

⑤　萨义德.知识分子论［M］. 单德兴, 译.北京: 生活·读书·新知三联书店, 2016: 121.

黑人民族认同精神相关的传统的影响。他的知识分子人格主要是由我所说的'群体荣誉衍生的外在模式'所塑造。这种外在模式涉及族群感，这种族群感主要是通过外向型，通过将自己或族群的手放在美国既定的偏好上来获得——科内尔·韦斯特恰如其分地称之为'白人规范性凝视'前的屈从。"①

美国主流权势收编黑人知识分子的做法确实取得了一些实效。毕竟，不少充斥着美国主流意识形态的思想和观点在抵达黑人民众之前，会先经过黑人知识分子的过滤进而影响黑人民众的思维。萨义德在《知识分子论》中举过一个例子，"一位名叫贾克比（Russell Jacoby）的不满现状的美国左翼知识分子出版了一本书，激起许多的讨论，其中多为赞同之词。此书书名为《最后的知识分子》，主张的是下述无懈可击的论点：在美国'非学院的知识分子'已经完全消失了，取而代之的是一整群怯懦、满口术语的大学教授……这些人由委员会雇佣，急于取悦各式各样的赞助者和部门……"②。与萨义德提到的广义上的美国知识分子的状况类似，一些美国黑人知识分子也难逃迎合白人主流机构的嫌疑。

在美国非裔研究中，白人的关注和资助始终是无法回避的一个话题。但是，白人机构的支持有着特定的目标。比如，马古贝恩就曾指出，"在历史上，美国非裔研究一直与特定的机构联系在一起，这些机构的档案中保存着特定黑人知识分子的著作和论文。这是一项非常昂贵的事业，需要像卡内基、洛克菲勒或福特基金会这样的捐助者支持。这些统治阶级机构一直不愿意支持保留激进的黑人传统，因此，布克·华盛顿（Booker T. Washington）和马丁·路德·金（Martin Luther King）的演讲和著作被很好地存档和查阅，而马尔科姆·X（Malcolm X）和弗朗茨·法农（Frantz Fanon）的演讲和著作却没有专门的研究档案"③。鉴于此，白人机构中的美国非裔文学研究会造成非裔文学及文学批评独特性的彰显还是消解这一问题值得深入思考。在乔伊斯看来，"种族融合最有害的后果是黑人知识分子与黑人民众的脱离，以及在白人为主的学术机构内'黑人文化独特性的

---

① KILSON M. Black Intellectual as Establishmentarian: Henry Louis Gates' Odyssey [J]. The Black Scholar, 2001, 31 (1): 20-21.

② 萨义德. 知识分子论 [M]. 单德兴, 译. 北京：生活·读书·新知三联书店，2016：79-81.

③ MAGUBANE Z. "Call Me America": The Construction of Race, Identity, and History in Henry Louis Gates Jr.'s Wonders of the African World [J]. Cultural Studies↔Critical Methodologies, 2003, 3 (3): 256.

消解'"①。但是，杜比（Madhu Dubey）认为乔伊斯的观点也有待商榷。在他看来，"白人占主导地位的学院可以被看作是产生种族差异的文本的重要场所，这一点从这些精英机构的黑人学者出版的关于黑人文学土语理论的著作中就可以明显看出来"②。

　　时代的发展无法阻止美国黑人中产阶级的不断壮大以及黑人文学研究的学术化进程。从某种意义上来说，乔伊斯倡议的将学院中的黑人研究与美国黑人的政治需求联系起来的目标也很难实现。比如，杜比就曾明确指出，"乔伊斯严厉地批评了把美国学院与政治相分离的做法。然而，她所呼吁的对黑人社区负责的政治批评仍然停留在口头上"③。可见，美国非裔文学批评家与黑人民众的关系不是简单一维的。如果说，美国非裔文学批评理论的产生不能说明这些非裔学者与黑人民众的联系，那么，以非洲为中心的美国非裔文学批评实践也很难确保这种联系。

　　盖茨的美国非裔文学批评既在一定程度上满足了非裔文学研究自身的发展需求，又迎合了白人主流社会的期待。王增进在《后现代与知识分子社会位置》一书中表示，"知识分子虽说摆脱不了对金钱和权力的诉求，但无疑这两样东西并不是他们最看重的，他们最看重的往往是他们的智力劳动是不是得到社会的广泛认可"④。他认为，知识分子要受到广泛认可有两个先决条件——"首先，知识分子的成果必须是社会所需要的，或者说，知识分子的成果必须对当时社会的某主流群体具有正功能。如果社会无此需要，即使成果再伟大，也不会有人问津……。其次，社会当中必须存在一定的'文化鸿沟'，也就是说，社会成员的受教育水平是不平均的，高低差距明显，只有这样，才能使一般大众对知识分子产生'仰视'的感觉"⑤。从这种观点来看，作为卓越的黑人知识分子代表，盖茨的美国非裔文学批评的确满足了这两个条件，这或许也是他位居美国非裔文学研

①　DUBEY M. Warriors, Conjurers and Priests: Defining African–Centered Literary Criticism by Joyce Ann Joyce（Book Review）[J]. African American Review, 1996, 30（3）: 467.

②　DUBEY M. Warriors, Conjurers and Priests: Defining African–Centered Literary Criticism by Joyce Ann Joyce（Book Review）[J]. African American Review, 1996, 30（3）: 467.

③　DUBEY M. Warriors, Conjurers and Priests: Defining African–Centered Literary Criticism by Joyce Ann Joyce（Book Review）[J]. African American Review, 1996, 30（3）: 467.

④　王增进. 后现代与知识分子社会位置 [M]. 北京：中国社会科学出版社，2003: 57.

⑤　王增进. 后现代与知识分子社会位置 [M]. 北京：中国社会科学出版社，2003: 58.

究核心地位的原因之一。

本章小结

美国黑人知识分子与黑人民众和主流机构的关系值得我们深入探究。颇有意味的是，盖茨和韦斯特在《种族的未来》一书的序言中表示，"作为一位领袖并不一定意味着被爱；爱自己的社区意味着在短期内敢于冒与该社区疏远与不和的风险，以打破我们长期处于的贫困、无望和绝望的循环"[①]。可见，盖茨等人意识到"十分之一杰出人士"在履行种族责任时必须关注黑人面临的严峻形势，不能回避黑人问题。与此同时，为了种族的未来，他们也做好了短期内被误解的准备。但是，从另一个角度来看，盖茨作为黑人知识分子的处境之难更多地体现在他摇摆于提升种族与顺从主流两种选择之间。

盖茨的美国非裔文学批评既关注种族因素，又考虑到主流社会的接受程度及其产生的学术影响。盖茨在他的批评实践及理论建构中主要遵循了两个原则：第一，坚决突出黑人特征，立足土语，有针对性地强调黑人文学的研究需求。第二，借鉴当代西方理论，寻找并确定非裔文学批评与主流理论的通用规则。不可否认，美国黑人知识分子在提升种族方面发挥着重大作用。盖茨积极倡导黑白之间的对话，让公众有机会更多地了解黑人文学和文化。与此同时，我们也要注意到，强烈的批判意识是黑人知识分子的标志性特征之一。但是，盖茨更多的是在反思以往黑人文学研究的弊端，而不是重点批判历史上曾经遏制黑人发展的外部主流体制。他是黑人中的名流，与白人机构联系紧密，拥有各种社会荣誉和让人羡慕的社会地位。然而，"盖茨的批评者，尤其是一些非裔美国知识分子中的批评者，认为他的卓越声望并非来自本人的学术深度，而是他颇具争议的政治态度"[②]。就像巴克斯特·米勒（R. Baxter Miller）所指出的那样，"黑人批评家要么

---

① GATES H L, Jr, WEST C. The Future of the Race [M]. New York：Alfreed A. Knopf, Inc., 1996：xvi.

② 哈旭娴. 盖茨与非裔美国公共知识分子的伦理困境 [J]. 外国文学, 2017（3）：112.

会有失去主流认可的风险，要么为了获得超越的普遍性而压抑种族自我"①。

就像任何一种批评思想的出现都离不开直接的内部因素和潜在的外部缘由那样，盖茨美国非裔文学批评思想的形成也有其内外两个维度。比如，喻指理论的产生既是美国非裔文学研究不断发展的产物，又是对先前非裔文学批评思想的继承与创新。同时，该理论也受到当代西方理论的影响，与外部社会体制密切相关。如果说，盖茨的批评思想在非裔学者们的论争中彰显出美国非裔文学及文学理论的内在诉求，那么，美国主流社会的政策支持和机制导向则推动了喻指理论与当代文学理论的交流对话，并扩大了喻指理论的影响力。也就是说，这种内外因素的合力促进了盖茨美国非裔文学批评思想的形成与发展。

---

① MILLER R B. Black is the Color of the Cosmos: Essays on Afro-American Literature and Culture, 1942-1981 by Charles T. Davis, Henry Louis Gates, Jr. and A. Bartlett Giametti (Book Review) [J]. Black American Literature Forum, 1984, 18 (4): 178.

结　论

　　由于美国黑人被奴役的历史、社会生活中结构性的种族问题、先前美国非裔作家以及批评家过于强调非裔文学的功能性等原因，美国非裔文学一度处于被忽视的状态，这就给后来的非裔文学批评家带来了挑战。从何种视角审视美国非裔文学并建构非裔理论？如何在保护自身传统的同时为主流社会所接受？如何建构美国非裔文学经典？以及怎样为非裔美国人赢得更多话语权？就成为盖茨不断思考并尝试回答的一系列重大问题。盖茨在美国非裔研究领域发挥的积极作用、其文学和文化思想的复杂性以及个人成就的多面性，对其美国非裔文学批评思想的体系化研究具有重要意义。他的美国非裔文学批评给我们带来不少启示，但也存在一些难以突围的困境和不易调和的矛盾。

一、盖茨美国非裔文学批评思想的启示

　　盖茨深刻地意识到美国非裔文学研究的复杂性、矛盾性和艰巨性。他在非裔文学批评中表现出敏锐的眼光和开放包容的态度，采取既立足文本语言又关注多元文化的实践性理论建构策略。在"传统与文本喻指"主基调的关照下，盖茨把喻指理论的建构放在保护传统的完整性和对经典形构的批评实践过程中展开。这种研究思路避免了美国非裔文学批评中常见的极端化倾向，提高了非裔文学的认可度，增强了非裔理论与当代西方理论的可通约性，并促进了两者的交流对话。盖茨美国非裔文学批评思想的启示具体体现在以下五个方面：

　　第一，盖茨尝试以少数族裔边缘群体的体验和认知改变白人中心的知识体系，展现美国非裔文学的独特性，具有一定的反霸权特征。也就是说，"小亨利·路易斯·盖茨的非裔美国文学批评研究也为后殖民批评注入了新的活力，并拓展了其理论形态"[①]。相对于以往美国非裔文学研究中的种族主义和民族主义局

---

① 乔国强，等.美国文学批评史［M］.上海：上海外语教育出版社，2019：329.

限性，盖茨的美国非裔文学理论建构路径不仅揭露了黑人低劣的谎言，有效地驳斥了一些白人种族主义者所认为的黑人文学"无文学性"的偏见，而且有助于全面关照美国非裔文学批评中存在的问题。值得注意的是，盖茨对种族主义的批判和对民族主义的反思是结合在一起的。他的美国非裔文学批评思想是对生搬硬套白人批评标准和孤注一掷强调黑人文学外部特征的一种纠正。

第二，盖茨文学批评的内部研究视角不但促进了美国非裔文学批评超越种族的界限，而且也有利于正式确定美国非裔文学的审美价值，这也是美国非裔文学批评走向与主流理论对话的必经之路。盖茨将喻指理论定位为内生于黑人文学阐释与修辞传统内部的理论，他把美国非裔文学研究从政治根基拔出而置于文化根基之中，稀释了以往美国非裔文学批评中意识形态的影响。由此，我们也可以看出，盖茨的批评思想是对黑人前辈学者的继承与超越。与美国非裔文学研究中长期存在的"种族与上层建筑"批评方法不同，喻指理论提供了更多解读非裔文本的可能性，促进了美国非裔文学研究范式的转变，同时，它也为美国非裔文学批评带来了更大的发展空间。

第三，盖茨的美国非裔文学批评思想体现出对黑人传统与西方传统这类看似矛盾范畴的平衡。在他的理论建构中，这两种文化传统既在矛盾中显示融合，又在融合中突出矛盾。不难看出，就如何做到"既了解别人，也让别人了解我们"这一点，盖茨的研究方法也给我国学者带来一些启发。在当今世界，要想与西方进行有效的交流对话，可以在"以我为主"的前提下，将发扬本土文化、了解西方文化和"他为我用"结合起来。喻指理论有说服力地表明，在美国非裔文学研究中，黑人传统与西方传统并非完全对立，它们是全面考量美国非裔文学不可或缺的因素。盖茨看到命名的重要性，并把当代理论术语放在黑人文化语境中进行重命名。对于美国非裔文学研究而言，这种"重命名—命名"的策略具有很大的可操作性。换句话说，它既能够彰显美国非裔文学的特点，又可以拓展非裔文学的研究思路。同时，盖茨对传统以及文本喻指的强调为其他处于弱势地位的少数族裔文学理论家提供了可以借鉴的研究视角，他的理论文本也是其他批评家可以重复与修正的范本。

第四，盖茨一直都很关注美国非裔文学的经典化问题。他在《诺顿美国非裔文学选集》中更是强调通过文选建构经典的重要性，这对我们有着更为直接的启发意义。美国非裔文学能够获得如今的地位,非裔文学选集发挥着积极的促进作用。同时,在定义和呈现美国非裔文学传统方面,文选也功不可没。在历史上,美国非裔文学作品没有得到足够的重视和保护,这就给美国非裔文学的阅读和接受带来了一些障碍。有影响力的美国非裔文学选集的编辑和出版推动了美国非裔文学教学与研究。同时,这又反过来使潜在的美国非裔文学经典成为显性经典。

第五,盖茨自觉探索美国非裔文学研究的变通之路,从黑白两种视角审视美国非裔文学和文化,从而打破了以往黑人研究中非此即彼的二元对立思维模式,为促进黑人种族进步作出了贡献。具体来说,作为黑人知识分子的卓越代表,盖茨为美国非裔文学以及文学批评发出黑人自己的声音,批判历史上一些白人种族主义者对黑人的错误认知和宰制,推进美国非裔文学研究并提升黑人地位。盖茨的美国非裔文学批评思想对培养黑人对本族文化的认同,增强文化归属感和种族自豪感具有重要的现实意义。

二、盖茨美国非裔文学批评思想的局限

盖茨的美国非裔文学批评思想拓宽了非裔文学的研究视野,在推动美国非裔文学批评的深入发展方面发挥了重要作用。但是,他的不足之处也是可见的。

其一,盖茨坚持美国非裔文学的内部研究方法,这就有忽视文本外部因素之嫌,导致其文学研究重形式而轻内容。我们知道,对于注重美国非裔文学主题和内容的批评家而言,形式反而不是最重要的因素。事实上,由于历史原因和现实困境,不少美国非裔作家的文学创作往往具有很强的政治倾向性。在这种情况下,盖茨强调非裔文本的语言艺术和形式结构,容易给人以偏概全之感。同时,美国非裔文学作品产生于不同的时代语境,非裔作家之间也存在较大差异,他将非裔文本置于历史真空中的做法难免带有一些理想色彩。盖茨在文学批评中多次提到读者的阅读问题,但是,他却没有涉及读者个体不同的阅读体验,这种不分个体差异的做法也失之偏颇。此外,虽然盖茨注意到美国非裔文学的黑白双重读者,但是,他却忽视了不同种族群体有着不同的社会共同经验。实际上,在阅读活动中,社会共同经验对个人造成的先在影响会发挥潜移默化的作用。显然,盖茨的美国非裔文学批评在涉及读者个体差异和族群经验这些方面表现得不够严密。

艾布拉姆斯（Meyer Howard Abrams）将艺术品的组成要素分为"作品、艺术家、世界和欣赏者"①四个方面，这四大要素之间存在密切联系。这也就意味着，"要对文学作出全面的研究，便不能忽视文学之外的因素对文学的影响"②。文学研究需要立足文本，但是，影响文学价值的要素是多方面的。鉴于美国黑人的特殊经历，要对美国非裔文学进行全面探究，就不能忽视外部因素的影响。盖茨一直都很重视美国非裔文学的经典建构问题。佛克马就曾表示，"经典不能只是被描绘成一系列的文本，它的空间的、时间的和社会的维度也一定要被说明"③。可见，盖茨将美国非裔文学的经典形构主要归因于文本的喻指特征，这不免有一些片面和绝对。

其二，盖茨的美国非裔文学研究存在职业化倾向和批评语言复杂化等问题，这也在一定程度上体现出其精英化的文学研究立场。他旗帜鲜明地抵制历史上一些白人学者有关黑人缺乏理性和思维能力的偏见，致力于建构基于黑人土语传统的美国非裔文学批评理论。但与此同时，他又过于倚重当代西方理论。他的"重命名—命名"策略从侧面表明他将一些晦涩的批评术语运用于非裔文学文本的分析之中。纵观盖茨的批评思想，他对当代西方理论的认同多于批判。就像克雷格·沃纳所说的那样："他与欧洲和欧美现代主义的关系似乎与他对美国非裔传统的立场相矛盾。在盖茨恰当地强调黑人理论从黑人文本中衍生出其批评原则的时候，他不断地援引白人学术理论家的观点，而忽视了文本。"④

其三，通过分析盖茨的黑人知识分子身份，我们可以看出他的批评思想存在一些矛盾之处。比如，盖茨在种族提升与被主流接受之间努力寻找平衡点，却又很难做到"两全其美"。如果把《喻指的猴子》和《奇迹》进行对比，我们也可以看出两者的相似之处。甚至可以说，它们是一脉相承的，共同勾画出盖茨作为

---

① 艾布拉姆斯.镜与灯：浪漫主义文论及批评传统［M］.郦稚牛，等译.北京：北京大学出版社，1989：5.

② 艾洁.哈罗德·布鲁姆文学批评理论研究［D］.济南：山东大学，2011.

③ 佛克马，李会方.所有的经典都是平等的，但一些比其它更平等［J］.中国比较文学，2005（4）：52.

④ WERNER C. The Signifying Monkey：A Theory of Afro-American Literary Criticism by Henry Louis Gates，Jr.（Book Review）［J］. The Journal of English and Germanic Philology，1991，90（2）：269.

黑人知识分子在美国非裔研究中的"骑墙"① 态度。在《喻指的猴子》一书中，盖茨显性地是在突出黑人文学的喻指特征，隐性地是借助"喻指"与"表意"的关系搭建喻指理论与当代西方理论的桥梁。就《奇迹》而言，他虽然强调通过该纪录片呈现非洲大陆灿烂辉煌的文明，但是难免又以美国人的视角审视非洲文化现象。在盖茨的美国非裔文学批评中，他尝试从"文化杂糅"的立场出发建构美国非裔文学批评理论。然而，一方面，他很难被主流机构完全接纳，无法有机融入白人社会；另一方面，他的美国非裔文学研究又难逃脱黑人民众的指摘。

虽然有一定的局限性，但是盖茨在美国非裔文学批评总体进程中的地位和他所发挥的作用依然是非常重要的。他在理论建构方面取得的成就和对美国非裔文学批评所作的贡献是毋庸置疑的。盖茨美国非裔研究的多元化和动态性为研究者全面考察他的文学批评思想提供了契机。本书既从美国非裔文学批评整体发展的宏观背景下突出盖茨批评思想的价值和独特之处，具体分析喻指理论的特点及其与当代西方理论的关系，又结合《诺顿美国非裔文学选集》讨论美国非裔文学的经典化问题。同时，论文还从盖茨主持的纪录片《奇迹》和他的黑人知识分子身份等方面回顾并反思他在美国非裔文学研究中的两难处境，以期在"泛"与"精"的层面清晰呈现盖茨的批评思想。

通过本书六个章节的论证和分析，我们发现，对盖茨批评思想的研究在促进不同种族之间文学、文化的交流对话方面具有深远意义。就盖茨的美国非裔文学研究而言，还需要进行更多深入的挖掘和思考。比如，将盖茨与其同时代的其他美国非裔文学批评家（包括一些黑人女性主义批评家）进行比较研究仍有较大空间。同时，如果能结合具体的美国非裔文学作品分析它们的喻指特征或许对理解盖茨的喻指理论有较大帮助。由于作者学术功底不足和写作水平有限，本书也存在很多缺憾，这也要求作者今后仍需多读书、勤思考，努力扩宽研究视野，进一步探究相关问题。

---

① 凯尔明确表述过盖茨在写作和批评分析中"采取中间立场"的观点，参见 KJELLE M M. Henry Louis Gates, Jr. [M]. Philadelphia: Chelsea House Publishers, 2004: 66。加布里埃尔·福尔曼也曾表示："在我看来，盖茨似乎陷入迷宫之中。用最直白的话来说，他是骑墙观望。"参见 FOREMAN G. Loose Canons: Notes on the Culture Wars by Henry Louis Gates Jr. (Book Review) [J]. Criticism, 1994, 36 (1): 159.

参考文献

一、中文文献

（一）专著

［1］艾布拉姆斯.镜与灯：浪漫主义文论及批评传统［M］.郦稚牛，等译.北京：北京大学出版社，1989.

［2］布鲁姆.西方正典：伟大作家和不朽作品［M］.江宁康，译.南京：译林出版社，2011.

［3］布伦蒂埃，等.批判知识分子的批判［M］.王增进，译.北京：中国社会科学出版社，2007.

［4］程锡麟，王晓路.当代美国小说理论［M］.北京：外语教学与研究出版社，2001.

［5］单德兴.重建美国文学史［M］.北京：北京大学出版社，2006.

［6］佛克马，易布思.二十世纪文学理论［M］.林书武，等译.北京：生活·读书·新知三联书店，1988.

［7］佛克马，易布思.文学研究与文化参与［M］.俞国强，译.北京：北京大学出版社，1996.

［8］富兰克林.美国黑人史：初版序言［M］.张冰姿，等译.北京：商务印书馆，1988.

［9］富里迪.知识分子都到哪里去了［M］.戴从容，译.南京：江苏人民出版社，2012.

［10］盖茨.意指的猴子：一个非裔美国文学批评理论［M］.王元陆，译.北京：北京大学出版社，2011.

［11］盖茨．有色人民：回忆录［M］．王家湘，译．北京：北京大学出版社，2011.

［12］亨特．文化战争：定义美国的一场奋斗［M］．安荻，等译．北京：中国社会科学出版社，2000.

［13］霍夫斯塔特．知识分子：疏离与顺从［M］//布伦蒂埃，等．批判知识分子的批判．王增进，译．北京：中国社会科学出版社，2007.

［14］嵇敏．美国黑人女权主义视域下的女性书写［M］．北京：科学出版社，2011.

［15］江宁康．美国文学经典教程［M］．南京：东南大学出版社，2010.

［16］焦小婷．美国非裔作家自传研究［M］．北京：科学出版社，2017.

［17］科恩．文学理论的未来［M］．程锡麟，王晓路，林必果，等译．北京：中国社会科学出版社，1993.

［18］李龙．"文学性"问题研究：以语言学转向为参照［M］．北京：人民出版社，2011.

［19］李晓玲．美国小说的发展与创作研究［M］．北京：中国书籍出版社，2016.

［20］李有成．逾越：非裔美国文学与文化批评［M］．杭州：浙江大学出版社，2015.

［21］里奇．20世30年代至80年代的美国文学批评［M］．王顺珠，译．北京：北京大学出版社，2003.

［22］刘象愚．《韦勒克与他的文学理论》代译序［M］//韦勒克，沃伦．文学理论．刘象愚，等译．北京：文化艺术出版社，2010.

［23］罗虹，等．当代非裔美国新现实主义小说论［M］．北京：中国社会科学出版社，2014.

［24］罗良功．艺术与政治的互动：论兰斯顿·休斯的诗歌［M］．上海：上海外语教育出版社，2010.

［25］庞好农．非裔美国文学史（1619—2010）［M］．北京：中央编译出版社，2013.

［26］乔国强，等.美国文学批评史［M］.上海：上海外语教育出版社，2019.

［27］萨义德.知识分子论［M］.单德兴，译.北京：生活·读书·新知三联书店，2016.

［28］塔吉耶夫.种族主义源流［M］.高凌瀚，译.北京：生活·读书·新知三联书店，2005.

［29］陶东风.经典：变动中的永恒［M］//阎景娟.文学经典论争在美国.北京：社会科学文献出版社，2010.

［30］童庆炳，陶东风.文学经典的建构、解构和重构［M］.北京：北京大学出版社，2007.

［31］王恩铭.当代美国社会与文化［M］.上海：上海外语教育出版社，1997.

［32］王家湘.黑色火焰：20世纪美国黑人小说史［M］.杭州：浙江文艺出版社，2017.

［33］王增进.后现代与知识分子社会位置［M］.北京：中国社会科学出版社，2003.

［34］威廉斯.文学制度［M］.李佳畅，穆雷，译.南京：南京大学出版社，2014.

［35］习传进.走向人类学诗学：二十世纪八九十年代非裔美国文学批评转型研究［M］.北京：中国社会科学出版社，2007.

［36］阎景娟.文学经典论争在美国［M］.北京：社会科学文献出版社，2010.

［37］杨金才.新编美国文学史：第3卷［M］.上海：上海外语教育出版社，2012.

［38］叶红，秦海花.欧文·豪［M］.南京：译林出版社，2013.

［39］伊格尔顿.文化的观念［M］.方杰，译.南京：南京大学出版社，2006.

［40］张爱民.美国多元文化主义起源研究［M］.沈阳：沈阳出版社，2003.

［41］赵云利.美国黑人文艺运动研究［M］.北京：中国水利水电出版社，2018.

［42］中国人民解放军五二九七七部队理论组.美国黑人解放运动简史［M］.北京：人民出版社，1977.

［43］周春.美国黑人文学批评研究［M］.上海：上海人民出版社，2016.

［44］朱宾忠.欧美文艺思潮及文学批评［M］.武汉：武汉大学出版社，2016.

［45］朱刚.新编美国文学史：第2卷［M］.上海：上海外语教育出版社，2012.

（二）期刊报纸

［1］程锡麟.一种新崛起的批评理论：美国黑人美学［J］.外国文学，1993（6）.

［2］董伊.兰斯顿·休斯的解构策略：论小亨利·路易·盖茨对《问你妈妈》的误读［J］.英语文学研究，2019（2）.

［3］段俊晖.小亨利·路易斯·盖茨的族裔史书写：从文学理论建构到谱系研究的视觉呈现［J］.外国语文，2013，29（2）.

［4］尔龄，迪尔班科.论美国的黑人文学：兼评路易斯·盖茨的《象征的猴子》［J］.当代文坛，1995（6）.

［5］方红.喻指理论：《诺顿非裔美国文学选集》的文学史观［J］.外国文学研究，2017，39（4）.

［6］方幸福.走向文化研究的当代美国非裔文学研究：兼论有关休斯和埃利森的两部美国非裔文学研究文集［J］.外国文学研究，2012，34（2）.

［7］佛克马，李会方.所有的经典都是平等的，但有一些比其它更平等［J］.中国比较文学，2005（4）.

［8］郭英剑.盖茨：当代美国最有影响力的黑人知识分子［J］.博览群书，2013（5）.

［9］哈旭娴.盖茨与非裔美国公共知识分子的伦理困境［J］.外国文学，2017（3）.

［10］何燕李.盖茨的黑人文学正典论研究［J］.兰州大学学报（社会科学版），

2018, 46 (1).

[11] 何燕李. 盖茨与黑人文学形式论的历史生成语境研究 [J]. 中外文化与文论, 2017 (2).

[12] 华莱士, 王家湘. 访小亨利·路易斯·盖茨 [J]. 外国文学, 1991 (4).

[13] 黄辉. 20世纪美国黑人文学批评理论 [J]. 外国文学研究, 2002 (3).

[14] 克里斯蒂娃, 黄蓓. 互文性理论对结构主义的继承与突破 [J]. 当代修辞学, 2013 (5).

[15] 克里斯蒂娃, 祝克懿, 宋姝锦. 词语、对话和小说 [J]. 当代修辞学, 2012 (4).

[16] 李珺, 徐志强. 后现代视域中的种族、性别和文化政治: 以贝尔·胡克斯的自传《黑骨: 少女时代的回忆》为例 [J]. 外语教学, 2013, 34 (6).

[17] 李权文. 小亨利·路易斯·盖茨研究述评 [J]. 国外理论动态, 2009 (8).

[18] 李有成. 楷模: 杜波依斯、非裔美国知识分子与盖茨的《十三种观看黑人男性的方法》[J]. 当代外语研究, 2010 (8).

[19] 林元富. 非裔文学的戏仿与互文: 小亨利·路易斯《表意的猴子》理论述评 [J]. 福建师范大学学报 (哲学社会科学版), 2008 (6).

[20] 罗良功. 美国非裔文学: 2000—2016 [J]. 社会科学研究, 2017 (6).

[21] 罗良功. 中心的解构者: 美国文学语境中的美国非裔文学 [J]. 山东外语教学, 2013, 34 (2).

[22] 水彩琴. 非裔美国文学的修辞策略: 小亨利·路易斯·盖茨的喻指理论 [J]. 兰州大学学报 (社会科学版), 2016, 44 (1).

[23] 谭德生. 所指/能指的符号学批判: 从索绪尔到解构主义 [J]. 社会科学家, 2011 (9).

[24] 谭惠娟. 论拉尔夫·埃利森的黑人美学思想: 从埃利森与欧文·豪的文学论战谈起 [J]. 外国文学评论, 2008 (1).

[25] 谭惠娟. 美国非裔文学批评专题·主持人语 [J]. 山东外语教学, 2018 (1).

[26] 谭惠娟. 詹姆斯·鲍德温的文学 "弑父" 与美国黑人文学的转向 [J].

外国文学研究，2006（6）.

［27］滕红艳.在中心与边缘之间挣扎的黑色命运：以盖茨的理论构建解读莫里森的小说《宠儿》［J］.学术界，2011（2）.

［28］王希.多元文化主义的起源、实践与局限性［J］.美国研究，2000（2）.

［29］王晓路，石坚.文学观念与研究范式：美国少数族裔批评理论建构的启示［J］.当代外国文学，2004（2）.

［30］王晓路.盖茨的文学考古学与批评理论的建构［J］.外国文学，1995（1）.

［31］王玉括.《有色人民——回忆录》与非裔美国自传传统［J］.外语研究，2013（2）.

［32］王玉括.非裔美国文学批评中的后结构主义之争［J］.外国文学评论，2013（3）.

［33］王玉括.非裔美国文学研究在中国：1994—2011［J］.外语研究，2011（5）.

［34］王玉括.新文选，新方向：吉恩·贾勒特教授访谈录［J］.当代外语研究，2014（8）.

［35］王玉括.种族含混与美国梦寻：兼论《盖茨读本》［J］.当代外国文学，2014，35（4）.

［36］习传进."表意的猴子"：论盖茨的修辞性批评理论［J］.湖北师范学院学报（哲学社会科学版），2005（5）.

［37］张德明.多元文化杂交时代的民族文化记忆问题［J］.外国文学评论，2001（3）.

［38］张敏，谭惠娟.乔伊斯文学批评思想中的非洲情结［J］.山东外语教学，2018，39（1）.

［39］张中载.两位杰出的美国黑人学者的中国之行［N］.中华读书报，2011-03-02（18）.

［40］朱小琳.视角的重构：论盖茨的喻指理论［J］.外国文学研究，2004（5）.

（三）其他

［1］艾洁.哈罗德·布鲁姆文学批评理论研究［D］.济南：山东大学，2011.

［2］李蓓蕾.表征与反表征：詹姆斯·W.约翰逊研究［D］.杭州：浙江大学，2017.

［3］赵建红.赛义德的文学与文化批评理论研究［D］.北京：北京语言大学，2007.

［4］赵云利.美国黑人文艺运动研究（1965—1976）［D］.济南：山东师范大学，2015.

［5］朱小琳.回归与超越：托妮·莫里森小说的喻指性［D］.北京：中国社会科学院，2003.

二、英文文献

（一）专著

［1］ASANTE M K. The Afrocentric Idea［M］. Philadelphia：Temple University Press，1989.

［2］BAKER H A，Jr. Blues，Ideology，and Afro-American Literature：A Vernacular Theory［M］. Chicago：University of Chicago Press，1984.

［3］BALDWIN J. Nobody Knows My Name：More Notes of a Native Son［M］. New York：Dell Publishing Company，Inc.，1966.

［4］BALDWIN J. Notes of a Native Son［M］. Boston：Beacon Press，1955.

［5］BLOOM H. The Anxiety of Influence：A Theory of Poetry［M］. Oxford：Oxford University Press，1997.

［6］BOLAFFI G，Bracalenti R，Braham P H，et al. Dictionary of Race，Ethnicity and Culture［M］. London：Sage Publications，2002.

［7］BROWN S A，DAVIS A P，LEE U. The Negro Caravan：Writings By American Negroes［M］. New York：The Dryden Press，1941.

［8］CALVERTON V F. Anthology of American Negro Literature［M］. New York：The Modern Library，1929.

［9］CARMICHAEL S，HAMILTON C V. Black Power：The Politics of Liberation in America［M］. New York：Vintage，1967.

［10］CRUSE H. The Crisis of the Negro Intellectual［M］. New York: William Morrow & Company, Inc, 1968.

［11］BOIS W E B D. The Soul of Black Folk［M］. Oxford: Oxford University Press, 2007.

［12］ERVIN H A. African American Literary Criticism: 1773—2000［M］. New York: Twayne Publishers, 2000.

［13］FISHER D, STEPTO R B. Afro-American Literature: The Reconstruction of Instruction［M］. New York: The Modern Language Association of America, 1979.

［14］GATES H L, Jr, JARRETT G A. The New Negro: Readings on Race, Representation and African American Culture, 1892—1938［M］. Princeton: Princeton University Press, 2007.

［15］GATES H L, Jr. Figures in Black: Words, Signs, and the "Racial" Self［M］. New York: Oxford University Press, 1989.

［16］GATES H L, Jr. Loose Canons: Notes on the Culture Wars［M］. Oxford: Oxford University Press, 1993.

［17］GATES H L, Jr. Reading Black, Reading Feminist: A Critical Anthology［M］. New York: Plume Books, 1990.

［18］GATES H L, Jr. Thirteen Ways of Looking at a Black Man［M］. New York: Random House, Inc., 1998.

［19］GATES H L, Jr. Wonders of the African World［M］. New York: Alfred A. Knopf, 1999.

［20］GATES H L, Jr. Black Literature and Literary Theory［M］. London: Methuen. 1984.

［21］GATES H L, Jr. The Signifying Monkey: A Theory of African-American Literary Criticism［M］. Oxford: Oxford University Press, 1988.

［22］GATES H L, Jr, MCKAY N Y. The Norton Anthology of African American Literature［M］. New York: W W Norton & Company Inc., 1997.

［23］GATES H L, Jr, WEST C. The Future of the Race［M］. New York: Alfred A.

Knopf, 1996.

[24] GAYLE A. The Black Aesthetic [M]. New York: Doubleday & Company, Inc., 1971.

[25] GORAK J. Canon vs. Culture: Reflections on the Current Debate [M]. New York: Routledge, 2001.

[26] GRAHAM M, WARD J W. The Cambridge History of African American Literature [M]. Cambridge: Cambridge University Press, 2011.

[27] GRODEN M, KREISWIRTH M. The Johns Hopkins Guide to Literary Theory and Criticism [M]. London: The Johns Hopkins University Press, 1993.

[28] HOARE Q, AMITH G N. Selections from the Prison Notebooks of Antonio Gramsci [M]. London: ElecBook, 1999.

[29] HOOKS B. Yearning: Race, Gender, and Cultural Politics [M]. Boston: South End Press, 1990.

[30] JARRETT G A. The Wiley Blackwell Anthology of African American Literature. Volume 2: 1920 to the Present [M]. Hoboken: Wiley-Blackwell, 2014.

[31] JOHNSON J W. The Book of American Negro Poetry [M]. London: The Floating Press, 2008.

[32] JONES L, NEAL L. Black Fire: An Anthology of Afro-American Writing [M]. New York: William Morrow & Company, Inc., 1969.

[33] KJELLE M M. Henry Louis Gates, Jr. [M]. Philadelphia: Chelsea House Publishers, 2004.

[34] KLAGES M. Literary Theory: A Guide for the Perplexed [M]. Shanghai: Shanghai Foreign Language Education Press, 2009.

[35] MILLER D Q. The Routledge Introduction to African American Literature [M]. New York: Routledge, 2016.

[36] NAPIER W. African American Literary Theory: A Reader [M]. New York: New York University Press, 2000.

[37] NAPZER W. African American Literary Theory: A Reader [M]. New

York: New York University Press, 2000.

[38] REED A, Jr. Class Notes: Posing as Politics and Other Thoughts on the American Scene [M] . New York: The New Press, 2000.

[39] RIGGENBACH J. Why American History Is Not What They Say: An Introduction to Revisionism [M] . Charleston: Createspace Independent Publishing Platform, 2009.

[40] ROJAS F. From Black Power to Black Studies: How a Radical Social Movement Became an Academic Discipline [M] . Baltimore: Johns Hopkins University Press, 2007.

[41] WRIGHT R. White Man, Listening! [M] . New York: Harper Perennial, 1995.

（二）期刊

[1] ADELL S. A Function at the Junction [J] . Diacritics, 1990, 20（4）.

[2] ALKALIMAT A. eBlack Studies: A Twenty-First-Century Challenge [J] . Souls, 2000, 2（3）.

[3] AMIN J A. Uplifting the Race: Black Leadership, Politics, and Culture in the Twentieth Century by Kevin K. Gaines（Book Review）[J] . History: Reviews of New Books, 1997, 25（2）.

[4] AMMONS E. The Schomburg Library of Nineteenth-Century Black Women Writers（Book Review）[J] Black American Literature Forum, 1988, 22（4）.

[5] ASANTE M K. "Wonders of the African World": A Eurocentric Enterprise [J] . The Black Scholar, 2000, 30（1）.

[6] ASANTE M K. The Afrocentric Idea in Education [J] . The Journal of Negro Education, 1991, 60（2）.

[7] AWKWARD M. Negotiations of Power: White Critics, Black Texts, and the Self-Referential Impulse [J] . American Literary History, 1990, 2（4）.

[8] BAKER H A, Jr. The Urge to Adorn: Generational Wit and the Birth of "The Signifying Monkey" [J] . Early American Literature, 2015, 50（3）.

［9］BAKER H A, Jr. Generational Shifts and the Recent Criticism of Afro-American Literature［J］. Black American Literature Forum, 1981, 15（1）.

［10］BALDWIN J, CAPOUYA E, HANSBERRY L, et al. The Negro in American Culture［J］. Cross Currents, 1961, 11（3）.

［11］BASSARD K C. The Significance of Signifying: Vernacular Theory and the Creation of Early African American Literary Study［J］. Early American Literature, 2015, 50（3）.

［12］BENNENFIELD R M. Africa: Through Skip Gates' Eyes［J］. Diverse Black Issues in Higher Education, 1999, 16（16）.

［13］BERUBE M. Beneath the Return to the Valley of the Culture Wars［J］. Contemporary Literature, 1994, 35（1）.

［14］BRYANT J H. Wright, Ellison, Baldwin-Exorcising the Demon［J］. Phylon, 1976, 37（2）.

［15］BUTCHER P. Afro-American Literature: The Reconstruction of Instruction by Dexter Fisher and Robert B. Stepto（Book Review）［J］. World Literature Today, 1980, 54（2）.

［16］CHARNEY M. James Baldwin's Quarrel with Richard Wright［J］. American Quarterly, 1963, 15（1）.

［17］DAGBOVIE P G. History as a Core Subject Area of African American Studies: Self-Taught and Self-Proclaimed African American Historians, 1960s—1980s ［J］. Journal of Black Studies, 2007, 37（5）.

［18］DODSON A P. Rooting Through the Past［J］. Diverse: Issues in Higher Education, 2012, 29（20）.

［19］DUBEY M. Warriors, Conjurers and Priests: Defining African-Centered Literary Criticism by Joyce Ann Joyce（Book Review）［J］. African American Review, 1996, 30（3）.

［20］EATON K. The More Things Stay the Same: African American Literature and the Politics of Responsibility [J] . Literature Compass, 2006, 3 (4) .

[21] FOREMAN G. Loose Canons: Notes on the Culture Wars by Henry Louis Gates Jr. (Book Review) [J] . Criticism, 1994, 36 (1) .

[22] GATES H L, Jr. Introduction: Criticism in De Jungle [J] . Black American Literature Forum, 1981, 15 (4) .

[23] GATES H L, Jr, MCKAY N Y. From Wheatley to Toni Morrison: The Flowering of African-American Literature [J] . The Journal of Blacks in Higher Education, 1996 (14) .

[24] GATES H L, Jr. "What's Love Got to Do with It?": Critical Theory, Integrity, and the Black Idiom [J] . New Literary History, 1987, 18 (2) .

[25] GATES H L, Jr. Beyond the Cultural Wars: Identities in Dialogue [J] . Profession, 1993.

[26] GATES H L, Jr. Dr. Henry Louis Gates, Jr. Reveals Africa's Hidden History in PBS-TV Series: "Wonders of the African World" [J] . Jet, 1999, 96 (21) .

[27] GATES H L, Jr. Editor's Introduction: Writing "Race" and the Difference It Makes [J] . Critical Inquiry, 1985, 12 (1) .

[28] GATES H L, Jr. Introduction: "Tell Me, Sir, What Is 'Black' Literature?" [J] . Pmla, 1990, 105 (1) .

[29] GATES H L, Jr. Talkin' That Talk [J] . Critical Inquiry, 1986, 13 (1) .

[30] GATES H L, Jr. The Art of Slave Narrative: Original Essays in Criticism and Theory by John Sekora and Darwin T. Turner [J]. Black American Literature Forum, 1983, 17 (3) .

[31] GATES H L, Jr. The Transforming of the American Mind [J] . New Directions for Teaching and Learning, 1990 (44) .

[32] GATES H L, Jr. The "Blackness of Blackness": A Critique of the Sign and the Signifying Monkey [J] . Critical Inquiry, 1983, 9 (4) .

[33] GRIFFIN J F. Thirty Years of Black American Literature and Literary

Studies: A Review [J]. Journal of Black Studies, 2004, 35 (2).

[34] GUSTAFSON S M. Symposium on the Twenty-Fifth-Anniversary Edition of The Signifying Monkey [J]. Early American Literature, 2015, 50 (3).

[35] HARLOW B. The Signifying Monkey: A Theory of Afro-American Literary Criticism by Henry Louis Gates, Jr. (Book Review) [J]. Research in African Literatures, 1989, 20 (3).

[36] HASLAM J. "The Strange Ideas of Right and Justice": Prison, Slavery and Other Horrors in The Bondwoman's Narrative [J]. Gothic Studies, 2005, 7 (1).

[37] HOWE I. Black Boys and Native Sons [J]. Dissent, 1963, 10 (4).

[38] JEYIFO B. Greatness and Cruelty: "Wonders of the African World" and the Reconfiguration of Senghorian Negritude [J]. The Black Scholar, 2000, 30 (1).

[39] JOYCE J A. A Tinker's Damn: Henry Louis Gates, Jr., and The Signifying Monkey Twenty Years Later [J]. Callaloo, 2008, 31 (2).

[40] JOYCE J A. The Black Canon: Reconstructing Black American Literary Criticism [J]. New Literary History, 1987, 18 (2).

[41] JOYCE J A. "Who the Cap Fit": Unconsciousness and Unconscionableness in the Criticism of Houston A. Baker, Jr., and Henry Louis Gates, Jr. [J]. New Literary History, 1987, 18 (2).

[42] KILSON M. Black Intellectual as Establishmentarian: Henry Louis Gates' Odyssey [J]. The Black Scholar, 2001, 31 (1).

[43] KINNAMON K. Anthologies of African-American Literature from 1845 to 1994 [J]. Callaloo, 1997, 20 (2).

[44] LOCKE A. Art or Propaganda? [J]. Harlem, 1928, 1 (1).

[45] LUBIANO W. Henry Louis Gates, Jr., and African-American Literary Discourse [J]. The New England Quarterly, 1989, 62 (4).

[46] MAGUBANE Z. "Call Me America": The Construction of Race, Identity, and History in Henry Louis Gates Jr.'s Wonders of the African World [J]. Cultural Studies↔Critical Methodologies, 2003, 3 (3).

［47］MARABLE M. The New Bible of Black Literature ［J］. The Journal of Blacks in Higher Education, 1998（19）.

［48］MAZRUI A A. A Millennium Letter to Henry Louis Gates, Jr.: Concluding a Dialogue? ［J］. The Black Scholar, 2000, 30（1）.

［49］MAZRUI A A. A Preliminary Critique of the TV Series by Henry Louis Gates, Jr.［J］. The Black Scholar, 2000, 30（1）.

［50］MAZRUI A A. Black Orientalism? Further Reflections on "Wonders of the African World"［J］. The Black Scholar, 2000, 30（1）.

［51］MCPHAIL M L. Figures in Black: Words, Signs, and the "Racial" Self by Henry Louis Gates, Jr.（Book Review）［J］. Melus, 1987, 14（2）.

［52］MEEHAN K. Spiking Canons ［J］. Nation, 1997, 264（18）.

［53］MIKELL G. Deconstructing Gates' "Wonders of the African World"［J］. The Black Scholar, 2000, 30（1）.

［54］MILLER R B. Black is the Color of the Cosmos: Essays on Afro-American Literature and Culture, 1942—1981 by Charles T. Davis, Henry Louis Gates, Jr. and A. Bartlett Giametti（Book Review）［J］. Black American Literature Forum,1984,18（4）.

［55］NAZARETH P. Warriors, Conjurers and Priests: Defining African-centered Literary Criticism by Joyce Ann Joyce（Book Review）［J］. World Literature Today, 1995, 69（4）.

［56］OKOLO A A. My Preliminary Response to "A Preliminary Response to Ali Mazrui's Preliminary Critique"［J］. The Black Scholar, 2000, 30（1）.

［57］RAGEN B A. An Uncanonical Classic: The Politics of the Norton Anthology ［J］. Christianity and Literature, 1992, 41（4）.

［58］RALPH J. Uplifting the Race: Black Leadership, Politics, and Culture in the Twentieth Century by Kevin K. Gaines（Book Review）［J］. Journal of American History, 1996, 83（3）.

［59］REILLY J M. Richard Wright's Apprenticeship ［J］. Journal of Black Studies, 1972, 2（4）.

［60］RICHARDS P M. The Norton Anthology of African American Literature by Henry Louis Gates, Jr. and Nellie Y. Mckay（Book Review）［J］. Commentary, 1998, 105（6）.

［61］RODNON S. Afro-American Literature: The Reconstruction of Instruction by Dexter Fisher and Robert B. Stepto（Book Review）［J］. Melus, 1979, 6（3）.

［62］ROWELL C H. An Interview with Henry Louis Gates, Jr.［J］. Callaloo, 1991, 14（2）.

［63］RUST M. Afterword［J］. Early American Literature, 2015, 50（3）.

［64］SANTAMARINA X. The Literary Theory of American Afro-centrism［J］. Early American Literature, 2015, 50（3）.

［65］TATEC C. Afro-American Literature: The Reconstruction of Instruction by Dexter Fisher and Robert B. Stepto（Book Review）［J］. Black American Literature Forum, 1979, 13（4）.

［66］TIDWELL J E. The Birth of a Black New Criticism［J］. Callaloo,1979（7）.

［67］TOLSON J. Telling the Story of Africa［J］. U.S. News & World Report, 1999, 127（17）.

［68］WARREN K. The Signifying Monkey: A Theory of Afro-American Literary Criticism by Henry Louis Gates, Jr.（Book Review）［J］. Modern Philology, 1990, 88（2）.

［69］WATTS J G. Response to Henry Louis Gates, Jr.'s "Good-Bye Columbus?"［J］. American Literary History, 1991, 3（4）.

［70］WEIXLMANN J. Black Literary Criticism at the Juncture［J］. Contemporary Literature, 1986, 27（1）.

［71］WERNER C. The Signifying Monkey: A Theory of Afro-American Literary Criticism by Henry Louis Gates, Jr.（Book Review）［J］. The Journal of English and Germanic Philology, 1991, 90（2）.

［72］WEST C. The Dilemma of the Black Intellectual［J］. Cultural Critique, 1985（1）.

［73］WHITE J. Loose Canons：Notes on the Culture Wars by Henry Louis Gates，Jr.（Book Review）［J］. Journal of American Studies，1994，28（3）.

［74］WILSON I. In Other Words［J］. Early American Literature，2015，50（3）.

致　谢

　　《小亨利·路易斯·盖茨的美国非裔文学批评思想研究》一书是在本人博士学位论文的基础上略加修改完成的。回首完成此项研究的"闪亮"日子，真是感慨万千。借此机会，我想表达对长期以来一直支持我学习和工作的老师、朋友和亲人们的感激之情。

　　如果说"痛并快乐"的过程中快乐的成分占据上风的话，这要归功于我的恩师——华中科技大学的陈后亮教授。陈老师乐观直率的性格和严谨认真的治学风格总能让我们这些弟子不时捕捉到自己的学术兴趣点。陈老师亦师亦友，他以渊博的学识、极具创造性和批判性的思维方式启发并引导我们不断进步。陈老师的"助力"让我在因自己视野不够开阔、学术功底不足而经受迷茫之"痛"时总能看到亮光和希望。现在回想起来，那一份痛也在这九分快乐的映衬下化为"有意味的痛"了。对我来说，这种痛不但"值得"，而且珍贵！

　　华中科技大学外语学院的樊葳葳教授亦是我的学业恩师和人生导师。正是樊老师为我打开了这扇学术大门，我最初有幸拜于樊老师门下学习。后来，当她得知我的前期研究与陈后亮教授更为相关时，便力荐我去陈老师那里。樊老师对我不仅有接收之恩，还有推荐之意，并且这么多年还一直关心着我。她对我的无私帮助和谆谆教诲贯穿在我的学习和生活中。樊老师渊博的学识和高尚的人格让我受益终身，她也让我懂得了大家风范和为师的苦心。每每想到樊老师，我都感到特别温暖。写到这里，眼眶早已湿润。纸短情长，我对樊老师的感激与敬仰之情在此只能略表一二。

　　感谢华中师范大学罗良功教授、华中科技大学陈爱华、郭晶晶和王辰晨等老师对我的指导和帮助。他们的指点把我从最初只见树木不见森林的樊笼中解放出来，让我有机会不断审视自己的不足并做出相应的改正。同时，这也让我意识到做研究必须严谨，方能让自己的观点更具说服力。

　　同样，十分感谢我的朋友们。在本书的写作过程中，我曾遇到资料不足等问题，当时在国外学习和工作的一些朋友帮我查找和购买了众多关于小亨利·路易斯·盖茨的资料。如果没有他们的热心帮助，此项研究也无法顺利完成。

　　本书的写作也离不开家人的帮助。我要感谢我的父母，他们一直都在我的身后无条件地默默支持着我。他们年龄大了，身体也不好，但是仍然尽心尽力地帮我照顾孩子，免除我的后顾之忧。千言万语都表达不了我对他们的感激。最后，我也特别感谢丈夫和孩子，感谢他们的包容和理解，他们是我一直能够安心、静心并带着恒心去前进的最大动力。家人是我能够投入学习和工作的坚实后盾，没有他们就没有我的点滴进步。此书献给他们！

段丽丽
2024 年 6 月